SOPHIE MILLER

Wie Sommer auf unserer Haut

Zum Buch

Katrin ist seit zehn Jahren mit Viktor liiert, einem attraktiven und ambitionierten Politiker, dem sie unausgesprochene Freiheiten gestattet, der aber auch ihre Unabhängigkeit respektiert und ihren beruflichen Erfolg in der Modebranche unterstützt. Doch als der Sommer in Düsseldorf beginnt, gerät Katrins wohlgeordnetes Leben aus den Fugen: Cameron, der Sohn ihrer besten Freundin aus Australien, macht auf dem Weg zu seinem Architekturstudium in Kopenhagen einen Zwischenstopp. Am Flughafen empfängt Katrin nicht mehr den schüchternen Jungen aus ihrer Erinnerung, sondern einen gut aussehenden Mann, der sie mit seiner Ernsthaftigkeit und seinem Temperament sofort einnimmt. Es kommt zu einer Berührung, die alle Grenzen überschreitet, zu einer verbotenen Nacht. Katrin genießt das erotische Abenteuer mit dem über zwanzig Jahre jüngeren Cameron, erlaubt sich endlich die Freiheit, die Viktor schon so lange auskostet – und verdrängt alle Gedanken an ihre beste Freundin Isabel. Bis Cameron sie mit seinen Gefühlen konfrontiert und Katrin sich eingestehen muss, dass auch sie die Intensität der Begegnung nicht mehr loslässt …

Zur Autorin

Sophie Miller ist das Pseudonym einer deutschen Autorin, die bereits mehrfach ausgezeichnete Romane veröffentlicht hat. Sie lebt mit ihrer Familie in Berlin. Zuletzt erschienen die Romane *Das Echo der Lüge* und *Ein Jahr in Cornwall.*

SOPHIE MILLER

WIE SOMMER AUF UNSERER HAUT

ROMAN

DIANA

Von Sophie Miller sind im Diana Verlag erschienen:
Das Echo der Lüge – Ein Jahr in Cornwall – Wie Sommer auf unserer Haut

Der Verlag weist ausdrücklich darauf hin, dass im Text enthaltene externe Links vom Verlag nur bis zum Zeitpunkt der Buchveröffentlichung eingesehen werden konnten. Auf spätere Veränderungen hat der Verlag keinerlei Einfluss. Eine Haftung des Verlags ist daher ausgeschlossen.

FSC
www.fsc.org
MIX
Papier aus verantwortungsvollen Quellen
FSC® C014496

Verlagsgruppe Random House FSC® N001967

Originalausgabe 04/2016

Neumarkter Straße 28, 81673 München
Redaktion: Angelika Lieke
Umschlaggestaltung: t.mutzenbach design, München
Umschlagmotiv: © Cultura/Getty Images
Satz: Leingärtner, Nabburg
Druck und Bindung: GGP Media GmbH, Pößneck
Printed in Germany

ISBN 978-3-453-35869-0

www.diana-verlag.de
Besuchen Sie uns auch auf www.herzenszeilen.de
Dieses Buch ist auch als E-Book lieferbar

Dank an K.

Es war eine Zeit der Ehrlichkeit, es war eine Zeit der Lüge. Es war der Moment für den Aufbruch, es war der Moment innezuhalten. Es war eine Zeit der Liebe, eine Zeit ohne Zukunft. Sie betraten den schmalen Grat der Gegenwart und vergaßen, wie mächtig die Vergangenheit sein konnte. Durch geheime Türen schlüpften sie in das Leben des andern, es war eine verbotene Zeit, ein verbotener Ort, die verbotene Liebe. Es war nichts weniger als das Glück. Das Glück eines Irrtums, das Glück ohne Folgen, das Glück, das sein Unglück schon in sich trägt. Es war ihre Zeit.

1

KATRIN VERLIESS IHRE Büroetage nach Einbruch der Dunkelheit. Durch die Glastür beobachtete sie, wie das kleine Licht von Grün auf Rot wechselte, die Alarmanlage hatte sich eingeschaltet. Katrin Ferber war eine große Frau, ihr brünettes Haar fiel lang und geschmeidig über die Schultern. Wegen der hohen Wangenknochen wurde sie manchmal für eine Russin gehalten. Sie lief Richtung Graf-Adolf-Platz und wollte dort in ein Taxi springen. Katrin lebte in Düsseldorf, weil es für ihren Beruf kein besseres Pflaster gab. Der Rhein verlieh der Stadt so etwas wie Großartigkeit, und in den Straßen zwischen Kaiserteich und Stadtgraben, zwischen Ständehaus und Rheinufer fand sie Düsseldorf sogar schön.

Katrins Beruf war die Mode. Sie war Einkäuferin für zwei große Warenhausketten, ihre Entscheidung zählte, wenn es darum ging, ob die Modefarbe des Frühlings Aprikose oder Moosgrün sein würde. Ohne Katrins Zustimmung schaffte es kein Kreativer in die Regale der Warenhäuser, ihre Unterschrift bedeutete Massenherstellung und Umsatz, ihr Kopfschütteln verdammte so manchen Modeschöpfer zu einem Nischendasein.

Katrin war in Eile und voller Vorfreude. Heute auf den

Tag genau war sie zehn Jahre mit Viktor liiert, einem Mann, der Charme, unendlichen Humor und Lebenslust besaß, der sich selbst aber auch als chronischen Single bezeichnete. Zehn Jahre liebten sie einander schon ohne bindende Verpflichtungen und ohne gemeinsame Wohnung. Vielleicht fühlten sich die Jahre mit Viktor gerade deshalb so unverbraucht an, so frei und aufregend, weil ihre Beziehung ohne Netz und doppelten Boden auskam. Kein Trauschein band sie, kein gemeinsames Wochenendhaus schuf gemeinsame Sorgen, es gab keine Kinder.

Das war ein dunkler Tropfen, der manchmal in Katrins Herz fiel, wenn ihr bewusst wurde, dass sie noch nie schwanger gewesen war und es wohl auch nie sein würde. Doch die Düsternis löste sich rasch wieder auf, wenn sie an ihr dynamisches, helles und selbstbestimmtes Leben dachte.

Dreiundvierzig, fast ein halbes Jahrhundert – wenn man es aussprach, hörte es sich bedrohlich an. Wenn Katrin allerdings in den Spiegel schaute, war es ein gutes Alter, ihr bestes vielleicht. Sie konnte sich vorstellen, ihr Leben mit Viktor, dem grau melierten Luxemburger, noch unabsehbar weiterzuführen, solange sie die ungeschriebenen Gesetze ihrer individuellen Freiheit einhalten würden. Viktor arbeitete die halbe Woche über als EU-Mandatar in Brüssel, die übrige Zeit fungierte er als Berater der Düsseldorfer Landesregierung, mit anderen Worten, Viktor war Lobbyist, Weltenbummler und Europäer.

»Komm schon, halt an«, murmelte Katrin, doch auch das zweite Taxi fuhr vorbei. Hinter den Autos sprühten kleine Fontänen hoch, der Regen hatte gerade erst aufgehört. Seit ein paar Tagen hatte sich der Sommer in vollen Zügen durchgesetzt. Überall roch man, spürte man es, überall wechselten die Farben vom frischen Grün des Frühlings auf weichere, sattere Töne, die eine beruhigende Wärme in die Welt brachten. Sie gaukelte den Menschen vor, dass es nun für lange Zeit so bleiben würde. Katrin hatte Lust, durch diesen Sommerabend zu laufen, durch die kleinen Parks, vorbei an den Ausläufern der Königsallee und immer weiter in Richtung ihrer Wohnung. Es war der perfekte Abend für einen Spaziergang, trotzdem entschied sie sich dagegen. Heute war ein besonderer Abend, sie würde mit Viktor ihr Jubiläum feiern, deshalb musste sie sich beeilen. Endlich hielt ein Wagen, Katrin stieg ein.

Eine Wohnung unweit des Hauptbahnhofs würde nicht ihrem Stil entsprechen, hatte Viktor behauptet, doch es war genau das richtige Viertel für sie. Unverschnörkelt und lebendig präsentierten sich die Straßen, die bunte Mischung aus rheinischem Schick und islamischer Behäbigkeit, aus Billigläden, Obst- und Gemüseständen, Fischhallen und teuren Weinkontors, der Wechsel der Kulturen von einer Ecke zur nächsten, das war die belebende Welt, die Katrin gefiel. Dass der Bahnhof in unmittelbarer Nähe lag, bedeutete in ihrem Job eine Menge Zeitersparnis.

Es hatte schon ähnliche Anlässe gegeben, zu denen

Viktor Katrin spontan in das zwei Stunden entfernte Amsterdam entführt hatte. Heute reichte die Zeit für einen solchen Trip nicht aus, doch sie war sicher, dass er sich für den Jahrestag etwas Besonderes ausgedacht hatte. Bis zu ihrer Verabredung wollte sie rasch duschen und sich dem Anlass entsprechend zurechtmachen. Als sie die Wohnung betrat, spürte sie ein Vibrieren in ihrer Tasche und holte das Smartphone hervor. Viktor würde sie doch nicht jetzt schon ausführen wollen?

»Du bist was? … Du bist noch in Brüssel?«, fragte sie nach ein paar Sekunden und ließ sich auf die lederbezogene Bank am Eingang sinken. Sie kannte diesen Klang seiner Stimme, wenn er sein schlechtes Gewissen mit Nüchternheit zu verschleiern suchte. Viktor sprach von der EU-Ratsversammlung, die ihre Tagesordnungspunkte kurzfristig umgestellt hatte, weswegen sein Ressort später als vorgesehen diskutiert werden würde.

»Gibt es denn keinen späteren Flug?« Katrin spürte die Enttäuschung in sich hochkriechen. Sie hatte geglaubt, dass nicht einmal die Mächtigen der Europäischen Union imstande sein würden, ihren zehnten Jahrestag zum Scheitern zu bringen. »Es ist aber doch unser Abend«, sagte sie ein wenig hilflos.

Viktor zeigte die nötige Reue, ließ aber durchblicken, dass es wichtigere Dinge gebe als ihre kleine Feier, die man umso schöner nachholen würde. Katrin fühlte sich mit ihrem Wunsch, heute etwas Besonderes zu erleben, zurückgestoßen und lächerlich. »Morgen geht es bei mir nicht«, antwortete sie daher schroff. »Eigentlich die ganze

Woche nicht. Donnerstag bin ich in Mailand, am Wochenende kommt Gino Lissere zu mir.«

Der Vorfall machte ihr wieder einmal klar, dass es in den zehn Jahren vor allem Viktors Freiheit gewesen war, die als unantastbar galt. Sie hatte sich wesentlich häufiger nach ihm gerichtet als umgekehrt, obwohl es bei ihrem Vierzehn-Stunden-Tag jedes Mal eine logistische Meisterleistung erforderte, auf seine spontanen Vorschläge einzugehen. Er kam, wann er wollte und ging ohne Erklärung. Während sie noch telefonierten, wurde ihr dieses Ungleichgewicht in ihrer Beziehung plötzlich schmerzhaft bewusst. Sie beherrschte sich jedoch, sagte, dass es ihr auch leidtäte, gab sich demonstrativ unverletzbar.

»Dann treffe ich mich heute eben mit Heinz«, antwortete sie auf Viktors Frage, was sie mit dem verpatzten Abend anfangen würde. »Wir versuchen seit Längerem ein Date zu vereinbaren.«

Das Wort *Date* änderte nichts an der Tatsache, dass Heinz Katrins Mitarbeiter und schwul war. Viktor fand, Heinz werde Katrin bestimmt aufmuntern. Nachdem er sich so leicht aus der Affäre gezogen hatte, legte er auf.

In Wahrheit hatte sie keine Lust, irgendjemanden außer Viktor zu treffen, zumindest niemanden aus ihrem unmittelbaren Umfeld. Stattdessen wünschte sie sich die Nähe ihrer ältesten Freundin Isabel. Diese *Nähe* stellte allerdings ein Problem dar, denn seit ihrer Heirat lebte Isabel unweit von Sydney, auf der anderen Seite des Globus. In Ostaustralien war es gerade erst sechs Uhr morgens, doch es gab keine Zeit, zu der Isabel und Katrin einander nicht gut verstanden, und der Anlass rechtfertigte die Ruhestörung. Seit Katrin und Isabel sich mit zehn Jahren in der Schule begegneten, waren sie beste Freundinnen. Was hatten sie über die Jahre nicht alles miteinander durchgemacht: Gebrochene Herzen, wichtige Entscheidungen, auch einige der schönsten Erinnerungen teilte Katrin mit Isabel. Als die Freundin vor dreiundzwanzig Jahren einen gut aussehenden Australier kennengelernt hatte, ermutigte Katrin sie. Henry sprach zwar kein Deutsch, doch für das, was er wollte, brauchte er keine Worte. Zwei Monate später war Isabel ihm auf seinen Kontinent gefolgt. Die Entfernung stellte ihre Freundschaft vor neue Herausforderungen, doch ihre Zuneigung und ihr Vertrauen zueinander wurden dadurch noch stärker. Ein Jahr nach Isabels Weggang kam ihr Sohn Cameron zur Welt, und auch wenn Katrin ihre Freundin gern näher bei sich gehabt hätte, wusste sie doch, dass Isabel glücklich war.

Katrin sandte eine SMS, ob Isabel Zeit zum Skypen hätte. Noch während sie sich ein großes Glas Wein einschenkte, kam die Antwort, wenig später stand die Verbindung. Das grob pixelige Bild baute sich auf.

Isabel war der optische Gegenentwurf zu ihrer Freundin. War Katrin groß und elegant mit dunklem Haar und grünen Augen, entsprach Isabel eher dem Image einer typischen Blondine. Auch wenn sie die Haare seit ihrem vierzigsten Geburtstag kürzer trug, fielen ihr die goldenen Locken noch immer wild in die Stirn, sie hatte verträumte Augen, ein fröhliches, weiches Gesicht, und ihre Figur war weiblich, zu weiblich, wie sie fand, doch ihr Vorsatz abzunehmen wurde ein ums andere Mal verschoben.

»Katrin, meine Liebe! Heute ist euer zehnter Jahrestag, wenn ich mich nicht täusche.« Isabel lächelte in die Kamera.

»Das hast du dir gemerkt?«, erwiderte Katrin überrascht.

»Keiner, der eure Geschichte kennt, könnte dieses Datum vergessen.«

»Was für eine Geschichte?«, fragte eine kräftige Männerstimme aus dem Hintergrund.

»Hm, was meinst du?« Isabel drehte sich um und sprach mit dem Mann am anderen Ende des Zimmers.

»Katrins Geschichte, die würde ich gern mal hören.«

»Bloß geht dich das gar nichts an.« Isabel drehte sich um und sprach mit dem Mann am anderen Ende des Zimmers. »Wieso bist du überhaupt schon auf?«

»Ist das Henry?« Katrin winkte in die Kamera. »Hallo, Henry.«

»Henry ist auf der Landwirtschaftsmesse in Canberra«, entgegnete Isabel. »Der Frühaufsteher dort in der ungewaschenen Sporthose ist Cameron.«

»Nein …« Katrin beugte sich vor, als ob sie den Schemen in der Tür von Isabels Schlafzimmer dadurch besser sehen könnte. »Nein, das glaube ich nicht.«

»Glaubst was nicht, *Tante Katrin?*« Der Schemen kam näher und entpuppte sich als junger Mann mit durchtrainiertem nacktem Oberkörper und einer wirren Frisur, die ihn eindeutig als Isabels Sohn auswies.

»Hallo, mein Kleiner«, konterte Katrin seinen Scherz mit der *Tante.* »Du bist aber ganz schön in die Höhe geschossen, seit wir uns das letzte Mal gesehen haben.«

»Und du bist immer noch die schönste Freundin meiner Mutter.«

»Frech wie immer«, lachte Isabel. »Und jetzt mach du dich mal auf zum Morgensport, junger Mann, ich bin hier mitten im Gespräch.«

Cameron hielt sein Gesicht vor den Bildschirm, rief Katrin ein »Bye bye« zu und lief mit langen Schritten aus dem Zimmer.

Katrin lachte überrascht. »Kann das wirklich sein, dass Cameron und ich uns so lange nicht gesehen haben? Er ist ... Er hat sich ...« Sie suchte nach Worten.

»Er ist ein Mann geworden«, nickte Isabel.

»Wie alt ist er jetzt?«

»Einundzwanzig, seit zwei Wochen.«

»Einundzwanzig!« Katrin schlug die Hände zusammen. »O Gott, Isa, wir werden alt.«

»Das kannst du laut sagen.« Die Freundin fuhr sich durchs Haar. »Wenn ich dich allerdings so ansehe, werde von uns beiden nur ich alt.«

»Du bist und bleibst das fröhliche Gänseblümchen, das ich seit der Schule kenne«, lächelte Katrin.

»Fröhlich vielleicht, aber ziemlich vertrocknet.«

»Haben du und Henry etwa Probleme?«

Isabel hob beschwichtigend die Hand. »Wir verstehen

uns gut, aber wir sind eben ein ziemlich … eingerostetes Ehepaar.« Bedeutungsvoll hob sie die Augenbrauen. »Wohingegen du und dein *Latin Lover* …«

»Viktor ist Luxemburger.«

»Er sieht aber verdammt sexy aus mit seinem schwarzen Haar und den Schlafzimmeraugen.«

»Auch Viktor ist mittlerweile angegraut.«

»Trotzdem hatte ich den Eindruck, ihr befindet euch immer noch im Stadium der Leidenschaft.«

»Wirklich?« Katrin nahm einen kräftigen Schluck Wein. »Ich finde, Leidenschaft sieht anders aus.«

»Moment mal, wie spät ist es bei euch?« Isabel schaute auf die Uhr. »Wieso seid ihr noch nicht unterwegs und feiert?«

»Wir werden gar nicht feiern.«

»Aber warum denn nicht? Was ist passiert?«

Und Katrin erzählte es ihr, so wie sie Isabel in den vergangenen Jahren schon häufig von ihrem Kummer mit dem allzu freiheitsliebenden Profipolitiker erzählt hatte.

»Ausgerechnet an eurem Jahrestag hängt er in Brüssel rum?«, rief Isabel entrüstet. »Das ist bedenklich.«

»Viktor wird es wiedergutmachen, da bin ich sicher.« Katrin bemühte sich, unbeschwert zu klingen, aber Isabels Reaktion hatte sie hellhörig gemacht. »Was würdest du denn an meiner Stelle tun?«

»Ich würde sehr gut darüber nachdenken, ob diese Beziehung immer noch das ist, was du dir wünschst. Viktor ist sehr attraktiv, ich kann dich gut verstehen. Aber es ist nicht das erste Mal, dass du mich anrufst, weil er dich versetzt hat. Und was heute Abend betrifft, da würde ich mich ins Nachtleben stürzen, wenn ich du wäre.«

»Darauf ist mir die Lust vergangen. Ich würde jetzt lieber bei dir auf der Veranda sitzen.«

Isabel seufzte. »Glaub mir, das willst du nicht. Es ist hier so verdammt friedlich, dass ich dich manchmal um die Hektik deines Lebens beneide. Und natürlich um die Männer, die nach deiner Pfeife tanzen, wenn du sie auf den Laufsteg schickst.«

»Es gibt kaum etwas Langweiligeres als männliche Models«, lachte Katrin. »Entweder sie trainieren zu viel, oder sie sind schwul oder beides.« Sie nahm ihr Glas zur Hand. »Schluss damit. Wie geht es euch da draußen in eurer endlosen Weite mit dem nicht enden wollenden Sonnenschein?«

»Nicht die Endlosigkeit scheint im Moment Henrys Problem zu sein, sondern seine eigene *Endlichkeit*«, antwortete Isabel. »Er will den Betrieb schon wieder vergrößern.«

»Ihr habt doch bereits eine der größten Ranches in der Gegend.«

»Sicher, aber wenn du schon fünfzehntausend Rinder auf der Weide hast, können es genauso gut dreißigtausend sein.«

»Wozu?«

Isabel verdrehte die Augen. »Wozu tun Männer Dinge? Um den Tod zu vertreiben, um der Erste zu sein, der Größte, der Platzhirsch. Ein klassischer Fall von Midlife

Crisis, würde ich sagen.« Sie lächelte versonnen. »Trotzdem bin ich mit meinem Leben zufrieden. Henry und ich sind nicht mehr frisch verliebt, aber wir verstehen uns. Wir haben Cameron. Uns geht es gut.«

Katrin dachte an Viktor, an ihr Leben, doch dann lächelte sie. »Cameron ist ein großartiger Junge … ein junger Mann, sollte ich wohl sagen.«

»Er ist das tollste Geschenk, das mir das Leben gemacht hat.« Erschrocken schaute Isabel in die Kamera. »Entschuldige, ich will damit natürlich nicht sagen, dass man ohne Kinder nicht glücklich sein kann.«

»Das weiß ich doch. Mit mir ist alles in Ordnung«, erwiderte Katrin. Ein wenig zögernd fuhr sie fort: »Nur manchmal, ziemlich selten, gibt es Momente, in denen ich mich frage, wie alles gekommen wäre, wenn ich auch so ein tolles Kind gehabt hätte, so einen Jungen, mit dem mich ein Band verbindet …« Sie schüttelte den Kopf. »Ich rede dummes Zeug.«

»Das glaube ich auch. Du liebst deinen Job und deine Freiheit, und jetzt mach dir einen schönen Abend. Zieh dir was Tolles an und lass es dir gut gehen. Die Männer sollen einen Herzstillstand kriegen, wenn sie dich sehen.«

»Okay«, lachte Katrin. Dann seufzte sie tief. »Es hat so gutgetan, mit dir zu reden, Isa.«

»Gleichfalls, meine Große. Halt den Kopf oben.«

Sie warfen einander eine Kusshand zu, dann trennte Katrin die Verbindung.

»Herzstillstand«, murmelte sie, stand auf, führte das

Glas zum Mund, doch sie hatte keine Lust mehr auf Wein. Eigentlich hatte sie heute Abend auf gar nichts mehr Lust, am allerwenigsten auf Männer.

2

»NOCH EINES?«, FRAGTE der Mann hinter dem Zapfhahn.

Viktor nickte und bekam sein drittes Alt. Er warf einen Blick durch die ungeputzten Scheiben der Kneipe, draußen lag eine billige Welt, deren grelle Lichter vom Regen in etwas Glitzerndes verwandelt wurden.

Viktor Stern war in Düsseldorf. Er schob sein Handy auf dem Tresen hin und her und fühlte sich mies. Nicht wegen dem, was er getan hatte, er belog Katrin nicht zum ersten Mal, sondern wegen dem, was er bald tun würde. Viktor hatte ihr Jubiläum abgesagt, weil er gleich über diese Straße gehen und an eine bestimmte Tür klopfen würde.

Während er trank, suchte er nach einem Wort, das sein Gefühl am besten beschrieb. Es war eine Form von Traurigkeit, die er nicht an sich mochte, weil sie undynamisch war. Er war ein Mann der Tat, gerade in seiner Dynamik lag seine erotische Anziehungskraft. Lustlosigkeit wollte er an sich nicht gelten lassen, sie erschien ihm wie ein Vorbote des Alters. Mit seinen vierundfünfzig Jahren hatte er noch einen ästhetischen Körper, setzte alles daran, dass es auch so blieb, und genoss es, wenn er von

Frauen diesbezüglich Bestätigung erhielt. Gleichzeitig liebte er Katrin und wusste, dass kaum eine Frau so lange so viel Verständnis für ihn aufgebracht hätte. Er war sich des Privilegs bewusst, öffentlich mit dieser schönen, erfolgreichen Frau aufzutreten, er liebte die Klasse, die sie besaß, liebte Katrin auch im erotischen Sinn. Viktor begehrte sie allerdings seltener als früher und hielt das auch für natürlich, zugleich bedauerte er, dass er für sie nicht mehr so leidenschaftliche Gefühle aufbrachte. Das war der eigentliche Grund für seinen Überdruss, für jene unerwünschte Traurigkeit.

Er trank aus, rutschte vom Barhocker und verließ die Kneipe. Im Haus gegenüber lief er durch einen schwach beleuchteten Flur und stieg in den zweiten Stock hoch. Bevor er den Finger auf die Klingel legte, atmete er einmal durch. Noch konnte er zurück, noch konnte er mit einem gigantischen Rosenstrauß bei Katrin auftauchen, sich entschuldigen, und alles wäre wieder gut. Aber Viktor kannte sich und seine Leichtfertigkeit im Umgang mit Verantwortung; dass er sich dafür verachtete, änderte nichts daran. Er drückte auf den Knopf.

Fast im selben Moment ging die Tür auf. Viktor hatte die Geldscheine vorher abgezählt und gab sie dem Mann am Eingang. Er lief in den Flur und öffnete einen Spind. Ohne Hast zog er sich aus. Es fiel ihm nicht ein, den Club nackt zu betreten, er hätte das geschmacklos gefunden. Im schwarzen T-Shirt, mit schwarzem Slip betrat er den *Spieleraum*.

Das Spiel war in Gang. Vier Frauen vergnügten sich

auf zwei breiten Liegen mit sechs Männern. Viktor gefiel die Musik, irgendwo brannten Räucherstäbchen, das Licht war unaufdringlich. Es wurde wenig gesprochen und kaum gestöhnt. Er genoss diese besondere Atmosphäre: die größtmögliche Intimität, gepaart mit völliger Fremdheit. Viktor setzte sich in einen Sessel und sah zu. Viel Zeit blieb dafür nicht, denn eine attraktive junge Frau ließ sich auf seinem Schoß nieder.

»Wollen wir mitmachen?«, fragte sie unverblümt.

»Lass mich erst mal was trinken.« Er streichelte ihr Schulterblatt und betrachtete dabei ihre spitzen Brüste.

»Du hast ja gar nichts zu trinken.«

»Dann lass mich eben erst mal *nichts* trinken«, scherzte er.

»Versteh ich nicht«, sagte sie.

Im gleichen Moment verlor er das Interesse an ihr. Wenn nicht ein Funken Witz bei der Sache war, wurde es für ihn bedeutungslos. Er ließ seine Hand von ihrer Schulter gleiten, sie verstand und ging zum Nächsten weiter. Viktor schlenderte zur Bar und bestellte sich eine Cola. Er war abgespannt, die Debatte des EU-Rates hatte tatsächlich lange gedauert, Viktor hatte erst den letzten Flieger nach Düsseldorf gekriegt.

Seine Unentschlossenheit verflog, als Linette die Bar betrat. Linette war Tschechin, ihre Haut hatte einen Goldton, und ihr schwarz gefärbtes Haar schimmerte. Sie sprach nur Englisch, obwohl Viktor vermutete, dass sie auch Deutsch verstand. Linette trug einen roten Lederrock, halterlose Strümpfe und High Heels.

»Hallo, Linette.«

Sie sah ihn aus grauen Augen an und sagte: »Good to see you.«

Es war ihre Frechheit, vielleicht auch ihre Kälte, die ihn faszinierten. Es war die Lüsternheit, die bereits in dieser harmlosen Begrüßung lag. Wegen Linette hatte Viktor Katrin versetzt, seine große Liebe. Kein anderer Abend und kein anderer Schauplatz wären dafür infrage gekommen, denn Linette besuchte Düsseldorf nur selten. Viktor hatte versucht, sich an einem intimeren Ort mit ihr zu treffen, doch sie hatte es aus Termingründen ausgeschlagen. Dass eine Edel-Prostituierte dem viel beschäftigten Europa-Parlamentarier mit *Terminen* kam, war eine Ironie, zugleich steigerte es den Reiz für ihn. Er war gezwungen, sich auf einer Sexparty mit ihr zu vergnügen, wo sie später noch viele Männer befriedigen würde. Doch für die nächste Stunde gehörte sie ihm, er hatte das Privileg, der Erste zu sein.

»How have you been?« Linette berührte seine Schulter.

»Too much work.«

Sie trank von Viktors Cola. »And your girlfriend?«

»She is fine.« Er hatte genug vom Small Talk, hob Linette an der Taille hoch und trug sie am Spieleraum vorbei ins Separee. Er fühlte sich stark, er fühlte sich unüberwindlich und spürte, wie sein Penis schon jetzt steinhart wurde.

Viktor hatte Linette vor zwei Jahren bei einer ähnlichen Gelegenheit kennengelernt. Sie hatten Stunden miteinander verbracht, die Viktor nur als überwältigend bezeichnen konnte. Im sexuellen Umgang kannte Linette keinerlei Konventionen, sie hatte ihn auf einen Pfad der Lust entführt, den er noch nie zuvor beschritten hatte. Deshalb fühlte er sich dieser Frau ein wenig ausgeliefert. Sie war die Meisterin und er der gelehrige Schüler.

Während die beiden es sich auf der Liege bequem machten, meldete sich für einen Moment Viktors schlechtes Gewissen. Gerade an diesem besonderen Tag hatte er Katrin versetzt. Er würde es wiedergutmachen, das war ihm bei ihr meistens gelungen. Linette begann Viktor zu liebkosen. Er schloss die Augen und genoss das Spiel ihrer Lippen.

3

»TELEFON!« HEINZ LIEF mit dem Hörer hinter Katrin her, als ob er einen Faustkeil schwingen würde.

»Keine Zeit.« Sie erreichte ihren Schreibtisch und beugte sich über die Entwürfe.

»Er hat es angeblich schon mehrmals probiert.« Heinz strich seinen Schnäuzer glatt. »Aber du gehst nicht dran.« Seitdem Katrins langjähriger Assistent seinen sechzigsten Geburtstag gefeiert hatte, verzichtete er darauf, sein Haar zu färben. Es war schlohweiß, so weiß, dass Katrin den Verdacht hatte, er würde es pudern wie Lagerfeld.

»Natürlich gehe ich nicht dran. Gino Lissere ist in der Stadt, und wie gewohnt beansprucht er mich mit Haut und Haar.« Wie ein Fels erhob sich Katrins Laptop zwischen den Papieren, sie öffnete eine Kalkulationstabelle.

»Was soll ich dem jungen Mann also sagen?«

»Gib schon her, du bist doch nicht mein Telefonfräulein.« Ärgerlich nahm sie den Hörer entgegen. »Wer ist es?«

»Ein Australier.«

»Wen kennen wir in Australien?«

»Er scheint dich zu kennen.«

»Katrin Ferber«, sagte sie, darauf gefasst, gleich Englisch sprechen zu müssen.

»Ganz schön schwer, an dich ranzukommen, Tante Katrin«, sagte eine junge Männerstimme auf Deutsch, aber mit dem unverkennbaren australischen Akzent, den Katrin manchmal schon bei Isabel durchhörte.

»Cameron?«, antwortete sie überrascht und bedeutete Heinz, dass es in Ordnung sei. »Ist etwas mit Isabel?«, fragte sie plötzlich besorgt.

»Mit Mum? Nein, nein.«

»Gott sei Dank, ich dachte schon … Ich bin sehr überrascht, von dir zu hören.«

»Mit Mum ist alles in Ordnung. Ich rufe an, weil mein Flug schon in zwei Tagen geht.«

»Was für ein Flug?«

»Ich komme nach Europa, genau genommen nach Kopenhagen.«

»Wie schön, das ist eine tolle Stadt.« Während sie das sagte, scrollte Katrin die Tabelle auf dem Bildschirm abwärts.

Ein Mann betrat das Büro, den man auf den ersten Blick für einen Gewichtheber halten konnte. Gino Lissere war untersetzt, er trug den Schädel glatt rasiert, sein Nacken war wuchtig, ein silberner Ring zierte sein linkes Ohr. Er trug einen Anzug aus heller Seide. Alles an Gino war schwer, dennoch bewegte er sich erstaunlich leichtfüßig auf Katrins Schreibtisch zu.

»Mit wem redest du?«, fragte er mit italienischem Akzent.

»Warte einen Augenblick, Cameron.« Sie hielt den Hörer zu. »Mi dispiace, Gino, ich bin gleich wieder bei dir«, sagte sie zu dem Modeschöpfer.

»Du weißt, dass wir gerade die wichtigsten Entscheidungen für das nächste Jahr treffen? Lass uns weitermachen, cara.«

»In einer Minute bin ich bei dir.«

Er zog die Augenbrauen hoch, verließ dann aber das Büro ohne einen weiteren Kommentar.

»Bist du noch dran, Cameron?«

»Viel zu tun bei euch?«, erwiderte er fröhlich.

»Ich würde gern mit dir plaudern, aber heute ist es schwierig. Du fliegst nach Kopenhagen? Was hast du denn dort vor?«

»Das erzähle ich dir, wenn du dich von mir zum Essen einladen lässt. Bist du übermorgen Abend noch frei?« Das Lachen in seiner Stimme war unüberhörbar. »Mein Flug hat Zwischenstopp in Düsseldorf. Es geht erst am nächsten Morgen weiter nach Kopenhagen.«

»Ich verstehe.« Katrin lachte ebenfalls. »Die Überraschung ist dir gelungen. Übermorgen – lass mich mal sehen.« Sie checkte ihren Kalender. Samstag war traditionell Viktors Tag. Sie hatten noch nichts ausgemacht, aber bestimmt ging er davon aus, dass sie einander treffen würden. »Ich rufe dich zurück, okay?«

»Wann rufst du zurück?«

Plötzlich ging Katrin die fordernde Art des jungen Mannes auf die Nerven. Isabel war ihre engste Freundin, und natürlich würde sie sich um ihren Sohn kümmern, wenn er nach Düsseldorf kam. Aber im Grunde kannte sie Cameron gar nicht. Sie hatte ihn im Alter von sechs Jahren das erste Mal gesehen, er war ein entzückender, aber frecher Bursche gewesen. Ein zweites Mal hatten sie einander getroffen, als Isabel und Henry eine Europareise gemacht hatten. Damals war Cameron fünfzehn gewesen und hatte unterwegs seinen sechzehnten Geburtstag gefeiert. In Florenz waren sie einander häufiger begegnet, Katrin hatte den australischen Freunden ihr Apartment mit Blick auf die Ponte Vecchio zur Verfügung gestellt. Cameron hatte ihr später in einem Brief geschrieben, dass er noch nie so glückliche Tage erlebt hätte. Dieser Brief hatte Katrin gerührt, er war voll kindlicher Freude und Wärme gewesen, zugleich schwang bereits der Ernst eines Erwachsenen darin mit. Sie überlegte, dass es Isabel gewiss freuen würde, wenn Katrin Cameron näher kennenlernte, also entschied sie sich zuzusagen.

»Gut, irgendwie wird es schon klappen. Wann kommst du an?« Cameron nannte ihr die Zeit. »Abholen kann ich dich nicht, aber der Düsseldorfer Flughafen liegt dicht bei der Stadt. Nimm ein Taxi zu meinem Büro, dann sehen wir weiter. Du kannst selbstverständlich bei mir übernachten. Die Wohnung ist groß genug.«

»Vielen Dank.«

In der Tür erschien Heinz und deutete an, dass Gino allmählich ungeduldig wurde.

»Ich muss Schluss machen. Guten Flug, Cameron.« Bevor der Junge etwas erwidern konnte, unterbrach Katrin die Verbindung. Während sie an Heinz vorbei in den Konferenzraum ging, überlegte sie, wo sie eigentlich die Bettwäsche für das Gästebett aufbewahrte. Sie hatte sie seit Ewigkeiten nicht mehr gebraucht.

* * *

»Du hast sonst nie Besuch.«

Katrin lag in Viktors Armen in der lauen Abendluft. Seine Terrasse bot einen Blick auf anonyme Dächer, rundum brannten die Lichter anonymer Häuser. Katrin richtete sich auf den Ellbogen auf. »Willst du damit sagen, dass ich kein gastfreundlicher Mensch bin?«

»Wenn es um ein Abendessen geht oder eine Führung durch die Stadt, bist du selbstlos und geduldig«, antwortete er. »Doch was dein intimes Revier betrifft, lässt du dort nur ungern jemand Fremdes rein. Selbst ich brauchte drei Wochen, bis ich dir damals die erste Einladung entlocken konnte.«

Viktor hatte recht, aber Katrin wollte es nicht so ohne Weiteres zugeben. »Das kommt daher, weil mein Apartment ein zweiter Arbeitsplatz für mich ist.«

»Und in dieses Refugium darf plötzlich ein junger Mann einbrechen? Wie hat der Junge das nur geschafft?«

»Er ist Isabels Sohn. Natürlich biete ich ihm an, bei mir zu übernachten.« Katrin schaute in Viktors Fuchsaugen, die bei der Beleuchtung dunkel schimmerten. Impulsiv warf sie sich über ihn und zwang ihn auf den Rücken. »Und wenn mir der kleine Australier zu sehr auf die Nerven geht, packe ich meine Koffer und komme zu dir. So wie heute Nacht.«

Er machte seinen Arm frei, um auf die Uhr zu sehen. »Heute? Das wird nichts.«

»Weshalb?« Überrascht ließ sie von ihm ab.

»Weil ich morgen den allerersten Flieger nehmen muss. Das bedeutet aufstehen um vier Uhr dreißig.«

»Das wäre nicht das erste Mal.«

»Du brauchst deinen Schlaf genauso wie ich.«

Katrin setzte sich auf. »Ich bin schon öfter in deinem Bett geblieben, wenn du frühmorgens nach Brüssel musstest.«

»Aber heute … passt es mir eben nicht.« Er schwang die Beine zu Boden und kam hoch. »Es ist Mitternacht, Katrin, ich muss schlafen. Und du erwachst dann morgen in deinem schönen großen Bett.«

Verwirrt strich sie sich ihr Haar aus dem Gesicht. »Okay, wenn dir das lieber ist.«

Viktor betrachtete ihre wunderbar langen Beine. Er betrachtete ihr makelloses Gesicht, die sinnliche Unterlippe, das freche, mädchenhafte Kinn, die markanten Brauen und ihre langen Wimpern, die die Enttäuschung in ihren Augen verdeckten. Viktor betrachtete die Rundung ihrer Hüfte, die er gern nackt an sich gepresst hätte. Aber Viktor konnte heute nicht mit ihr schlafen. Er durfte nicht. Der Grund war dumm und lächerlich, er war in jedem Fall peinlich: Viktor fürchtete, er könnte sich angesteckt haben.

Mit Linette war es wie immer wunderbar gewesen.

Diesmal war es jedoch zu einer kleinen Verletzung gekommen, und zwar an einer äußerst heiklen Stelle. Das war Viktor jedoch erst aufgefallen, nachdem er sich zärtlich von Linette verabschiedet hatte. Er war heimgefahren und hatte die kleine Wunde mithilfe zweier Spiegel begutachtet. Es tat nicht mehr weh, doch eine sonderbare Beunruhigung hatte bei Viktor eingesetzt. Linette war eine Luxus-Hure, sie bot ihren Sex europaweit an. Konnte Viktor sicher sein, dass sie ihm nicht etwas angehängt hatte? Musste er das nicht untersuchen lassen? Das Internet hatte einen Immunologen empfohlen. Viktor hatte ein Institut in seiner Nähe gegoogelt und sich für kommenden Nachmittag angemeldet. Das bedeutete, dass er tatsächlich in aller Herrgottsfrühe nach Brüssel fliegen, seine Amtsgeschäfte erledigen und mit der ersten Nachmittagsmaschine zurückkommen würde, um zum Arzt zu gehen. Katrin musste er nun so lange von sich fernhalten, bis der Arzt Entwarnung gegeben hatte, und er spürte, wie sehr er das bedauerte.

»Ich würde jetzt auch lieber in deine Arme sinken und schöne Dinge tun«, sagte er sanft. »Aber es wäre kein Genuss, für uns beide nicht.«

»Wie du meinst.« Sie stand auf, vermied seinen Blick und suchte ihre Sachen zusammen.

»Unsere verpatzte Zehnjahresfeier holen wir selbstverständlich nach.«

»Ach die«, antwortete sie scheinbar leichthin. »Die hatte ich schon ganz vergessen.«

Katrin war traurig und verwirrt. Viktors Verhalten

passte nicht zu ihm. Egal wie müde er war oder wie sehr seine Arbeit ihn stresste, verlor er unter normalen Umständen nie seinen Humor. Deswegen hatte Katrin ihm seine Unzuverlässigkeit immer wieder nachgesehen: Es gelang Viktor, selbst einer unerfreulichen Situation noch komische Seiten abzugewinnen. Kein Mann vor ihm hatte Katrin das bieten können. Doch seit einer Weile benahm er sich merkwürdig distanziert. Sie hatte keine rechte Erklärung dafür.

»Ist schon in Ordnung«, sagte sie auf dem Weg zur Tür. »Ich habe den Tag morgen sowieso vollgepackt mit Terminen.«

Er versuchte sie zu küssen, aber Katrin war schneller und schlüpfte hinaus. Zu spät bemerkte er, dass sie ihr Mobiltelefon vergessen hatte.

4

DER JUNGE MANN SASS in Reihe 46, Sitz E, eingekeilt zwischen einem übergewichtigen Australier, der die Armlehne für sich in Anspruch nahm, und einer Indonesierin. Beide schliefen, was Cameron nicht gelang. Die Filme, die auf dem Flug gespielt wurden, langweilten ihn, er hatte keine Lust zu lesen, und so saß er einfach da, schaute auf den Vordersitz und versuchte sich vorzustellen, was ihn erwartete.

Cameron dachte nicht an Kopenhagen, obwohl sich dort vielleicht das Tor zu einem neuen Leben öffnen würde, seine Gedanken waren in Düsseldorf. Seit er Katrin zum ersten Mal begegnet war, hatte ihre Schönheit ihn gefesselt, die Feinheit ihrer Glieder, der Schwung, mit dem sich ihr Haar in den Nacken schmiegte, diese faszinierend grünen Augen. Später erst hatte Cameron erfahren, dass Katrin Kontaktlinsen trug, die ihren Augen diesen verklärten Glanz gaben. Für ihn war es der Blick einer Magierin. Er war damals erst sieben Jahre alt gewesen, dennoch war er von dieser Frau fasziniert gewesen, wie noch nie von einem Menschen zuvor.

Jahre später war er Katrin in Düsseldorf wiederbegegnet. Seit jenem Tag hatte es für ihn keinen Zweifel mehr gegeben, dass er sich unwiderstehlich von ihr angezogen fühlte. Bei einem gemeinsamen Abendessen mit seinen Eltern hatte sie ihn so sehr bezaubert, dass Cameron kaum ein Wort hervorbrachte. Isabel hatte ihn aufgefordert, nicht stumm dazusitzen und mit Katrin zu plaudern – es war ihm nicht einmal möglich gewesen, sie anzusehen. Er hätte sich für sein Verhalten ohrfeigen können, war aber überzeugt gewesen, dass er noch eine Chance bekommen würde, sich Katrin in einem besseren Licht zu präsentieren.

Bald darauf waren sie zu dritt in Katrins Apartment in Florenz eingeladen gewesen. Dort hatten sie einander an Camerons Geburtstag wiedergetroffen. Er liebte die Erinnerung an jenen Tag. Katrin war ihm wie eine Renaissance-Fürstin erschienen, eine Diva aus verflossener Zeit, als Florenz noch kein Mekka für Touristen, sondern eine reiche und mächtige Handelsstadt gewesen war. Katrin sprach perfekt Italienisch und hatte die Führung ihrer australischen Freunde übernommen. An jenem Tag hatte sich Cameron für seine Eltern geschämt, weil sie wie die dümmsten Hinterwäldler aufgetreten waren, in Shorts und Sandalen, mit ihren lächerlichen Farmerhüten auf den Köpfen. Katrin hatte sie in einem eleganten, sommerlichen Kostüm durch die Straßen begleitet, abends war sie in einem langen Kleid mit ihnen ausgegangen, das Cameron schlicht den Atem verschlagen hatte. Eine schönere Frau als Katrin konnte es auf der Welt nicht geben, davon war er damals überzeugt gewesen, und daran hatte sich bis heute nichts geändert.

In Florenz hatte er seine Selbstsicherheit wiedergewonnen. Katrin und er und hatten kurze Gespräche geführt, einmal hatten sie sogar zu zweit minutenlang auf der Ponte Vecchio gestanden. Beide hatten die Hände auf die Brüstung gelegt und Cameron hatte gewagt, für einen Moment Katrins Finger zu berühren. Obwohl er mittlerweile mit zwei Mädchen geschlafen hatte, war dieser Augenblick auf der Brücke in seiner Erinnerung für ihn immer noch der sinnlichste Moment seines Lebens.

In wenigen Stunden würde er Katrin wiedersehen, die Zauberin, die seine Fantasien während seiner Pubertät beschäftigt hatte. Auch wenn Cameron es sich nicht eingestand, knüpfte er an den kommenden Abend die verrücktesten Vorstellungen. Die Ereignisse, die ihn in Kopenhagen erwarteten, verblassten dagegen, seine beruflichen Ziele traten in den Hintergrund, denn heute Nacht flog er zu Katrin. Das war auch der Grund, weshalb er seiner Mutter so wenig wie möglich von seinen Plänen verraten hatte. Er hatte den Flug auf eigene Faust gebucht und Isabel verschwiegen, dass er eine Zwischenlandung in Düsseldorf machen würde. Sein Verhalten war kindisch, denn Isabel hätte sich bestimmt darüber gefreut, dass er ihrer besten Freundin einen Besuch abstatten wollte. Wahrscheinlich würden beide ihn auslachen, wüssten sie, wie geheimnistuerisch er dieses Treffen in die Wege geleitet hatte. Es war auch zum Lachen, zugleich war es Cameron todernst damit. In ein paar Stunden würde er sie anrufen, ein Taxi nehmen und sich zu ihr auf den Weg machen. Weiter mochte Cameron nicht denken, im Augenblick bestand seine Zukunft einzig und allein aus dem Abend mit Katrin.

* * *

Sie stand in Viktors Wohnung, in den Räumen, die sie fast so gut kannte wie ihre eigenen, und war wie vor den Kopf geschlagen. Dort lag Viktors geöffneter Aktenkoffer auf dem Couchtisch. Darin entdeckte sie seinen Personalausweis und den ID-Pass, der ihm Zugang zu den streng geschützten EU-Tagungsräumen verschaffte. Katrin verstand das nicht: Mochte der Euro auch ins Bodenlose fallen, mochten die Banken kollabieren, mochten Atomkraftwerke explodieren, all das waren mögliche Szenarien, unmöglich jedoch war, dass Viktor nach Brüssel gereist war und seinen Aktenkoffer zu Hause gelassen hatte. Dass der rotbraune Koffer dort lag, bedeutete, dass Viktor in Düsseldorf sein musste. Wieso hatte er Katrin nichts davon gesagt?

»Viktor?«, rief sie vorsichtig und lief ins Schlafzimmer. »Viktor, bist du da?«

Das Zimmer war leer, das Bett nachlässig gemacht. Auf dem Nachttisch entdeckte Katrin erleichtert ihr Smartphone. Der Tag ohne das Ding war kompliziert gewesen. Morgens hatte sie das Fehlen ihres Telefons in der Eile erst im Büro bemerkt, zu spät, um Viktor daheim noch anzurufen. In ihrem Job war es ein unvorstellbarer Zustand, nicht unter ihrer gewohnten Nummer erreichbar zu sein. Die meisten Leute hatten daraufhin Heinz angerufen, der erklären musste, wieso Katrin nicht dranging. Nachmittags war zu allem Überfluss noch Camerons Anruf dazwischengekommen, er stehe auf dem Düsseldorfer Flughafen und könne Katrin nicht erreichen. Da hatte sie die Idee gehabt, in Viktors Wohnung zu fahren, ihr Handy zu holen und Cameron danach selbst vom Flughafen abzuholen.

Katrin nahm das blinkende Ding an sich, das den Eingang vieler Nachrichten anzeigte. Sie nahm an, dass Viktor ihr den Grund für seine Planänderung inzwischen auf die Mailbox gesprochen hatte. Katrin verließ seine Wohnung und schloss mit ihrem Schlüssel ab. Auf dem Weg zum Auto checkte sie die Nachrichten.

»Ich bin's«, sagte Viktors Stimme. *»Ich komme erst mit dem letzten Flieger aus Brüssel heim. Schade, sonst hätten wir noch was trinken können, bevor du deinem australischen Besucher die Schönheiten Düsseldorfs zeigst.«* Katrin hörte Viktors abschätziges Lachen, weil sie sich mit einem Halbwüchsigen abgeben musste, während er wichtige Regierungsgeschäfte voranbrachte.

Was Katrin aber vor allem spürte, war die Lüge. Die Lüge lag in der Luft, die Lüge quoll aus dem Lautsprecher des Telefons. Katrin war davon überzeugt, dass er sich nicht in Brüssel aufhielt. Wo er war, interessierte sie nicht, es ging ihr einzig und allein um den Vertrauensbruch. Sie nahm nicht an, dass Viktor ihr während der gemeinsamen Jahre immer die Wahrheit erzählt hatte, glaubte aber, dass es Notlügen gewesen waren, wenn er ihr nicht offen sagen wollte, dass er keine Lust hatte, sie zu sehen. Die heutige Lüge war anders. Massiv wie eine Mauer erhob sie sich vor Katrin. Es ärgerte sie außerdem, wie herablassend er sich über ihren Besucher geäußert hatte. Cameron war kein Hinterwäldler, kein lästiges Tier, das sie notgedrungen bei sich aufnehmen musste, er war der Sohn von Katrins bester Freundin. Es interessierte sie, was aus ihm geworden war und weshalb er nach Kopenhagen flog.

In ihrem aufgewühlten, verletzten Zustand gab es für Katrin plötzlich keine wichtigere Verpflichtung, als Cameron abzuholen und ihm den kurzen Aufenthalt so angenehm wie möglich zu machen. Sie startete ihr Auto und fuhr Richtung Autobahnzubringer, von wo sie in wenigen Minuten zum Flughafen gelangen würde.

5

ZUM ERSTEN MAL allein in Europa, wie mag das für den Kleinen sein, dachte Katrin, während sie ihren Wagen in der Kurzparkzone abstellte. Als sie Cameron gleich darauf gegenübertrat, stellte sie fest, dass ihr Besucher sie um Haupteslänge überragte. Er schien auch nicht erschöpft vom Jetlag zu sein, sondern frisch, fröhlich und abenteuerlustig.

»Tante Katrin!« In seinen Wüstenboots kam Cameron auf sie zu und umarmte sie.

Katrin war überrascht, wie zierlich sie sich in seinen kräftigen Armen fühlte.

»Am besten, wir lassen die *Tante* von nun an weg«, sagte sie, nachdem der Junge sie losgelassen hatte.

Er grinste mit vollen Lippen und sagenhaft weißen Zähnen. »Ist mir sehr recht.«

Ein richtiger Farmerssohn, dachte Katrin, ein sonnenverbrannter Australier, den es ins regnerische Germany verschlagen hat. »Als Erstes will ich wissen, wieso du nach Kopenhagen fliegst.« Sie wies in die Richtung, wo ihr Auto stand.

»Weil ich dort studieren werde.« Er schulterte seinen Rucksack und zog den Rollkoffer hinter sich her.

»Weshalb ausgerechnet in Dänemark?«

»Weil Nyborg mich für seine Meisterklasse angenommen hat.«

»Das ist wohl … besonders toll?« Katrin hatte keine Ahnung, was das bedeutete.

»Sag bloß, du hast noch nie etwas von Sven Nyborg gehört?«, fragte Cameron ungläubig. »Er ist der bedeutendste Architekt Skandinaviens. Zuletzt hat er das Memorial Centre in Melbourne gebaut. Dort habe ich ihn kennengelernt.«

»Ich wusste gar nicht, dass du dich für Architektur begeisterst«, antwortete Katrin ein wenig verwirrt, weil aus dem Jungen, dem sie als Teenager Eiscreme gekauft hatte, ein ausgewachsener, gebildeter, mitten im Leben stehender junger Mann geworden war. In diesen Sekunden kam sich Katrin tatsächlich alt vor.

»Natürlich nicht, woher auch? Du weißt im Grunde gar nichts von mir«, erwiderte er.

»Mein Wagen steht da drüben.« Katrin lief voraus.

Im Auto schwiegen sie eine Weile. Es wurde bereits dunkel, die Lichter gingen an. Katrin wählte die Strecke am Ufer entlang, damit Cameron den sommerlichen Rhein sehen konnte.

»Wie geht es Isabel und deinem Vater?«

Er antwortete wahrheitsgemäß, formulierte es aber so geschickt, dass Katrin nicht heraushören konnte, dass seine Mutter von dem Zwischenstopp in Düsseldorf nichts wusste. Cameron war nervös, beflügelt, hingerissen, unsicher – alles gleichzeitig. Er hatte sich so auf die

Begegnung mit Katrin gefreut, dass ihm die augenblickliche Situation enttäuschend alltäglich vorkam. Er war zu seiner Zauberin geflogen, nun chauffierte ihn die Freundin seiner Mutter am Rhein entlang und sagte: »Der Fluss und die Brücken, das ist meiner Ansicht nach der schönste Blick auf die Stadt.«

Er wollte antworten, dass er bereits mit seinen Eltern in Düsseldorf gewesen war, aber es erschien ihm zu banal, und so ließ er Katrin weiter erzählen, bis sie sich selbst unterbrach.

»Moment mal, du warst doch schon mal hier, nicht wahr?«

Er nickte. »Du hast mir den Rhein schon einmal gezeigt.«

»Okay, die Stadtrundfahrt wird abgebrochen«, lachte sie, setzte den Blinker und bog vor der Rheinkniebrücke in Richtung Bahnhof ab.

Was hast du denn erwartet, dachte Cameron, während er in den schwarzen Himmel schaute. Katrin hat einen anstrengenden Beruf, sie hat bestimmt hundert wichtigere Dinge im Kopf, als dich abzuholen. Jetzt bringt sie dich zu sich nach Hause, was auch nur Umstände für sie bedeutet. Später wird sie in irgendeinem Lokal pflichtschuldig mit dir zu Abend essen und hoffen, dass du vom Flug so müde bist, dass dir danach rasch die Augen zufallen. Das ist die Aussicht auf den heutigen Abend, auf den du dich viel zu sehr gefreut hast.

»Wir müssen nicht zusammen essen gehen, wenn du

wenig Zeit hast«, sagte er. »Ich esse einfach einen Happen bei dir daheim und hau mich gleich in die Falle.«

»Kommt nicht infrage«, antwortete sie. »Ich habe mir den Abend extra freigehalten, jetzt wirst du mich gefälligst auch ausführen. Du bist mein heutiges Date, junger Mann.«

Katrin schüttelte den Kopf, wieso hatte sie das gesagt? Der Grund musste die Verletzung sein, die sie durch Viktor erfahren hatte. Was sollte Cameron von ihr denken, wenn sie alte Schachtel sich ihm als *Date* aufdrängte?

Im Hintergrund tauchte bereits die bunte, billige Welt des Bahnhofsviertels auf.

Ein *Date.* Das Wort kam für Cameron so unerwartet, dass er nicht wagte, Katrin anzusehen. Sie hatte das flapsig gemeint, der Satz bedeutete nichts weiter, als dass sie mit niemand anderem verabredet war. Wahrscheinlich tat sie es nur Isabel zuliebe, trotzdem konnte er seine Freude kaum verbergen: Heute Abend hatte er ein Rendezvous mit Katrin. Er war darauf vorbereitet und hatte seine neuen Schuhe eingepackt, für die er einen Nachmittag lang nach Sydney shoppen gefahren war.

»Wenn das so ist, werde ich dich nicht hängen lassen«, antwortete er so cool wie möglich. »Ich bin dein Date.«

Katrin warf ihm einen lächelnden Seitenblick zu, ein Blick, der Cameron durch Mark und Bein ging.

* * *

Das *Palazzo* war eine angenehme Pizzeria, besser, als man in dieser Gegend erwarten konnte. Katrin hatte ihr zweites Glas Wein vor sich, sie fühlte sich behaglich und ein wenig müde. Der üble Geschmack des vergangenen Nachmittags hatte sich verflüchtigt. Cameron sah gut aus, nein, das traf es nicht. Sie gestand sich ein, dass der junge Mann sexy aussah. War ihm das bewusst? Hatte er die anthrazitfarbene, eng anliegende Jacke, das schwarze T-Shirt, die Schuhe im Stil von Manolo Blahnik mit Bedacht gewählt? Woher besaß er so viel Geschmack? Er lebte auf einer Farm, half seinem Vater bei schweren Arbeiten, jetzt aber saß Katrin ein lässiger Typ gegenüber, der einer Lifestyle-Werbung entsprungen sein könnte.

Mehr noch als sein Outfit überraschte sie, dass man sich mit Isabels Sohn über alles Mögliche unterhalten konnte, nicht nur über Australien und die Rinderzucht. Sie redeten über seine Pläne, Architekt zu werden, und dass seine Eltern ihn dabei intensiv unterstützten. Während sie ihre Linguini aßen, spekulierte Katrin darüber, wie Cameron mit dem Wechsel eines Jungen vom Land in eine kühle nordische Stadt zurechtkommen würde. Ihre Überraschung wuchs, als sie auch nach einer, nach zwei Stunden nicht den geringsten Wunsch verspürte, ihn nach Hause zu bringen. Sie genoss den Abend in seiner Gegenwart, und als er nach dem zweiten Grappa mit der Frage herausrückte, was man um diese Zeit in Düsseldorf noch anstellen könne, kam ihr das keineswegs aufdringlich vor.

»Das weiß ich ehrlich gestanden nicht«, antwortete Katrin. »Aus dem Alter, in dem man mit dem Abendprogramm erst nach Mitternacht beginnt, bin ich heraus.«

»Es ist gerade mal zehn«, erwiderte er vergnügt.

»Bist du denn nicht müde?«

»Kein bisschen.«

»Willst du deine Mutter nicht anrufen und ihr sagen, dass du gut gelandet bist?«, fragte Katrin, nachdem Cameron die Rechnung beglichen hatte.

»Das habe ich schon am Airport gemacht«, log er und beugte sich über den Tisch. »Einen Drink noch woanders, Katrin, komm schon.«

»Einverstanden. Damit du siehst, dass Düsseldorf noch mehr zu bieten hat als das Bahnhofsviertel.«

Als sie aus dem *Palazzo* traten, spürte Katrin den Alkohol stärker als erwartet. Bei Cameron dagegen schien sich der Grappa nicht bemerkbar zu machen.

Er schaute ans Ende der Straße. »Gehen wir zu Fuß?«

»In diesen Schuhen?« Sie zeigte auf ihre High Heels.

»Willst du etwa Auto fahren?« Er lächelte auf eine Art, die Katrin ärgerte, gleichzeitig staunte sie, dass der junge Kerl überhaupt so etwas wie Ärger bei ihr auslösen konnte.

»Am besten, wir lassen uns von einem Taxi in meine Prachtstraße bringen.« Sie lief auf die Wagenreihe mit den gelb erleuchteten Schildern zu.

»*Deine* Prachtstraße?«

»Die *Kö* ist mein Revier, mein persönliches Territorium sozusagen.« Katrin winkte das vorderste Taxi heran.

Nach kurzer Fahrt ließ sie den Fahrer in der Mitte der Königsallee halten. Die Sommerluft war schwer, jeder Schritt fühlte sich an, als ob man sich durch warmes Wasser bewegen würde. Katrin liebte diese Wochen im Jahr, wenn es praktisch egal war, was man anzog, alles kam einem in der Hitze zu viel vor. Wenn man sich ständig nach einem Getränk sehnte, in dem Eiswürfel schwammen, mit denen man sich den Nacken kühlen konnte.

Katrin hatte Cameron die Schaufenster zeigen wollen, in denen Modelle *ihrer* Modeschöpfer ausgestellt waren. Als sie nun durch die erleuchtete Allee schlenderten, kam ihr das Vorhaben plötzlich angeberisch vor. Welches Interesse sollte ein junger Mann an den glitzernden Klamotten-Shops haben? Was sollten sie in einer Straße, die praktisch nur aus solchen Läden bestand?

»Und jetzt?«, fragte er, nachdem sie zwei Blocks hinter sich gelassen hatten.

Nach Geschäftsschluss war die Kö ein erstaunlich unbelebter Ort, Nachtlokale konnte man hier lange suchen. Warum sind wir nicht in die Altstadt gefahren?, dachte Katrin. Der Junge will noch etwas trinken und ein wenig abhängen. »Kennst du unser Alt?«, fragte sie, während sie an der Boutique von Cartier vorbeischlenderten.

»Alt, was soll das sein?« Er streckte die Arme nach oben, als ob er sich räkeln würde.

Er langweilt sich mit mir, dachte sie, unser Reservoir

an Gesprächsthemen ist erschöpft. Was für eine kurzsichtige Idee von mir, ausgerechnet hierherzufahren.

»Ob es dort drüben was zu trinken gibt?«, schlug Cameron vor.

Ahnte Katrin, wie beklommen er war, ahnte sie, wie wunderbar es sich anfühlte, mit ihr allein durch die fast menschenleere Straße zu spazieren? Ahnte die schöne Frau, welche Wendung der Abend für ihn genommen hatte? Nun fühlte er sich nicht mehr wie ein lästiger Besucher, der einer viel beschäftigten Frau ihre Zeit stahl, sie waren einander nähergekommen, das spürte er so intensiv, dass er sich wünschte, dieses Rendezvous würde niemals enden. Dass es in der geschniegelten Einkaufsstraße keine Kneipe gab, hatte Cameron inzwischen begriffen, er musste also vor allen Dingen verhindern, dass Katrin das zum Anlass nehmen würde, den Heimweg anzutreten. Aufs Geratewohl lief er auf die mondäne Fassade eines Hotels zu, vor dem Luxuslimousinen parkten und wo sich der Türsteher in seiner hochgeschlossenen Livree in der Hitze recht seltsam ausnahm. »Da drin sollte es doch eigentlich eine Bar geben.«

Katrin nickte. Sie hatte mit Viktor in der Bar vom *Baudensteiger* schon häufig etwas getrunken. Der Pianist in der *After Work Lounge* war hörenswert. »Ich fürchte, das ist ein bisschen zu spießig für dich«, antwortete sie, doch Cameron versicherte ihr, dass er die Idee gut fand.

Katrin nickte dem Doorman zu und trat als Erste ein. »Wie du willst.«

Die marmorgetäfelte Lobby mit der geschwungenen

Freitreppe schüchterte Cameron keineswegs ein. Als ob er sich ständig in Nobeletablissements aufhalten würde, lief er neben Katrin in den ersten Stock hoch, half ihr aus der Jacke und sah sich in der Lounge um. »Zebra oder Tresen?«, fragte er mit smartem Lächeln.

Katrin brauchte einen Moment, es zu verstehen. Die Sitzgarnituren waren mit Zebrafellimitat bezogen, was der schwach besuchten Bar den Touch eines Safari-Ressorts verlieh. Die Barhocker waren dagegen in hellem Leder gehalten.

»Lieber an den Tresen.« Sie ging voraus. Nach ein paar Schritten ließ ein ungewöhnlicher Anblick sie innehalten. In einer verspiegelten Säule sah Katrin Cameron und sich selbst. Während er sich unbeobachtet fühlte, warf er ihr einen Blick zu, dessen Intensität sie überraschte. Im Bruchteil des Augenblicks betrachtete sie sich selbst, ihre Attraktivität in dem figurbetonten Kleid und den hohen Schuhen, sie sah ihr fließendes Haar, und ihr schoss durch den Kopf, dass Cameron und sie ein schönes Paar abgeben würden.

Hast du den Verstand verloren, dachte Katrin, während sie den Blick des Jungen zu ergründen suchte. Bist du etwa von dem bisschen Wein so betrunken, dass du dich zu Hirngespinsten hinreißen lässt? Glaubst du wirklich, dass Cameron mit dir flirtet? Du solltest den Ursprung solcher Ideen besser bei dir selbst suchen als bei Isabels Sohn. Unwillig hängte Katrin ihre Tasche über die Schulter und sah Cameron im Spiegel direkt an. Als er es bemerkte, wandte er den Blick ab.

»Man bekommt hier einen exzellenten Gin Tonic.« Katrin nahm auf dem Hocker am Ende des Tresens Platz.

»Du warst schon mal hier?«, fragte Cameron.

»Ja, schon ein paarmal. Guten Abend, Eric«, begrüßte sie den Barmann.

»Bonsoir Madame. Was darf es sein, ein New Yorker?« Er stellte vier Schalen mit verschiedenen Nüssen vor Katrin ab.

»Gute Idee.«

»Den will ich auch.« Cameron setzte sich neben sie.

Mit keiner Miene gab der Barmann zu erkennen, dass er Katrin sonst in anderer Begleitung in der *After Work Lounge* bedient hatte.

Cameron ließ den Blick über die beleuchteten Flaschen gleiten, beobachtete die versierten Handgriffe des Barmannes, hörte Gesprächsfetzen aus dem weitläufigen Raum. Er spürte Katrins Nähe, genoss ihre Stimme und ihre Bewegungen. Er hätte das alles am liebsten in sich aufsaugen mögen und wünschte, seine Augen wären eine Kamera, die jede Minute für immer festhalten würde. Cameron hätte nicht genau sagen können, worüber sie eigentlich sprachen, er wusste nicht, ob ihm der Whisky schmeckte, ob er viel oder wenig von dem Knabberzeug aß. Er konnte nicht anders, als Katrins Gesicht zu erforschen. Er ahnte, dass der Grappa und der Gang an der frischen Luft schuld daran waren, dass er sich so unverhohlen in ihren Anblick versenkte.

»Was hast du?«, fragte sie nach einer Weile.

»Was meinst du?«

»Du guckst, als ob …« Sie nahm einen Schluck. »Als ob dir etwas auf der Seele läge.«

»Vielleicht ist es so.«

»Willst du mir dein Problem verraten?«

»Es ist eigentlich kein Problem.«

Wir haben Mitternacht, dachte sie, wahrscheinlich kippt der Junge vor Müdigkeit gleich vom Barhocker. Seine Blicke waren wohl nicht anders zu deuten als ein Ausdruck von extremem Jetlag. »Ich bin auch ziemlich müde«, sagte sie, um ihm den Aufbruch zu erleichtern. »Du fliegst morgen weiter, und ich habe einen harten Tag vor mir.«

Als sie Eric mit einer Geste bedeuten wollte, ihr die Rechnung zu bringen, spürte sie Camerons Berührung an ihrem Handgelenk. Er strich über die zarte Haut an ihrem Unterarm, dann glitt seine kräftige Hand weiter, spielte mit ihren feinen, langen Fingern. Er berührte Katrins Platinring mit dem schlichten Stein, strich über die Innenseite ihrer Hand, über den Ballen, er hielt Katrins Daumen fest. Als ob es ein kleiner Hebel wäre, zog er ihren Daumen zu sich heran und drückte einen Kuss auf dessen Spitze.

Katrin betrachtete die Lippen des jungen Mannes, sah, wie ihr Daumen ein wenig in Camerons Mund verschwand. Sie hob den Blick nicht zu seinen Augen, denn ihr Blick hätte eine Erklärung verlangt. Katrin wollte keine Erklärungen, dafür genoss sie den Moment zu sehr. Camerons Berührung erregte sie, seine Zärtlichkeit trieb ihr die Röte ins Gesicht, ihre Lippen fühlten sich trocken an, sie leckte darüber. Wie der Mund dieses Jungen mit ihrem Daumen spielte, das war für Katrin leidenschaftlicher, lustvoller, als wenn er sie stürmisch geküsst hätte. Seine Finger an ihrem Unterarm entfachten ein Feuer in ihr, das völlig unvorhergesehen und dadurch äußerst irritierend war. Die leise Musik in dem abgedunkelten Raum, die entfernten Stimmen, der Barmann, der diskret in eine andere Richtung schaute, um die beiden am Tresen nicht zu stören, das alles verdichtete sich zu einem verschwommenen Bild, in dessen Zentrum Katrin nur noch die Zärtlichkeit Camerons spürte. Er hielt nicht inne, doch er ging auch nicht weiter. Er nahm sich alle Zeit, um Katrins Hand zu liebkosen. Schließlich beugte er sich vor und küsste die Innenfläche ihrer Hand. Das brachte sie so außer Fassung, dass Katrin einen langen Seufzer ausstieß und nichts weiter sagte als: »Wir sollten gehen. Es ist spät.« Sanft zog sie ihre Hand zurück und hob den Blick zu ihm. »Wir sollten schlafen.«

»Ich will nicht schlafen«, erwiderte er und umfasste ihr Handgelenk zum zweiten Mal.

Hör auf, dachte sie, nimm die Hand weg, sie dachte es, aber sie sagte es nicht. Sie gestattete ihm, ihren Arm an sich zu ziehen, Cameron umfasste Katrins Rücken, ihr Oberkörper geriet aus der Balance, ihr Gesicht näherte sich seinem. Ein letzter Blick von ihm, ein geduldiger Blick, als ob er Katrin Gelegenheit geben wollte, ihre Entscheidung noch einmal zu überdenken. Als er bei ihr keinen Widerstand spürte, kein Ausweichen, kein Anzeichen von Peinlichkeit, suchten Camerons Lippen die ihren, und er küsste den Mund der Frau, von der er schon seit vielen Jahren träumte.

6

»DU BIST VERRÜCKT. Wir sind beide verrückt.«

»Dieses Zimmer ist verrückt.« Mit einem breiten Seufzen legte Cameron den Arm um Katrin.

»Eine *Suite* – was ist dir dabei nur eingefallen?«

»Sie hatten kein normales Zimmer mehr frei«, antwortete er. »Hätte ich nicht zugegriffen, wärst du wahrscheinlich abgehauen.«

»Natürlich wäre ich das«, flüsterte Katrin.

Er ist noch so jung, dachte sie, und verfügt doch schon über die Tugenden eines wirklichen Liebhabers. Hätte er in jenem verwirrenden Moment, als wir an der Hotelrezeption vorbeikamen, gezögert, diese Nacht wäre ohne Folgen geblieben. Aber Cameron zögerte nicht und nahm ein Zimmer, das er sofort bezahlte.

Im Fahrstuhl hatten sie einander nicht berührt. An der Tür hatte Cameron Mühe mit dem elektronischen Schlüssel gehabt, sie hatte ihm geholfen. Die Suite war riesig, teuer möbliert, trotzdem wirkte sie unpersönlich. Es war beiden zunächst nicht gelungen, Licht zu machen, bis Cameron ein Display von der Größe eines Tablets an der Wand entdeckt hatte, mit dem man alle Funktionen des Raumes steuern konnte.

Sie waren voreinander stehen geblieben, Katrin hatte die Arme um seinen Hals gelegt. »Ich habe keine Ahnung, was wir hier tun.«

»Ich schon«, antwortete er.

Sein Kuss hatte sämtliche Einwände Katrins fortgespült, sein Kuss hatte einen Schlussstrich unter ihre vernünftigen Gründe gezogen. Auch wenn sie ahnte, dass sie etwas Falsches tat, gestand Katrin sich ein, dass sie schon lange nichts mehr so genossen hatte wie diesen Kuss.

Was darauf folgte, glich einer wundersamen Reise. Es faszinierte sie, dass für Cameron alles so selbstverständlich erschien. Er versuchte nicht, schnell an sein Ziel zu gelangen, sondern genoss jede Berührung, auch jeden praktischen Handgriff, als ob er eine lang gehegte Vorstellung von dem gehabt hätte, was sich nun ereignete. Liebevoll zog er Katrin aus, fand den richtigen Reißverschluss, warf ihr Kleid nicht achtlos zu Boden, sondern ließ es auf einen Stuhl gleiten. Er kniete nieder, öffnete die Schnallen ihrer Schuhe und küsste ihren Fuß. Dem Ausziehen einer Strumpfhose konnte man normalerweise nichts Erotisches abgewinnen, Cameron aber schälte Katrin wie eine kostbare Frucht aus dieser Hülle. Ihr schwarzes Höschen mit dem Spitzenbesatz fasste er zunächst nicht an, auch den BH nicht. Er öffnete seinen Gürtel, mit leisem Klicken glitt die Hose zu Boden, er schlüpfte aus dem T-Shirt. Sie küssten sich lange, Katrin erforschte Camerons Rücken, seine kräftigen Arme, sie biss ihn zärtlich in den Hals und berührte seinen Penis. Er stöhnte und zog sie an sich. Gemeinsam sanken sie aufs Bett. Plötzlich wurde es hell im Raum. Vielleicht hatten sie eine Lichtschranke durchbrochen, jedenfalls ging der Bildschirm neben dem Bett an, eine Begrüßungsschrift erschien, in der sogar Camerons Name auftauchte. Nichtssagende Lounge-Musik erklang.

»Wie macht man das aus?« Katrin tastete auf dem Nachttisch nach einer Fernbedienung.

Cameron fand sie auf der anderen Bettseite. Auf Knopfdruck öffnete sich eine Menüleiste, die zahllose Wahloptionen bot. Unwillig sprang Cameron aus dem Bett und zog den Stecker. Es wurde dunkel, es wurde still. Gedämpft durch die hohe Glasfront des Zimmers hörte man eine Straßenbahn vorbeifahren.

Cameron liebte Katrin, wie ein junger Mann liebte, wild und hingebungsvoll, er liebte sie aber auch wie ein Mann, der sich den Augenblick der Lust bewusst machte, er schien Katrins Körper, ihre Bewegungen auswendig zu lernen, passte sich ihrer Leidenschaft an, wartete, lauschte gleichsam, welche Richtung sie einschlagen würde, und reiste mit ihr, wohin sie wollte.

Katrin kam als Erste, kam unglaublich früh, das überraschte sie sehr. Mit Viktor war der Weg dorthin langsam, meistens genussvoll, bei Cameron aber konnte sie nicht anders, als im Höhepunkt zu explodieren, und das versetzte sie in einen zusätzlichen Rausch. Ihr erster Orgasmus trieb sie gleichsam an, weiterzumachen, sich zu einem zweiten und dritten Höhepunkt emporzuschrauben. Fassungslos starrte sie in das Gesicht des jungen

Mannes, dem es scheinbar mühelos gelang, sie so weit zu bringen.

»Was tust du?«, keuchte sie, ihr Haar fiel über sein Gesicht, seine Schultern, sie strich es beiseite, lachte, atmete heftig, streichelte und küsste ihn. »Willst du denn … Musst du nicht auch kommen?«

»Es ist so schön«, flüsterte er. »Ich will, dass es die ganze Nacht dauert.«

»Aber das ist … unglaublich.« Sie bewegte sich auf ihm. »Woher weißt du das?«

»Ich weiß gar nichts. Das bist alles du, du allein machst das.«

»O Gott.« Schwer ließ sie sich auf ihn sinken. »O Gott, Cameron.« Katrin spürte, wie ihre Lust sich ihrer schon wieder bemächtigte. »Das ist verrückt.«

Cameron kam bald darauf zum Höhepunkt, erstaunlich leise, erstaunlich zart für einen Burschen seines Alters. Bald danach stand er auf, brachte das Kondom ins Bad und kehrte zurück. Sie schmiegten sich aneinander, küssten und streichelten einander, und dann begann er, sie wieder zu lieben. Katrin fragte nicht mehr, was geschah, wieso es geschah, sie befand sich in einem Reich der Lust, und dieser Ort schien keinen Ausgang zu haben. Er war endlos, und sie benahmen sich, als würden sie ihn nie wieder verlassen.

Als der neue Tag sich unmissverständlich ins Zimmer drängte und Katrin aus kurzem Schlummer erwachte, spürte sie als Erstes einen dunklen Keil, der sich in ihr Selbst drängte, das war ihr Gewissen. Sie schämte sich weniger für das, was sie getan hatte, sondern dass sie es so schamlos genossen hatte. Sie hatte sich Cameron wie eine Ausgehungerte hingegeben, wie eine Frau, die seit Langem keinen Sex mehr gehabt hatte. Dabei hatte sie sich stets eingeredet, ihr Liebesleben mit Viktor sei schön und erfüllend. Wieso hatte sie letzte Nacht so viel mehr empfunden als die erwartbare Lust, die die körperliche Liebe mit einem unbekannten, einem jungen Körper mit sich brachte? Weshalb fühlte sie diese lächerliche Verliebtheit, diesen Wunsch, das Zimmer nicht verlassen zu müssen, mehr noch, Cameron nicht verlassen zu müssen? Was tat sich da in ihr auf?

Sie wandte sich zur Seite, der Junge schlief. Er war kein Junge, er war ein Mann, wie man sich einen Mann nur wünschen konnte. Der Keil in Katrin erinnerte sie daran, dass sie Viktor betrogen hatte. Nicht verlogen und raffiniert, aber im vollen Bewusstsein. So betrunken war sie nicht gewesen, dass sie sich damit hätte entschuldigen können. Zärtlich berührte sie Camerons wirres Haar, sie wollte ihn noch nicht wecken. Viel Zeit blieb allerdings nicht mehr, bis sie würden aufbrechen müssen.

Cameron rührte sich nicht, er genoss Katrins Hand. Irgendwo hatte er gelesen, dass das Glück in dem Moment, in dem wir uns seiner bewusst werden, bereits im Begriff sei zu schwinden. Camerons Glück schwand nicht, er fühlte sich in einem Kokon aus Glück eingesponnen. Aus einem Traum, aus einer entfernten Sehnsucht war Wirklichkeit geworden. Cameron wusste, dass sie bald aufstehen müssten, dass sein Flug ihn in wenigen

Stunden von Katrin fortbringen würde, an ein Ziel, das ihm heute Morgen gänzlich uninteressant erschien. Was sollte er in Dänemark, wozu sollte er Architektur studieren? Er wollte bei ihr bleiben, in ihrer Nähe, für immer. Den Kopf im Kissen vergraben, musste er über seinen pathetischen Traum lächeln – er, ein Student, der sich das Leben erst erobern musste, wollte bei der erfolgreichen, coolen, bei der seit Jahren liierten Geschäftsfrau bleiben? Wie würde sie über seinen Wunsch lachen, wenn sie davon wüsste, er selbst nahm ihn ja kaum ernst.

»Cameron?«, hörte er ihre Stimme an seinem Ohr. »Cameron, es wird Zeit.«

Ihr Satz war nüchtern, doch ihre Lippen, die sein Ohr küssten, ihre Hände, die ihn von hinten umschlangen, ihr warmer Körper waren alles andere als nüchtern. Langsam, im Genuss der Verzögerung, drehte er sich um, und sie sahen einander an.

7

FAST WÜNSCHTE ER SICH, sie hätte ihn nicht zum Flughafen gebracht. Vom Hotel aus waren sie zuerst in Katrins Wohnung gefahren und hatten seine Sachen geholt. Mit beklommenem Gefühl hatten beide vor dem unberührten Gästebett gestanden, in dem Cameron hätte übernachten sollen.

»Das wäre ein bisschen eng für uns zwei geworden«, hatte er den Moment zu überspielen versucht.

»Sei nicht so frech.« In ihrem Lächeln lag ein zärtlicher und zugleich trauriger Ausdruck. In dem schmalen Zimmer hatten sie einander lange geküsst. Seither nicht mehr. Auf der Fahrt durch das sommerliche Düsseldorf waren sie bemüht gewesen, alltägliche Dinge zu besprechen, die vor allem Camerons Studium betrafen.

Beim Aussteigen vor dem Terminal sagte Katrin: »Das wird heute ein richtig schöner Tag.«

»Nicht für mich.« Seine Hand glitt über ihren Arm, ein letzter Kuss auf ihre Wange, Cameron respektierte die Regeln. Auf einem internationalen Flughafen war es leicht möglich, dass jemand in der Nähe war, der Katrin kannte. Leidenschaftliche Abschiedsküsse vor den Scheiben der Abflughalle kamen nicht infrage. Er nahm seine

Sachen und ging. In der Drehtür fiel ihm ein Wortwechsel ein, den sie im Hotel gehabt hatten.

»Lassen wir das erst mal so stehen, oder könnte das mit uns … weitergehen?«, hatte er Katrin gefragt.

»Am besten, wir lassen es so stehen.« Ohne ihn anzusehen, war sie in ihre Sachen geschlüpft und hatte das Platinband ihrer Armbanduhr um das Handgelenk geschlossen. Mit einem Mal hatte er sich der attraktiven, selbstbewussten Frau unterlegen gefühlt. Er hatte in ihr vernünftiges, ihr lächelndes Gesicht geschaut und nicht gewusst, wie er seine riesige Enttäuschung verbergen sollte.

Während Cameron in die Abflughalle hineinlief, immer weiter auf die Anzeigentafel zu, fragte er sich, wie es ihm gelingen sollte, sich auf Architektur, auf Kopenhagen und Nyborgs Meisterklasse zu konzentrieren. War es nicht lächerlich, dass sein Herz so schwer war, und zugleich, war es nicht wunderbar?

Kopenhagen dürfte einem Jungen mit seinen *Talenten* zu Füßen liegen, dachte Katrin und wunderte sich über die sarkastische Attitüde, mit der sie sich bemühte, das Vorgefallene zu betrachten. Sie hatte nicht nur Leidenschaft mit ihm erlebt, es war eine unglaublich schöne, eine besondere Nacht gewesen. Katrin legte den Rückwärtsgang ein und wollte aus der Parklücke fahren.

»Hey! Wo hast du deine Augen?«

Erschrocken trat sie auf die Bremse. Um ein Haar hätte sie einen dickleibigen Mann angefahren, der gerade telefonierte. Katrin machte eine entschuldigende Geste, setzte vorsichtig zurück und nahm die Ausfahrtroute Richtung Düsseldorf. Unterwegs rief sie sich ihre Vormittagstermine in Erinnerung, dabei fiel ihr ein, dass ein klärendes Gespräch mit Viktor darüber, wo er gestern Nachmittag gewesen war, noch ausstand. Katrin verließ die Autobahn und näherte sich dem Innenstadttunnel.

Viktor hatte sie wegen ihres australischen Besuchers aufgezogen. Was würde er wohl sagen, wenn er wüsste, wie glücklich dieser Australier sie gemacht hatte? Wäre Viktor schockiert? Würde er fair bleiben und die Freiheitsregeln ihrer Beziehung bei Katrin gleichermaßen gelten lassen wie bei sich selbst? Würden sie vielleicht sogar endlich über die Fehltritte der Vergangenheit sprechen und reinen Tisch machen, wie Katrin es sich manchmal wünschte? Sie griff zu ihrem Handy, sie wollte das Richtige tun. Viktor sollte ihr erklären, wo er gewesen war. Nach dreimaligem Klingeln schaltete sich die Mailbox ein. Katrin hinterließ eine Nachricht.

Nicht nur Viktor wäre überrascht, wenn er von dieser Nacht erfahren würde, auch Isabel. Wenn so etwas Aufregendes in Katrins Leben passierte, war normalerweise Isabel die Erste, die davon erfuhr. Doch diesmal war es unmöglich, ihr davon zu erzählen. Isabel würde es nicht verstehen, Katrin konnte es ja nicht einmal selbst verstehen, wie es zu dieser Nacht gekommen war. Sie versuchte, den Gedanken an die Freundin beiseitezuschieben.

Als sie die Auffahrt aus dem Tunnel hochkam, öffnete sie das Fenster und atmete die schwere, schwüle Luft ein. Sie hatte Lust zu arbeiten, denn bei der Arbeit war Katrin am ehesten sie selbst. Das wilde aufgeschreckte Ding, das sich gestern Nacht ziemlich betrunken in den Laken eines Luxushotels gewälzt hatte, sah ihr nicht ähnlich. Und doch war sie mit Cameron in die Suite gegangen, sie hatte ihn mit ihrem Körper und mit ihrer Seele geliebt. Bloß ihr Geist wollte das am Tag danach nicht recht akzeptieren. Auf den letzten Metern, bevor Katrin ihren Parkplatz erreichte, gestand sie sich ein, wie unglaublich gut sich ihr ganzer Körper anfühlte, so gut wie schon lange nicht mehr.

* * *

»Rosen?« Hinter einem mächtigen Blumenstrauß konnte Katrin Viktors Gesicht kaum erkennen. »Musst du aber ein schlechtes Gewissen haben, dass du dich in solche Ausgaben stürzt. Komm rein.«

Ein Tag voller Widersprüche. Beschwingt hatte Katrin ihre beruflichen Entscheidungen getroffen, fröhlich mit Geschäftskunden konferiert, sie hatte einem jungen Modeschöpfer dabei geholfen, seine Kollektion mit mehr Witz zu collagieren. Nachmittags hatte Heinz, ihr Assistent, bemerkt, er habe noch nie erlebt, dass Katrin bei der Arbeit vor sich hinträllern würde. Trotz dieser geradezu penetranten Fröhlichkeit hatte sie doch ziemlich unter den Folgen des Grappa und des Whisky zu leiden gehabt. Mittags hatte sie vor einer Styroporbox mit Obst gesessen und erkannt, dass sie etwas Handfesteres brauchte. Mit zwei Salzbrezeln war sie aus der Bäckerei zurückgekommen. Sie hatte oft an Cameron denken müssen, nicht ausschließlich zärtlich oder schwärmerisch, sondern auch erstaunt und ein wenig ratlos. Katrin hatte sich gefragt, wie es zu dieser Nacht überhaupt hatte kommen können. Keine andere Antwort fiel ihr ein, als dass zwischen Viktor und ihr etwas nicht stimmte.

Nun war er zu ihr gekommen und hatte Blumen mitgebracht. Katrin war gespannt, wie der redegewandte Lobbyist sein Verteidigungsplädoyer führen würde.

»Du hast mir auf Band gesprochen, dass du gestern dein Handy aus meiner Wohnung geholt hast.« Er nahm eine Vase aus dem Küchenschrank und füllte sie mit Wasser.

»Stimmt. Da ist mir dein Aktenkoffer aufgefallen, von dem du dich so gut wie nie trennst.« Sie streifte ihre Schuhe von den Füßen und streckte sich auf dem Sofa aus.

»Ach, das meinst du. Das ist leicht zu erklären. Ich bin morgens nach Brüssel geflogen, war aber kurz nach Mittag schon wieder zurück.«

»Weshalb?«

Tja, weshalb, dachte er und erinnerte sich an den bizarren Nachmittag, den er hinter sich hatte bringen müssen. Selten war Viktor, der Volksvertreter, so dicht auf Tuchfühlung mit denen gegangen, die man gemeinhin als das Volk bezeichnete. Junge Männer hatte er gesehen, Frauen, die fast noch Kinder waren, uralte Männer oder solche, die die Krankheit in Greise verwandelt hatte.

Viktor hatte sie beobachtet, sich dabei in eine Ecke des Wartezimmers gedrückt und die Minuten gezählt, bis er zu Doktor Fayari hineingerufen worden war.

Der dunkelhäutige Arzt war überraschend jung gewesen und vollkommen unbeeindruckt von dem, was sich in seiner Praxis abspielte. Ohne Zögern hatte Viktor von seiner Verletzung und den Umständen, unter denen er sie sich zugezogen hatte, erzählt. Der Arzt versicherte Viktor, dass er sich keine allzu großen Sorgen machen müsse, sie verständigten sich jedoch zur Sicherheit auf eine medikamentöse Behandlung, bis das Ergebnis von Viktors Bluttest vorlag, was frühestens in einem Monat der Fall sein würde. Währenddessen dürfe Viktor keinen ungeschützten Verkehr haben. Der Arzt schlug vor, dass sich Viktor für seine Partnerin eine andere Erklärung einfallen lassen oder ihr einfach die Wahrheit sagen könne. Diese Möglichkeit kam für Viktor ziemlich überraschend. Er sollte Katrin, der wunderbaren, ehrlichen, offenen Katrin erklären, dass er sie seit Jahren mit verschiedenen Frauen betrogen hatte, manchmal bei Prostituierten oder auf Erotikpartys gewesen war? Er sollte Katrin zehn Jahre voll Betrug und lächerlicher Lügen eingestehen? Seines Wissens hatte sie nie von dem Privileg der Freiheit Gebrauch gemacht, das die Basis ihrer Beziehung darstellte. Katrin genügte der Sex mit ihm, zumindest nahm er das an. Und so war ihm während der Minuten beim Arzt die Vorstellung unmöglich erschienen, ihr die ganze Wahrheit zu sagen.

Bevor Viktor nach Hause zurückgekehrt war, hatte er

an einem Drogeriemarkt gehalten. Die Kondome waren in freundlichen oder grellen Farben angeboten worden, er hatte zwei Packungen mit der Aufschrift *Lust* genommen. Während er in der Schlange auf die Kasse zugerückt war, hatte er überlegt, dass Katrin und er selten öfter als einmal pro Nacht Sex hatten. Mit etwas Glück würde Viktor mit den Präservativen auskommen, bis seine Behandlung abgeschlossen war. Kopfschüttelnd hatte er festgestellt, dass er es als *Glück* ansah, mit Katrin zusammen zu sein, ohne mit ihr zu schlafen.

»Wenn du gestern Nachmittag nicht in Brüssel warst, wo bist du dann gewesen?«, riss Katrin ihn aus seinen Gedanken.

Er stellte die Vase mit den Rosen auf den Couchtisch und richtete den Blick zu Boden. Die Fliesen in Katrins Wohnung waren handgemacht und stammten aus der Toskana. Den Stoff für die Vorhänge hatte sie in Mailand nach einem eigenen Entwurf weben lassen. Ein florentinischer Künstler hatte die Kappendecke des Lofts im Freskostil bemalt. Es war Katrin gelungen, aus dieser vormals unpersönlichen Gewerbeetage ein stilvolles Zuhause zu machen, das ihre Liebe zur italienischen Lebensart widerspiegelte.

»Ich war bei Chris«, antwortete Viktor und nahm diesen Satz als Test, gleichsam als ersten Schritt auf dünnem Eis. Er wollte prüfen, ob die Eisfläche seiner Lüge tragen würde.

»Bei deiner Ex-Chris?« Katrin verdrehte den Hals, um ihn über das Sofa hinweg anzusehen.

»Sie hat mich angerufen.«

»Was wollte sie?« Katrin legte die Hand an die Stirn. »Nein, warte, lass mich raten: Hat sie wieder einmal versucht, mit einem Solo-Liederabend die Welt zu retten? Hat sie herrenlose Hunde aus dem Tierheim bei sich aufgenommen und wurde deshalb aus ihrer Wohnung geworfen? Ist sie der Wiedergeburt Jesu begegnet?«

Lachend kam Viktor zum Sofa zurück. »Du kennst Chris schon ziemlich gut, nicht wahr?«

»Nein. Ich kenne *die große Liebe deines Lebens* nur aus deinen Erzählungen.«

»Meine große Liebe bist du, und das weißt du auch.« Er ließ sich auf die Sofalehne sinken. Damals, mit neunundzwanzig war Chris tatsächlich atemberaubend gewesen, dachte er. Doch trotz ihrer starken Ausstrahlung hatte diese Frau keine Ahnung, was sie mit ihrem Leben anfangen sollte, hielt sich aber auf praktisch allen Gebieten für überragend begabt. Sängerin hatte sie werden wollen, Friedensaktivistin oder Tierschützerin. Bei einer Frau von ihrer Schönheit fand ihre Umgebung solche Hirngespinste eine Zeit lang bezaubernd, auch Viktor hatte das getan. Nachdem es Chris nicht mehr gelungen war, ihren dreißigsten Geburtstag zu verheimlichen, hatten allerdings beunruhigende Anzeichen an ihr mehr und mehr überhandgenommen: Die Frau hatte nicht mehr alle Tassen im Schrank. Ein volles Jahr hatte Viktor dann noch für seine Exit-Strategie aus der Beziehung gebraucht, ein Jahr, in dem Chris ihm das Leben zur Hölle gemacht hatte. Nach der endgültigen Trennung hatte er sich geschworen, nie wieder eine feste Beziehung einzugehen. Erst Katrins Charme, ihr Selbstbewusstsein und ihr Verständnis für sein Freiheitsbedürfnis hatten ihn dazu gebracht, seinen Vorsatz über den Haufen zu werfen.

»Chris wird fünfzig«, sagte er über Katrin gebeugt und wagte es, vorsichtig über ihr Haar zu streichen. »Diese Zahl ist für sie abschreckender als eine Krebsdiagnose. Und natürlich hat sie sich in diesem Schicksalsjahr in einen viel zu jungen Mann verliebt.«

»Ach ja?« Katrin hob den Kopf. »Wie jung ist dieser Mann?«

Viktor hörte zu streicheln auf. War sie ihm auf die Schliche gekommen, hatte er sich irgendwie verraten? »Ende zwanzig, glaube ich. Chris sagte, er würde noch studieren.«

Bis vor wenigen Minuten hatte Katrin die Erinnerung an die Nacht mit Cameron glücklich gemacht, nun fühlte sie sich unwohl. Sie war vielleicht nicht so durchgeknallt wie Chris, aber auch sie war mit dem erstbesten jungen Kerl ins Bett gegangen. Warum? Um sich zu beweisen, dass sie noch begehrenswert war, nachdem ihr Partner sie belogen hatte? Auf dem Sofa liegend betrachtete Katrin ihre Beine, ihre Hände. Ich habe mit einem Jungen geschlafen, dachte sie, der zweiundzwanzig Jahre jünger ist als ich und der auch noch der Sohn meiner besten Freundin ist.

»Und wie geht es Chris mit ihrer neuen Liebe?«, fragte sie.

»Interessiert dich das wirklich?«, fragte Viktor, überrascht, weil er bei Katrin keine Spur von Misstrauen darüber entdeckte, dass er eine EU-Debatte vorzeitig verlassen hatte, um die Probleme seiner Exfrau zu besprechen. In Wirklichkeit hatte er das Gespräch mit Chris Tage vorher telefonisch geführt. Sie hatte das Gespenst des *Fünfzigsten* beschworen und von ihrem jungen Apoll geschwärmt.

Katrin schob sich ein Kissen unter den Nacken. »Die Kombination *junger Mann mit älterer Frau* ist doch mittlerweile gesellschaftlich akzeptiert, oder nicht?« Sie schaute zu ihm hoch.

»Das kommt auf die Frau an.« Erleichtert über Katrins Reaktion, lächelte Viktor. »Bei Chris ist eine solche *Kombination* nichts als der Ausdruck der Verzweiflung.«

»Und wie wäre das bei mir?«, fragte sie scheinbar arglos. »Könntest du dir vorstellen, dass ich mit einem wesentlich jüngeren Mann zusammen wäre?«

Viktors Gesicht senkte sich zu ihr herab. »Du könntest jedem Mann den Kopf verdrehen«, sagte er zärtlich, »egal, ob jung oder alt.«

»Danke.« Sie schloss die Augen und erwartete seinen Kuss.

»Moment mal.« Viktors Lippen hielten inne. »Du warst doch gerade erst mit so einem jungen Kerl zusammen. Du hast mir noch kein einziges Wort darüber erzählt, wie euer Abend war. Kommst du deshalb auf solche Gedanken?«

Katrin erschrak, weil nun der Moment gekommen war,

an dem sie entscheiden musste, ob sie Viktor die Wahrheit über die vergangene Nacht sagen sollte.

»Also, wie war's?« Er war aufgestanden und ging zur Anrichte, auf der eine geöffnete Weinflasche stand. »Wenn ich mir diese Flasche ansehe, kombiniere ich, dass ihr beide nicht allzu viel getrunken habt.« Er goss sich ein halbes Glas ein.

»Cameron war ziemlich fertig vom Jetlag. Nach dem Abendessen sind ihm gleich die Augen zugefallen.«

Da war sie also geboren worden, die erste Lüge. Sie war aus Katrins Mund herausgeschlüpft, und sie machte keine Anstalten, ihre Lüge zu korrigieren.

»Wo hat er geschlafen, hier auf dem Sofa?« Viktor nahm einen Schluck.

Siedend heiß fiel Katrin ein, dass sie das Bett im Gästezimmer nicht bezogen hatte. Mit ein wenig Scharfsinn würde Viktor darauf kommen, dass etwas an Katrins Darstellung nicht stimmte.

»Auf der Couch, genau. Er hätte auch genauso gut auf dem Boden schlafen können, so kaputt war er.« Katrin wollte möglichst rasch das Thema wechseln. »Wollen wir zusammen essen gehen?«

»Einverstanden. Zu unserem Italiener?«

Sie wusste, er meinte das *Palazzo*. »Nein«, antwortete sie eine Spur zu rasch. »Ich habe keinen Appetit auf Italienisch.«

»Dann zum Thai? Oder willst du mit zu mir, und wir essen unterwegs etwas?«

Der Vorschlag, bei Viktor zu übernachten, war liebevoll gemeint, aber für Katrin war die Voraussicht, heute Sex mit ihm zu haben, unvorstellbar. Sie überlegte, was der Besitzer vom *Palazzo* wohl sagen würde, wenn er Katrin an einem Abend mit einem blutjungen Burschen und am nächsten mit einem eleganten Mann in seiner Pizzeria auftauchen sehen würde. Entweder der Neapolitaner würde ihr für ihren sportlichen Umgang mit Männern Bewunderung zollen, oder er würde sie für eine *puttana* halten. Staunend stellte Katrin fest, wie sehr eine einzige Nacht mit Cameron ihr geordnetes Leben doch durcheinandergebracht hatte.

8

HAST DU EIN BISSCHEN ZEIT zu reden?

Nach fünf Tagen nichts weiter als diese eine Zeile, und doch freute sich Katrin über Camerons SMS. Als sie an den ersten beiden Tagen nach seiner Abreise nichts von ihm gehört hatte, sagte sie sich, dass es wahrscheinlich das Beste sei, über die Angelegenheit Gras wachsen zu lassen. Am dritten Tag hatte sie sich über sich selbst geärgert, weil sie so häufig die Nachrichten auf ihrem Handy checkte. Am fünften Tag hörte Katrin auf, irgendetwas zu erwarten. Was hätte es jetzt auch noch zu besprechen gegeben? Es war aufregend gewesen, aber es war nur eine Nacht, die nun vorbei war. Sie war wieder mit Viktor zusammen, Cameron war wieder Isabels Sohn, ein junger Student, der in einer ganz anderen Welt lebte als sie selbst.

Und plötzlich war seine Nachricht da. *Hast du ein bisschen Zeit zu reden?* Das las sich nicht gerade wie der Ausdruck großer Sehnsucht, und Katrin war überrascht, dass ihr das einen Stich versetzte.

Sicher, schrieb sie reserviert zurück. *Bei mir geht es aber nicht vor heute Abend.*

Wann bist du fertig?, kam die Antwort Sekunden später.

Gegen acht.

Okay.

Damit endete die karge Konversation. Als der Abend gekommen war und Katrin wie gewohnt die Büroetage abschloss, wurde ihr bewusst, dass sie nicht vereinbart hatten, wer wen anrufen sollte. Den ganzen Nachmittag über hatte sie an das bevorstehende Gespräch gedacht. Was würde sie Cameron sagen? Obwohl sie wusste, dass es ein Fehler war, wieder mit ihm zu sprechen, freute sie sich darauf. Sie lief nicht wie sonst die drei Stockwerke zu Fuß nach unten, sondern nahm den Aufzug. Für jede körperliche Betätigung war es einfach zu heiß. Katrin trat ins Freie. Aus den offenen Fenstern roch es nach Essen, Stimmen drangen aus den Wohnungen. Es war die Zeit, in der die Menschen abends versuchten, sich irgendwie Abkühlung zu verschaffen.

»Darf ich dich ein Stück begleiten?«

Sie erschrak so sehr, dass sie einen kleinen Schrei ausstieß. Da stand Cameron im Zwielicht einer Toreinfahrt. Diesmal trug er keine schicke Jacke, in seinen Jeans und dem grauen Parka wirkte er eher wie ein Junge, der nicht wusste, wo er hinsollte.

»Cameron, um Himmels willen, wo kommst du her?« Ihre Stimme war ungewollt streng, ihre Körperhaltung reserviert.

»Aus Kopenhagen.«

»Dort bist du doch gerade erst hingeflogen.«

»Ich habe es nicht länger ausgehalten.«

»Ausgehalten? Was denn?« Obwohl sie ahnte, worauf er anspielte, wollte Katrin, dass er es aussprach.

»Ich konnte dort nicht bleiben, keinen Tag länger. Nicht ohne dich.«

»Cameron, wir beide hatten eine wunderbare Nacht«, erwiderte Katrin sanfter, »aber ich dachte, uns wäre klar, was diese Sache bedeutet und dass sie keine Fortsetzung haben würde.«

»Weshalb nicht?«, fragte er so weich, so offen, dass Katrin lächeln musste.

»Weil eine Affäre wie unsere keine Zukunft hat.«

»Warum?« Er kam nicht näher, sah Katrin nur auf diese rührend offene Weise an.

»Weil ich mit einem anderen Mann zusammen bin zum Beispiel, und zwar schon eine ganze Weile. Weil du der Sohn meiner besten Freundin bist. Weil ich deine Mutter sein könnte.«

»Trotzdem hast du mit mir geschlafen.«

»So etwas kommt eben vor, dass man sich … vergisst.«

»Du hast dich eine ganze Nacht lang *vergessen?*« Er machte einen Schritt auf sie zu.

»Natürlich nicht. Ich fand es wunderschön, ich habe es genossen. Bloß sind wir doch beide davon ausgegangen, dass es eben nur eine …« Unwillig warf sie die Arme hoch. »Eine Zwischenlandung war.«

»Für mich war es viel mehr.« Er fasste sie an den Händen.

»Hör auf. Wir können hier nicht einfach knutschen, als ob wir ein Liebespaar wären.« Rasch blickte sie sich um.

»Sind wir das nicht?«

»Nein, Cameron«, antwortete sie mit Festigkeit in ihrer Stimme.

»Ich liebe dich, das weiß ich. Und das ist schon mal die Hälfte von einem Liebespaar. Liebst du mich auch?«

»Nein.«

»Das weißt du so bestimmt?«

Da er sie nicht losließ, schüttelte sie sanft seine Hände. »Was ich weiß, ist, dass man einander eine Nacht lang liebenswert und aufregend finden kann, dass aber am nächsten Morgen das normale Leben weitergeht. Du stehst am Anfang deines Studiums, du bist gerade erst dabei, dein Leben zu beginnen, und das ist meilenweit von meinem entfernt.«

Cameron zuckte die Schultern. »Mein Studium interessiert mich gerade überhaupt nicht mehr. Nyborg war in diesen Tagen auch gar nicht da. Er baut gerade an einem großen Projekt in Italien und ist nicht termingerecht fertig geworden. Deshalb hat er seinen Assistenten beauftragt, die Meisterklasse fürs Erste zu leiten.«

»Das ist doch immerhin ein Anfang.«

»Das ist Käse«, entgegnete Cameron trocken. »Ich wollte etwas von Nyborg lernen, nicht von seinem Assistenten.«

Während sie redeten, spürte Katrin, wie angenehm kräftig Camerons Hände sich anfühlten. »Es ist doch nur vorübergehend.«

»Deshalb bin ich *vorübergehend* aus Kopenhagen wieder abgehauen. Du hast geschrieben, dass wir reden könnten«, setzte er ein wenig unsicher hinzu.

Katrin löste ihre Hände aus seiner Umklammerung. »Ich dachte natürlich telefonisch.«

»Ich finde es Aug in Aug aber viel schöner.«

Darauf schwiegen sie. Katrin musste sich angesichts Camerons todernster Miene ein Lächeln verkneifen. »Wo wohnst du heute Nacht? Ich meine, dachtest du, dass du bei mir schlafen kannst?«

»Nein. Ich bin in einem Hotel abgestiegen. Gar nicht weit von hier.« Er schaute die Straße hinunter. »Können wir nicht irgendwo hingehen?«

In Katrins Kopf tauchten die Probleme auf, die das Erscheinen des Jungen mit sich brachte, zugleich erfüllte sie seine Gegenwart mit merkwürdiger Freude. Weil er auf eigene Faust zu ihr geflogen war und die Gefahr nicht gescheut hatte, dass sein Auftauchen ihr peinlich sein könnte. Er hatte etwas für sie gewagt, und das erfüllte Katrin mit Hochachtung für ihn. »Also schön, aber nur auf einen Drink. Dort vorn kenne ich einen Spanier.«

Obwohl es ein gewöhnlicher Wochentag war, fanden sie in dem spanischen Restaurant nur einen winzigen Tisch neben dem Durchgang zur Küche. Auf der anderen Seite saß eine zehnköpfige Gesellschaft und feierte ein Familienfest.

Katrin sah Cameron fragend an. »Nicht gerade gemütlich, oder?«

»Das geht schon. Du und ich, mehr wollte ich nicht.« Galant überließ er ihr den Platz an der Wand.

»Du und ich – und ein Dutzend andere Leute.« Schmunzelnd setzte sie sich.

Jorge, der Besitzer, kämpfte sich zwischen den Tischen durch und begrüßte Katrin. »Tut mir leid, Frau Ferber. Wenn Sie reserviert hätten, wäre ein wunderschöner Platz für Sie bereit gewesen.«

»Schon in Ordnung, Jorge. Wir wollen nur etwas trinken.«

»Wirklich? Ich hätte nämlich einen erstklassigen Seeteufel.« Genießerisch führte er die Finger an den Mund.

»Nein, danke.«

»Und der junge Mann?«

»Ich habe heute noch kaum was gegessen«, sagte Cameron scheu.

Katrin hatte sich auf einen ereignislosen Abend eingestellt, stattdessen saß sie mit ihrem jungen Liebhaber in einem Lokal, und der Bursche hatte offenbar Hunger. »Iss nur«, seufzte sie.

»Einmal Seeteufel«, nickte Jorge. »Und zu trinken?«

Nachdem er mit der Bestellung abgezogen und mit den Getränken wiedergekommen war, nachdem Katrin und Cameron angestoßen hatten, ließ sie sich gegen die Lehne sinken. Der Drink schmeckte, der beengte Platz am Ende des Lokals machte ihr nichts mehr aus, sie verspürte eine unerklärliche Behaglichkeit. Sollte es daran liegen, dass Cameron wieder da war, dass ihr der verrückte Kerl, der aus Kopenhagen abgehauen war, gefehlt hatte?

»Cheers«, sagte sie und nahm einen kleinen Schluck.

Er sah sie glücklich an. »Cheers.«

»Weiß deine Mutter, dass du …?«

Cameron unterbrach sie sofort. »Mum weiß selbstverständlich nichts von uns.«

»Ich wollte eigentlich nur wissen, ob du ihr gesagt hast, dass es dir bei deinem Kurs nicht gefällt.«

Während Cameron das beantwortete und die einzelnen Abschnitte von Nyborgs Meisterklasse beschrieb, überkam Katrin ein Anfall von schlechtem Gewissen. Diese Affäre stellte einen massiven Vertrauensbruch gegenüber Isabel dar. Katrin hatte mit Isabels Sohn geschlafen. Auch wenn er einundzwanzig Jahre alt war, für Isabel war er immer noch ihr Baby, ihr größter Schatz, der eigentliche Sinn ihres Lebens. Katrin hatte sich kaum Gedanken darüber gemacht, was es für Isabel bedeuten würde, sollte sie erfahren, was zwischen ihrer Freundin und ihrem Sohn passiert war. Diese Freundschaft würde auf einen Schlag zu Ende gehen. Katrin könnte Isabel keine vernünftige Begründung für das Vorgefallene geben außer ihrer eigenen Gedankenlosigkeit, der Wirkung des Alkohols und der Leidenschaft, die sie in Camerons Arme getrieben hatte. Obwohl sie angenommen hatte, dass ihre erste Nacht zugleich auch ihre letzte sein würde, saß sie nun schon wieder mit ihm zusammen und hatte angenehme und warme Gefühle dabei. Das war unverantwortlich, oder nicht? War es vielleicht einfach der Ausdruck einer großen Lebensfreude, die Katrin erfasst hatte und die mit Cameron Wirklichkeit wurde? Zärtlich beobachtete sie, wie er den Fisch zerteilte und es sich schmecken ließ. Sie tranken, lächelten einander zu, redeten wenig. Nach einer Weile hatte Katrin das Gefühl, als ob die nachgemachten Marmorsäulen des Restaurants in Bewegung geraten würden, als ob die Gästeschar am Nebentisch sich von ihr entfernte, als ob Camerons Gesicht einen unerklärlichen Schein bekam und er dadurch noch zarter, noch jünger, noch verführerischer würde.

»Was hast du?«, fragte er. »Du kommst mir vor, als ob du gleich davonfliegen würdest.« Über den Tisch hinweg nahm er ihre Hand.

»Nicht.« Reflexartig warf Katrin einen Blick zur Theke, ob Jorge den Vorfall bemerkt hatte.

»Wie schön du bist«, sagte Cameron unbeirrt. »Ich glaube, es kann keine schönere Frau geben als dich.«

»Jetzt weiß ich, dass nicht nur ich beschwipst bin, sondern auch du.«

»Ich bin schon so lange in dich verliebt«, fuhr er fort, »so viele Jahre lang. Weißt du das eigentlich?«

Ihre Augen wurden ernst. »Aber das führt doch zu nichts, Cameron.«

»Ich liebe dich, Katrin. Woher willst du wissen, dass es zu nichts führt?« Eindringlich sah er sie an.

»Weil ich mehr als doppelt so alt bin wie du. Wenn du dreißig bist, werde ich mich bereits in eine alte Schachtel verwandeln, wenn du vierzig bist, werde ich mir wahrscheinlich ein Paar künstliche Hüften einsetzen lassen.« Sie stellte ihr Glas etwas zu vehement ab.

»Niemand hat eine so wunderbare Haut wie du,

niemand besitzt so unfassbar tiefe Augen, solche Bewegungen, niemand ist so fein, so liebenswürdig, so leidenschaftlich«, erwiderte er. »Du wirst für immer schön sein. Was hat denn das Alter damit zu tun?«

»Ich bitte dich zum letzten Mal, hör auf.«

Katrins Gesicht brannte, ihre Handflächen waren feucht, sie spürte die Hitze zwischen ihren Schenkeln. »Die Zeit ist ein Killer, das weiß jeder. Niemand bleibt von ihr verschont. Außerdem habe ich ein gutes Leben, das mir gefällt. Und ein Junge wie du hat in diesem Leben einfach keinen Platz.«

Weshalb sagte sie das? Warum stieß sie ihn absichtlich zurück? Entgegen ihren Worten hatte Katrin inzwischen unglaubliche Lust auf Cameron, sie sehnte sich danach, ihn zu lieben und von ihm geliebt zu werden. Sie wünschte sich, dass es wieder so schön sein sollte wie beim ersten Mal.

Als ob ihre Worte ihn gekränkt hätten, senkte er den Kopf. Plötzlich aber schaute er wieder auf. Da war ein freches Lächeln in seinem Gesicht, seine Augen leuchteten. »Mich würde die Geschichte interessieren, von der Mum gesprochen hat, diese ungewöhnliche Story, wie du und dein Freund Viktor euch kennengelernt habt.«

Katrin war erleichtert, dass ihr Gespräch eine andere Wendung nahm und Cameron nicht mehr von der großen, ewigen Liebe sprach, von Katrins Schönheit und ähnlich abstrakten Dingen. Eine wahre Geschichte, die würde ihn auf den Boden der Realität zurückbringen.

»Es war ungewöhnlich, allerdings nicht so spektakulär, wie Isabel es immer hinstellt.« Katrin aß einen Bissen Brot, um die Wirkung der Drinks abzumildern. »Das Ganze passierte vor zehn Jahren, ich war damals Single und fühlte mich wohl dabei. Kurz davor war ich in eine verantwortungsvolle Position aufgestiegen, als Chefeinkäuferin bestimmst du das Profil eines Warenhauses entscheidend mit. Alles begann damit, dass ich mit dem Zug nach Paris fuhr.« Sie sah Cameron an. »Die alljährlichen Prêt-à-porters dort sind die entscheidenden Impulsgeber für jedes Modejahr. Einkäuferinnen wie ich müssen immer schon einige Zeit vor den Events in Paris sein, um die Modeschöpfer zu treffen, die Trends abzusehen und einen Riecher dafür zu kriegen, was demnächst gefragt sein wird. Ich fuhr mit meinem noch leeren Katalogkoffer los und hoffte, dass ich ihn prall gefüllt nach Düsseldorf zurückbringen würde.«

»Mit dem Zug?« Cameron legte den Kopf schief. »Ich dachte, ihr wichtigen Leute legt die meisten Strecken im Jet zurück.«

»Da hast du eben falsch gedacht. Ich saß in einem Großraumwagen und habe gearbeitet. Schräg gegenüber bemerkte ich einen gut aussehenden Mann. Er war gekleidet wie ein Geschäftsreisender, dabei hatte er eine ... ziemlich freche Ausstrahlung.«

»Frech?« Angesteckt von Katrins vergnügtem Ton, musste auch Cameron lächeln.

»Dieser Mann hatte etwas von einem Fuchs.« Sie nickte ihren Worten hinterher. »Ja, tatsächlich, sein Aussehen und seine Art, sich zu bewegen, erinnerten an einen erfindungsreichen Fuchs.«

»Und der Fuchs war Viktor?«

»So ist es. Er bemühte sich gerade, ein Telefonat so leise wie möglich zu führen, merkte aber, dass ich ihn ansah. Lächelnd stand er auf. *Verzeihen Sie, Madame, wenn ich Sie gestört habe,* sagte er und ging nach draußen auf den Korridor. Seine Stimme hatte mir gefallen, auch seine Hand, mit der er das Telefon hielt. Nach einer Viertelstunde kam er zurück, beugte sich zu mir und sagte: *Alles erledigt.* Ich folgte ihm mit den Augen. Als er sich setzte, sah er mich an. Viktors Augen sind ungewöhnlich, schmal und dunkel, sie schließen sich manchmal ganz langsam, um sich sofort wieder zu öffnen. Diesem besonderen Blick kann man nur schwer widerstehen.«

»Konntest du ihm widerstehen?« Camerons Gesicht hatte einen mürrischen Ausdruck angenommen.

»Ich fand ihn amüsant, verlor aber bald das Interesse und wandte mich meinem Buch zu. Etwas später ging ich ins Bistro und trank etwas. Als ich zurückkam, erwartete Viktor mich auf dem Gang. Ich war darauf gefasst, eine nichtssagende Unterhaltung zu führen, er aber öffnete, als wir dicht nebeneinanderstanden, die Tür zu einem leeren Abteil und zog mich einfach hinein. Statt mich zu wehren, ließ ich mich auf den Mann ein, der, ohne sich an jegliche Konvention zu halten, das Geplänkel einer Annäherung übersprang und mich küsste. Ich erwiderte den Kuss nicht, stieß ihn aber auch nicht zurück. Schließlich ließ er mich los und sagte: *Ich heiße*

Viktor. Ohne ihm meinen Namen zu nennen, verließ ich das Abteil. *Wollen wir uns in Paris wiedersehen?*, rief er mir nach.«

Katrin bemerkte Camerons verschlossenen Blick. »Was hast du?«

»Nichts. Und wie ging es dann weiter?«

»Du machst ein Gesicht, als ob du Zahnschmerzen hättest.« Sie brach ein zweites Stück Brot ab. »Du wolltest die Geschichte schließlich hören.«

Mit düsterer Stimme sagte er: »Du lässt dich von wildfremden Kerlen im Zug anbaggern.« Er kippte den Rest seines Drinks.

»Ich habe über mich selbst gestaunt.«

»Viel braucht es bei dir also nicht, bis du mit jemandem ins Bett steigst«, erwiderte Cameron schroff.

»Was ist das für ein Ton?«, sagte sie erstaunt. »Offenbar hat Viktor etwas bei mir ausgelöst, weshalb es zu dieser Situation kommen konnte. Wir haben uns tatsächlich in Paris wiedergetroffen …«

»Schon gut.« Cameron sprang so impulsiv auf, dass Katrins Glas umfiel und der Tisch schwankte. Ohne ein weiteres Wort zwängte er sich an den Gästen vorbei, legte einen Geldschein auf den Tresen, eilte zum Ausgang und war verschwunden.

Katrin stellte ihr Glas auf. Sie hätte sich über ihn wundern oder ärgern können, aber sie wusste, was in ihm vorging. Katrin fand seinen Anfall von Eifersucht einerseits rührend, andererseits signalisierte er ihr, wie jung und unerfahren ihr Liebhaber tatsächlich war. Er hatte es nicht ertragen können, dass sie von den Verführungskünsten eines anderen schwärmte, eines Mannes, der immer noch ihr Partner war und mit dem sie eine Beziehung hatte, während die Affäre mit Cameron schon zu Ende gegangen schien.

Wohin war er gelaufen, wo irrte er umher? Wie sollte Katrin darauf reagieren, ihm nachgehen oder ihn seinem Schicksal überlassen? Er war nach Düsseldorf gekommen, um sie zu sehen, befand sich in einer Stadt, die ihm genauso fremd war wie Kopenhagen. Armer, verwirrter Bursche, dachte sie und bedauerte, dass der Abend dieses Ende gefunden hatte. Weshalb hatte sie die Geschichte auch in allen Einzelheiten erzählen müssen? Unschlüssig stand sie auf und durchquerte das Lokal. Ohne Jorges fragenden Blick zu erwidern, trat sie auf die Straße. Katrin stand im Zwielicht. Sie wandte sich auf die eine, dann auf die andere Seite. Von Cameron war keine Spur zu sehen.

9

DAS TAGESLICHT WAR SO HELL, dass Katrin die Augen geschlossen hielt. Sie lag nicht in ihrem Bett. Sie hatte sich auf eine Insel inmitten ihrer Wohnung geflüchtet. Katrin atmete ein und aus, ihr linkes Bein fühlte sich kalt an, die Decke war zur Seite gerutscht. Sie warf einen blinzelnden Blick auf ihr langes, nacktes Bein und ließ den Kopf zurücksinken. Etwas hatte sich verändert.

Ich liebe den Mann, der neben mir liegt, dachte sie. Ich liebe ihn seit heute Nacht. Sie wünschte sich, dieses Gefühl zu genießen, doch es gelang ihr nicht recht. Sie hatte sich in einen Mann verliebt, mit dem eine gemeinsame Zukunft undenkbar schien. Katrin versuchte, sich alle Wünsche und Hoffnungen, die ihr etwas anderes vorgaukeln wollten, zu verbieten. Im hellen Morgenlicht, das durch die großen Fenster drang, suchte sie vor allem nach Ehrlichkeit mit sich selbst. Zum zweiten Mal war sie der Versuchung erlegen, mit Cameron zu schlafen. Doch diese Nacht war anders gewesen. Aus Neugier und Verlangen war tiefe Zuneigung geworden, Leidenschaft hatte sich in Hingabe verwandelt, in Liebe. Katrin war durchdrungen von diesem Gefühl, beglückt und verzweifelt, berauscht und dabei hellwach. Sie konnte sich nicht erinnern, wann sie jemals so innig verliebt gewesen war.

Die Ereignisse, die dieses Gefühl ausgelöst hatten, huschten durch ihren Sinn. Am Abend zuvor hatte sie es nach kurzem Suchen aufgegeben, Cameron wiederzufinden und war stattdessen nach Hause gelaufen. Wie üblich hatte sie den Bahnhof durch die Unterführung zur Ellerstraße passieren wollen. Einem unerklärlichen Impuls folgend hatte sie diesmal aber den Weg in die zentrale Bahnhofspassage eingeschlagen. Sie war an der Buchhandlung und den Imbissständen vorbeigelaufen und hatte zugleich die Anzeigen der Zugabfahrten gelesen. An einem bestimmten Gleis war sie bereits vorüber gewesen, als der Name einer Stadt sie gezwungen hatte stehen zu bleiben. Die Einfahrt des Zuges nach Kopenhagen wurde angekündigt. Katrin war die Treppe hochgelaufen. Im nüchternen Licht des Bahnsteigs war Cameron da gestanden, in seiner grauen Jacke, ohne jegliches Gepäck. Katrin hatte seinen Namen gerufen. Er hatte sich umgewandt und sie angesehen. Sie war auf ihn zugelaufen und hatte ihn umarmt. Sie hatte ihm Vorwürfe gemacht. Eine Lautsprecheransage hatte seine Antwort verschluckt.

»Willst du zurück nach Kopenhagen?«, hatte sie gefragt. »Und dein Hotel? Wo ist dein Gepäck?«

»Ich habe kein Hotel genommen.« Dabei hatte er Katrin, die wie eine Erscheinung vor ihm aufgetaucht war, staunend angesehen. »So weit hatte ich nicht vorausgeplant.«

»Du bist ganz schön verrückt, weißt du das?« Sie hatte ihn an den Schultern gepackt und geschüttelt.

»Verrückt nach dir.« Seine Worte waren so ehrlich gewesen, sein Gesicht dabei so voller Schmerz und Zärtlichkeit, dass Katrin ihn ohne Weiteres in die Arme geschlossen und geküsst hatte. Lange waren sie so gestanden. Ihr Kuss hatte noch angedauert, als der Nachtzug nach Kopenhagen bereits eingefahren war.

»Willst du wirklich abreisen?«, hatte sie gefragt.

»Du weißt, dass ich es nicht will. Du weißt, dass alles, wonach ich mich sehne, hier ist.«

Arm in Arm hatten sie den Bahnsteig verlassen und waren zu Katrins Haus geschlendert. Vor der Tür hatten sie sich leidenschaftlich geküsst. Oben im Loft hatten sie kein Licht gemacht, nur eine Kerze entzündet. Katrin hatte ihr Bettzeug aus dem Schlafzimmer geholt und auf dem dicken Teppich ausgebreitet. »Ich will mit dir auf eine Insel«, hatte sie gesagt, während Cameron sie liebevoll auszog. Auf ihrer Liebesinsel waren sie glücklich gewesen, sie waren toll gewesen, verwegen, manchmal ein wenig grausam, manchmal lagen sie sanft ineinander verschlungen, sie hatten einander die ganze Nacht über geliebt. Als die Dämmerung sich ins Zimmer geschlichen hatte, waren sie mitten in einem Kuss eingeschlafen.

Cameron griff nach Katrins Hand. »Wollen wir wegfahren?« Seine Stimme klang noch verschlafen.

Sie zog die Hand an ihre Brust. »Wie meinst du das?«

»Fort von hier, weg aus deiner Welt«, antwortete er. »Ich weiß, dass du mich hier nicht brauchen kannst.«

»So ernste Worte gleich am frühen Morgen?«

»Ich habe nachgedacht.«

»Im Schlaf?« Katrin griff hinter sich und streichelte seinen nackten Körper.

»Wollen wir an einen Ort fahren, wo es schon richtig warm ist?« Er drehte sich zu ihr um. »Warum denn nicht? Europa ist so klein, in einer Stunde könnten wir an den schönsten Plätzen sein.«

»Das wäre herrlich, aber du weißt genau, es geht nicht.«

»Du bist doch in deiner Firma der Boss. Du könntest sagen: Ich brauche ein paar Tage Auszeit, macht den Kram so lange ohne mich.«

»Ich fürchte, das ist unmöglich.«

Es ist nicht unmöglich, dachte Katrin. Zu Beginn ihrer Beziehung mit Viktor hatte sie sich häufig hinreißen lassen, so etwas zu tun. Dabei hatten seine verrückten, verführerischen Pläne sie ganz schön aus der Bahn geworfen. *Ecuador soll um diese Jahreszeit schön sein.* Mit diesen Worten hatte er Katrin zwei Tickets auf den Tisch gelegt. Ein Mann, der aus reiner Lebensfreude nach Ecuador aufbrach, war für sie faszinierend gewesen. Die bunte Modewelt, in der Katrin arbeitete, funktionierte mit der Präzision eines Uhrwerks, doch Viktors charmante Hartnäckigkeit hatte das Uhrwerk immer wieder aus dem Takt gebracht. Ecuador war vielleicht ihr schönster Urlaub gewesen. Viktors draufgängerische Philosophie, dass das Leben mehr bereithalte als Arbeit und Karriere, hatte Katrin beflügelt. Sie hatte ihr Möglichstes getan, seine Vision eines freien Lebens zu der ihren zu machen.

»Wohin würdest du denn gern fahren?«, fragte sie vorsichtig. »Ich meine, falls es doch möglich sein sollte.«

»Du willst wirklich?«, fragte er impulsiv. »Wie wäre es mit der Toskana?«

»Ich liebe Florenz, das weißt du.«

»Und Nyborg ist gerade da, und ich würde ihn gern sprechen.«

Katrin rückte etwas von ihm ab. »So ist das also: Du willst Berufliches und Privates geschickt verbinden, während ich meine Arbeit sich selbst überlassen soll?«

Mit einer beschwichtigenden Geste nahm er ihre Hände. »Ich hatte schon vorher über die Möglichkeit nachgedacht, noch bevor wir …«

»Miteinander auf meiner Insel gestrandet sind?«, fragte sie lächelnd.

»Wenn ich in Kopenhagen bleibe und bei Nyborgs Assistenten studiere, vertue ich nur meine Zeit. Ich muss irgendwie versuchen, in Nyborgs Nähe zu gelangen. Darum habe ich überlegt, nach Pisa zu fahren und ihn zu fragen, ob er einen Praktikanten braucht.«

Katrin zog die Decke vor ihre Brust. »Ich könnte mir vorstellen, dass dein dänischer Meisterarchitekt eher einen Italiener als Praktikanten braucht, jemanden, der sich dort verständlich machen kann.«

»Das kann ich.« Cameron setzte sich auf.

»Du? Du sprichst Italienisch?« Sie streichelte seine sonnengebräunte Schulter.

»Ich habe es gelernt, nachdem wir …« Er senkte den Kopf. »Nachdem wir in Florenz waren.«

»Dieser Urlaub scheint dich ja sehr beeindruckt zu haben«, erwiderte sie überrascht.

»Hat er.« Cameron sah sie ernst an. »Es war einer der schönsten Tage meines Lebens. Ich wollte diese Sprache sprechen, weil du sie sprichst.«

»Cameron.« Sie zog ihn in ihre Arme. »Du bist ja wirklich ganz entzückend.« Mit staunendem Ausdruck sah sie ihn an. »Wie komme ich denn nur zu einem wie dir?«

»Du hast mich hergezaubert. Weil du eine Zauberin bist.«

»Du bist entzückend, aber du spinnst ein bisschen«, sagte sie liebevoll.

»Was ist? Fahren wir in die Toskana?« Seine Augen bekamen den frechen Glanz, den Katrin so mochte.

»Ich könnte …« Sie legte den Finger an den Mund. »Ich müsste mal wieder nach meiner Wohnung schauen. Es ist über ein halbes Jahr her, dass ich dort war.«

»Dein Apartment in Florenz? Das wäre wundervoll. Wir beide in Florenz, das wäre der schönste Traum für mich.«

»Holla, nicht so schnell. Ich habe noch nicht zugesagt.« Ihr Ausdruck wurde ernst. »Ich habe einen Freund, Cameron. Es steht nicht zum Besten mit unserer Beziehung, aber ich werde das nicht einfach …« Sie stockte.

Was war sie im Begriff zu sagen? Dachte sie ernsthaft darüber nach, die Partnerschaft mit Viktor wegen eines Einundzwanzigjährigen infrage zu stellen? Und ihre Freundschaft mit Isabel, die ihr so viel bedeutete, aufs Spiel zu setzen? Sie hatte sich in Cameron verliebt, aber das konnte unmöglich bedeuten, dass sie von heute auf morgen alle Brücken hinter sich abbrechen wollte. Und doch war der Gedanke aufgetaucht, Katrin hatte ihn gedacht, der Gedanke, dass sie mit Cameron glücklich werden könnte. Sie erschrak davor, dass sich diese Hoffnung bei ihr eingeschlichen hatte.

Schluss mit Hirngespinsten, sagte sie sich. Es ist heller Tag, sei wieder du selbst und entscheide vernünftig, wie du es gewöhnlich tust. Gewöhnlich sitze ich aber nicht mit einem bezaubernden jungen Mann auf meinem Wohnzimmerteppich und würde ihn am liebsten schon wieder mit Haut und Haaren auffressen. Romantisches Zeug, widersprach sie sich, du kannst nicht mit Cameron nach Florenz fliegen. Was würdest du Viktor erzählen? Eine Lüge natürlich. Du willst Viktor aber nicht belügen. Und wenn ich ihm die Wahrheit sage? Wenn ich ihn damit konfrontiere, dass ich dieses eine Mal meinen Anteil an Freiheit einfordere? Was würde der geschmeidige Viktor tun, mich verlassen? Oder würde er es mir, sobald er kann, mit einer neuen Geliebten heimzahlen? Katrin warf ihr Haar zurück. Sie war bereits zu tief in die Sache mit Cameron hineingeraten, um sie noch wie einen One-Night-Stand zu behandeln. Ab jetzt musste sie Viktor die Wahrheit sagen. Gedankenverloren sah sie den Jungen an. Im Grunde hatte er vorhin den richtigen Vorschlag gemacht: Fort von hier, das war eine glänzende Idee. Auch wenn es in Katrins Branche nie wirklich ruhige Zeiten gab, war die momentane Phase so weit absehbar, dass sie riskieren konnte, sich ein paar Tage freizunehmen.

»Florenz also«, sagte sie leise.

»Du willst wirklich?«, flüsterte er überwältigt. »Du denkst ernsthaft darüber nach?« Er sprang auf, schob einen Arm unter Katrins Achseln, den anderen unter ihre Kniekehlen und hob sie schwungvoll hoch.

»Aber nicht für lange!«, rief sie überrascht.

»So lange du willst«, antwortete er glücklich.

»Lass mich runter!«

»Erst wenn du mir sagst, wann wir fahren.«

»Ich müsste eine Menge Termine umlegen. Wenn ich es überhaupt organisieren kann, habe ich bis dahin noch viel zu tun.« Sie dachte an Viktor. Er war zurzeit in Brüssel, frühestens morgen Mittag könnte sie mit ihm sprechen.

»Morgen vielleicht?«, fragte Cameron.

»Ganz unmöglich. Mir wird ohnehin schon ganz schwindelig, wenn ich bedenke, was für eine Verrücktheit wir gerade planen.«

Er legte Katrins Kopf an seine Schulter und küsste sie so hingebungsvoll, dass sich jeder Gedanke an Kaffeekochen sofort wieder verflüchtigte.

10

MIT ÜBERSCHLAGENEN BEINEN saß Viktor in seinem Mittagslokal unweit des Landtagsgebäudes. »Ein Einundzwanzigjähriger?«, fragte er provokant. »Ich brauche dir hoffentlich nicht zu sagen, was für ein Klischee du damit bedienst. Und ausgerechnet ich habe dir die Amour fou der bedauernswerten Chris als klassischen Fall von Midlife Crisis geschildert. Jetzt bist du in das gleiche Fettnäpfchen getappt. Wirklich zu komisch.«

Das war die Seite an Viktor, die Katrin nicht mochte, der er aber einen Teil seines Erfolgs verdankte. Je schwieriger eine Situation wurde, je chaotischer sich Probleme vor ihm auftürmten, desto ruhiger wurde er. Er schien dann auf einer Welle der Unerschütterlichkeit zu reiten, buchstäblich nichts brachte ihn aus der Ruhe. In solchen Zeiten umgab Viktor sich mit einem Schutzmantel aus Vernunft, Logik und Zynismus. Katrin aber wollte reden, sich austauschen, erfahren, wie es ihm damit ging, nachdem sie ihm ihre Untreue gestanden hatte.

»Letzte Nacht hat sich für mich etwas Grundlegendes verändert«, sagte sie. »Deshalb musste ich sofort mit dir sprechen. Cameron hat sich mir auf eine Art und Weise geöffnet …«

»Ich will nichts davon wissen«, unterbrach er sie. »Ich hoffe, du besitzt genügend Geschmack, mir die feuchten Details eurer Fickerei zu ersparen.«

»Du bist verletzt, das verstehe ich. Selbstverständlich werde ich dir nur so viel erzählen, wie du erfahren willst.«

»Ich will nichts erfahren. Ich möchte dir nur vor Augen halten, wie lächerlich du gerade wirst. Eine Frau in deiner Position und deines Alters macht für einen australischen Kuhhirten die Beine breit. Das mag noch angehen. Wenn du dir jetzt aber einredest, das sei die große Liebe, muss ich an deinem Urteilsvermögen zweifeln.« Viktors Augen wurden schmal wie Schlitze, sein Lächeln legte die spitzen Eckzähne frei.

Katrin goss heißes Wasser auf ihren Ingwertee. »Von der großen Liebe habe ich nicht gesprochen. Trotzdem ist es für mich mehr als nur eine schnelle Bettgeschichte.« Sie suchte nach einem Begriff, der ihrem Gefühl, ihrer Verwirrung, ihrer Sehnsucht den rechten Namen geben würde. »Ich empfinde es einfach als eine Zeit der Liebe. Das will und kann ich dir nicht verheimlichen.«

»Zeit der Liebe?« Viktor schnaubte verächtlich. »Ach, Katrin …«

Ruhig Blut, dachte er im gleichen Moment. War die augenblickliche Entwicklung nicht genau das, was er gebrauchen konnte? Seine bewundernswert moralische Katrin hatte sich etwas zuschulden kommen lassen und gestand ihm ihren Fehltritt ein. Die Sache war eine flüchtige

Gefühlsaufwallung, nahm Viktor an, bei einer leidenschaftlichen Frau wie Katrin hatte so etwas ja früher oder später passieren müssen. Sie hatte einen jungen Stier gefunden, mit dem sie sich nun amüsierte. Das geht vorbei, dachte er, während er einen Bissen von seinem Lachs nahm. Durch Vorwürfe würde er sie nur tiefer in die Affäre hineintreiben. Er sollte im Gegenteil über diese unerwartete *Zwangspause* froh sein. Nun war aber eine Situation eingetreten, in der er jede körperliche Nähe mit Recht verweigern konnte.

Viktor tupfte sich die Mundwinkel mit der Serviette ab. »Ich mache mich nicht über dich lustig. Niemand kann voraussehen, wann und durch wen uns die Liebe überfällt. Nun ist es dir also passiert. Wir sollten überlegen, wie wir das Beste daraus machen. Was erwartest du von mir?«

Katrin war so perplex über sein abrupt geändertes Verhalten, dass sie nicht gleich antwortete. »Was ich von *dir* erwarte? Die Frage lautet eher, was ich von mir selbst erwarte. Ich will dich nicht verlieren, Viktor. Was zwischen uns beiden besteht, hat tiefe Wurzeln.«

»Ist es nicht möglich, dass du bald erkennen wirst, dass eine plötzliche wilde Verliebtheit noch keine wahre Liebe ist?«

»Natürlich«, antwortete sie erleichtert. »Ich halte es sogar für wahrscheinlich, dass es so sein wird. Ich halte es für noch wahrscheinlicher, dass mich Cameron über kurz oder lang langweilig finden wird.« Katrin sah Viktor herzlich an. Wie hatte sie ihn so falsch einschätzen können? Sie war davon ausgegangen, dass er den verletzten Macho hervorkehren und sie vor die Wahl stellen würde: er oder Cameron. Stattdessen fand er diese ungewohnt milden, berührenden Worte. »Was rätst du mir?« Sie schob ihre Hand auf dem Tisch auf ihn zu.

»Man kann so ein Gefühl nicht einfach abschneiden, man darf es nicht ausreißen, weil sonst die Triebe der Sehnsucht unterirdisch weiterwuchern würden.« Er legte seine warme Hand auf ihre. »Das Beste wäre, du verbringst ein wenig Zeit mit Cameron. Lerne ihn besser kennen, lerne dein Gefühl für ihn kennen. Erst danach solltest du eine Entscheidung treffen.«

»Was für eine Entscheidung?« Katrin runzelte die Stirn. »Ich bin noch lange nicht so weit, dass ich mich zwischen euch beiden entscheiden müsste.« Viktors Einfühlungsvermögen tat ihr gut, doch so viel Toleranz machte Katrin misstrauisch. »Das hört sich ja fast so an, als ob du froh wärst, mich loszuwerden.« Sie wollte ihre Hand zurückziehen.

Er hielt sie fest. »Was hast du denn erwartet, Heulen und Zähneknirschen, eine Eifersuchtsszene?« Lächelnd schüttelte er den Kopf. »Wozu soll das gut sein?«

»Es würde mir zeigen, dass dir etwas an mir liegt.«

»Zeige ich es nicht besser damit, dass ich deine Gefühle respektiere? Natürlich verletzt es mich, womit du mich konfrontierst. In meinem Alter hat man allerdings gelernt, dass es besser ist, Verletzungen in etwas Kreatives zu verwandeln.«

»Du bist unglaublich, Viktor«, erwiderte sie mit

unsicherem Lächeln. »Ich hatte in letzter Zeit manchmal den Eindruck, als ob du unsere Beziehung nur noch aus Gewohnheit weiterführst. So viel Toleranz hätte ich dir nicht zugetraut.«

»Nennen wir es lieber Verlässlichkeit. Die großen gefühlsmäßigen Eruptionen, mit denen die Liebe manchmal verwechselt wird, helfen uns in schwierigen Zeiten nicht weiter. Verlässlichkeit, Beständigkeit und Vertrauen, das sind die Grundpfeiler, auf denen eine Beziehung ruhen sollte.«

Während Viktor sein Glas nahm und mit Katrin anstieß, überlegte er, dass ihm sein kleines Credo durchaus aus dem Herzen gesprochen war. Ich bin kein Schwein, dachte er, ich betrüge Katrin nicht wirklich, wenn ich erotische Partys besuche. Das ist kein Betrügen, es ist irgendetwas anderes, etwas Männliches, vermute ich. Er sah Katrin an, die gerade ein paar Bissen von ihrem Essen nahm, das sie bis jetzt kaum angerührt hatte. Ich will diese Frau nicht verlieren, dachte er. Ich werde sie nicht verlieren, schon gar nicht an einen Grünschnabel aus Australien.

»Wo ist dein Lover jetzt?«

»Er heißt Cameron. Bitte lass ihn uns ab jetzt Cameron nennen.«

»Okay. Ist Cameron noch in Düsseldorf? Wird er jetzt bei dir wohnen?«

»Natürlich nicht. Er bleibt noch ein paar Tage, bevor er sich nach Italien aufmacht. Er will dort einen Architekten treffen.«

»Wie wollt ihr euch denn wiedersehen, wenn er in Italien ist?«

Sie sah ihn mit einem Blick an, der Viktor signalisierte, dass er eigentlich von selbst auf die Antwort kommen könnte.

»Etwa in Florenz?«

Sie nickte. »Früher oder später muss ich ohnehin nach der Wohnung sehen.«

Viktor goss den Rest der Flasche in ihre Gläser. Sie fährt mit ihrem gut aussehenden, vor Testosteron platzenden Liebhaber nach Florenz, dachte er. Dort werden sie es wie die Karnickel treiben. Sie werden auf der Dachterrasse des Apartments liegen, Campari trinken und danach wieder ins Bett schlüpfen. Und ich? Bin ich etwa ein impotenter Vollidiot, dass ich ihr so etwas durchgehen lasse? Müsste ich nicht wie ein Gewitter in diese Affäre hineinfahren? Wenn Katrin auch nur das Geringste an mir liegt, müsste sie die Reise absagen. Soll ich es ihr verbieten?

Viktor begriff die Zwickmühle, in der er sich befand. Er brauchte einen Grund, um nicht mit Katrin schlafen zu müssen, zugleich drehte ihm die aufkeimende Eifersucht den Magen um. Seit zehn Jahren hatte sich Katrin in der freien, offenen Konstellation ihrer Beziehung vorbildlich verhalten, besonders jetzt, da sie ihm ihren Seitensprung gebeichtet hatte. Trotzdem blieb die Tatsache, sie hatte ihn betrogen. Einen Mann wie Viktor betrog man nicht, hatte er bis jetzt angenommen; auch deshalb traf es ihn so hart. Hüte dich vor Eitelkeit, dachte er, nur mit Intelligenz und Verständnis kannst du sie zurückgewinnen. Trotzdem überfiel Viktor der nagende Schmerz mit ungeahnter Heftigkeit. Selbst nach all den Jahren gelang es Katrin, ihn in die Hölle der Eifersucht zu schicken, und er wusste nicht, wie er sich darin verhalten sollte.

»Ich nehme keinen Nachtisch«, sagte er und winkte nach der Rechnung.

Da der Kellner an den Tisch trat, senkte Katrin die Stimme. »Danke, dass du es so ruhig aufnimmst.«

»Hast du etwas anderes von mir erwartet?« Beide standen auf. Durch die großen Fensterscheiben schaute Viktor ins Freie. Heute würde sich die Sonne nicht mehr zeigen.

11

DIE SONNE IST MEIN Verbündeter, dachte Cameron und klopfte mit den Fingern fröhlich auf das Lenkrad. Er hatte das Fenster heruntergelassen, die Sonne wärmte seinen Ellbogen, er blinzelte in die hügelige Landschaft. Die Zypressen sind die Hüter der Toskana, dachte er. Gleich Wächtern geben sie den Hügeln Struktur und grenzen das Land ein. Ohne die Zypressen wären es nur irgendwelche Kornfelder, Weiden und Weinberge, wie man sie auch woanders findet. Diese Bäume bringen eine einmalige Ordnung in die Landschaft, sie schärfen den Blick und bezaubern zugleich.

Cameron fühlte sich so glücklich, dass er übermütig auf die Hupe drückte. Er hatte die Ebene rund um Pisa hinter sich gelassen und steuerte nun auf die große Stadt zu.

Nicht auszudenken, wenn ich in Kopenhagen geblieben wäre, was für ein Esel wäre ich gewesen! Ich hätte das Glück einfach von mir gestoßen. Dem Glück musste man aber sämtliche Türen öffnen, musste die Witterung nach ihm ausrichten, um bereit zu sein. Genau das hatte Cameron getan und fühlte sich auf das Prächtigste belohnt. Er fuhr durch die wunderbare, ein wenig träge anmutende Landschaft der nördlichen Toskana, er chauffierte im offenen Hemd und hatte die Ärmel hochgekrempelt. Cameron genoss die Wärme und ließ sich von den Farben inspirieren, dem satten Grün der Wiesen, dem gesprenkelten Grün der Weinberge, dem kühlen Grün der Olivenhaine. Dazwischen lagen die erdig roten Dächer der Häuser, ihre weißen oder naturbraunen Fassaden, darüber wölbte sich der mächtige Himmel, nicht stahlblau wie in Deutschland oder Dänemark, das war ein verheißungsvoll schillerndes Blau, man konnte sich einbilden, dass es ins Violett umschlug, dann wieder ins Türkisfarbene. Die kleinen Wolken erzählten, dass noch nicht die Zeit der sengenden Augustsonne angebrochen war, wenn der Regen wochenlang ausblieb. Die Zeit, die Cameron sich für das Glück ausgesucht hatte, war leichter, beschwingter, wechselhafter. Dann und wann brach ein Gewitter los, auf den Anhöhen überraschte einen so manche Windbö. Die Städte waren um diese Zeit noch nicht vollgestopft mit Touristen, das Land gehörte noch ganz den Einheimischen, es war das pure Italien.

Diese Landschaft bot sich dem jungen Australier wie ein Märchenland dar. Wer die Weite, die Trockenheit, auch die Monotonie in Teilen Australiens kannte, war von der Mannigfaltigkeit an ständig wechselnden Eindrücken überwältigt. Zu dem sinnlichen Glück, das die Toskana über Cameron ausschüttete, kam die unfassliche Vorfreude auf Katrin. Es hatte fast zwei Wochen länger gedauert, bis sie sich endlich von Düsseldorf hatte loseisen können, doch Cameron hatte nicht die Geduld verloren und die Zeit bestens genutzt. Auf gut Glück war er nach Pisa geflogen, hatte sich ein Mietauto genommen und war zu Sven Nyborg aufgebrochen. Er war zu dem großen Mann einfach hingefahren und hatte ihn damit konfrontiert, dass er einer Gruppe von jungen Leuten das Versprechen gegeben hatte, ihnen entscheidende Dinge über Architektur beizubringen. Indem er Nyborg daran erinnerte, hatte Cameron das Risiko auf sich genommen, dass der Architekt barsch reagieren und ihn gleich wieder rauswerfen würde. Doch die Reaktion Nyborgs war anders ausgefallen, und Cameron brannte darauf, Katrin davon zu erzählen.

Ach, Katrin! Im Wagen lachte er laut auf und schüttelte zugleich den Kopf über das wundersame Ineinandergreifen von Ereignissen, das ihn zu guter Letzt hierhergeführt hatte. Jeder seiner Schritte hätte auch im Nichts enden können: Katrin hätte ihn wie einen lästigen One-Night-Stand behandeln können, den man so rasch wie möglich loswerden möchte. Es hätte ihr unmöglich sein können, Düsseldorf und ihre Arbeit im Stich zu lassen und zu verreisen. Stattdessen fuhr Cameron nun in einem italienischen Kleinwagen durch die Märchenlandschaft und durfte sich auf die Wiederbegegnung mit seiner großen Liebe freuen. Eine schönere, klarere Definition von Glück konnte es unmöglich geben.

Die Wolken über Florenz deuteten an, dass bald ein Gewitter niedergehen würde, der Wind fegte Sand über die Landstraße. Cameron fuhr in die Ebene ein, die der Arno in die Toskana geschnitten hatte, und schaute hinunter auf die alte Stadt.

* * *

Wie ein Teenager vor dem ersten Rendezvous führst du dich auf, dachte Katrin und rückte die Sofakissen in eine andere Position. Sie veränderte den Winkel der Holzjalousie, damit das Nachmittagslicht nicht so grell in den Raum fiel. Sie prüfte, ob die Zutaten für das Essen griffbereit auf der Anrichte lagen, und schaltete den Deckenventilator ein. Der größte Nachteil einer Dachwohnung war, dass sie sich im Sommer so rasch aufheizte. Alles war getan, Katrin hätte sich nun ausruhen, lesen oder arbeiten können, aber die Vorfreude war zu groß.

Die letzten Tage in Düsseldorf waren anstrengend gewesen. Es hatte sich als schwierig herausgestellt, bestimmte Projekte an ihre Mitarbeiter zu delegieren. Fragen waren aufgetaucht, weshalb Katrin plötzlich unbedingt nach Florenz aufbrechen müsse. Heinz und die anderen kannten sie zu gut, sie wussten, dass Katrin ihr Schiff sonst niemals verließ, solange die Arbeit nicht getan war.

Erst als das Flugzeug abgehoben hatte, war Katrin sicher gewesen, dass sie tatsächlich nach Florenz unterwegs war. Sie war in die Stadt ihres Herzens geflogen, um dort ihre junge Liebe zu treffen. Insgeheim nannte sie Cameron so, es war ihr ein wenig unheimlich dabei.

Wie hatte er das bloß geschafft, nach nur zwei Nächten so heftig in ihr Leben einzugreifen? Genau betrachtet hatte der Junge unverkennbar männlich gehandelt: Er wollte berufliche Pläne in der Toskana verfolgen und hatte daher alles darangesetzt, Katrin dorthin zu locken. Und sie, die dreiundvierzigjährige toughe Geschäftsfrau, war ihm gefolgt und tatsächlich in ihr Apartment gefahren, wo sie sich nun darum sorgte, ob für den jungen Herren auch alles entsprechend vorbereitet sei. Die Betten auf der Empore hatte sie frisch bezogen, das Bad noch einmal rasch geputzt, obwohl die treue Maddalena, von Katrins Anreise überrumpelt, die Wohnung in aller Eile gereinigt hatte. Katrin hatte die Kissen für die Liegebetten auf die Terrasse geschafft, die Pflanzen versorgt und zuletzt noch ein paar Verschönerungsmaßnahmen an sich selbst vorgenommen. Eigentlich hatte sie das helle lange Kleid für ihre Wiederbegegnung ausgesucht, es aber wieder in den Schrank gehängt, weil der Stoff bei entsprechender Beleuchtung durchsichtig wurde. Diese Art von aufreizendem Angebot war ihr zu offensichtlich erschienen. Stattdessen trug sie ein weißes T-Shirt und Jeans.

Katrin freute sich so unsagbar auf Cameron, dass es ihr Angst machte. Und dennoch: Wie schön das war, frisch verliebt zu sein, sie hatte das Gefühl fast vergessen. Wie gut das tat, wenn die Gedanken immerfort um den einen kreisten, wenn man sich ausmalte, wie die nächste Begegnung verlaufen würde, und gleichzeitig in romantischen Erinnerungen daran schwelgte, was bereits zwischen ihnen geschehen war. Katrin liebte, es war also passiert, auch jetzt, zwei Wochen nachdem sie sich in der Toskana verabredet hatten, spürte sie diese umfassende Liebe für Cameron. Zwischendurch hatte es auch Zweifel gegeben. Mehrmals war die innere Unsicherheit in Katrin aufgekeimt, wie lange sie einen jungen Mann wie ihn für sich würde begeistern können. Doch diese Dämonen waren leicht zu vertreiben gewesen, das Feuer der Sehnsucht, die Innigkeit von Katrins Liebe hatten sie zunichtegemacht.

Nicht verscheuchen konnte sie jedoch die Stimme ihres Gewissens, die ihr sagte, dass sie Isabel endlich reinen Wein einschenken musste. Die Frage war, sollten Cameron und Katrin es gemeinsam tun, musste er zuerst allein mit seiner Mutter sprechen, oder sollte Katrin sich selbst vertrauensvoll an ihre beste Freundin wenden? Wenn sie die Sache einfach beim richtigen Namen nennen würde, könnte sich dann das Gespenst dieser Offenbarung nicht in etwas Gutes verwandeln? Schließlich hatte Katrin nichts anderes zu gestehen, als dass sie einen Menschen liebte, dem auch Isabels ganze Liebe gehörte. Das Gefühl von Liebe zu beichten, konnte das etwas Schlechtes sein?

Auf dem Beistelltisch lag das Handy. Zum zweiten Mal, seit sie in Florenz angekommen war, hatte Katrin den Impuls, die Sache zu bereinigen. Sie gab Isabels Nummer ein. Katrins Finger schwebte über dem Display. Wenn Cameron erst hier war, würde er es ihr bestimmt auszureden versuchen. Nein, lieber jetzt als später: Katrin berührte die Wahltaste. Während es zum ersten, zum zweiten Mal klingelte, begann ihr Herz so wild zu klopfen, dass sie tief durchatmen musste. Nach dem vierten Klingeln schaltete sich die Mailbox ein. Isabels fröhliche Stimme erklang, gleich darauf die ihres Mannes Henry, beide baten, der Familie Bates eine Nachricht zu hinterlassen. Als Katrin die Verbindung gerade unterbrechen wollte, erklang draußen von der Straße Musik. Sie wusste, das war die Blaskapelle, die sich auf der Piazza della Signoría vor dem Neptunbrunnen aufstellte und ein Konzert für die Touristen gab. Sie erkannte eine Melodie von Verdi, brüchig und von Herzen kommend klang die kleine Arie zu ihren Fenstern hoch. Da erschallte aus dem Handy der Piepton. Rasch drückte Katrin das Gespräch weg. Das Telefon in der Hand stand sie da und lauschte den blechernen Klängen, die so viel Harmonie und Innigkeit verströmten, jene italienische Gelassenheit, die man nirgendwo sonst auf der Welt fand.

12

CAMERON KNIETE AUF DEM BETT. Er hatte Katrins Schenkel zu sich emporgehoben und umfasste ihr Hinterteil. Während sie sich ihm entgegenreckte, stützte sie sich auf den Ellbogen ab. Sie betrachtete seinen schweißglänzenden Oberkörper, das Haar fiel ihm in die Stirn. Er hob den Kopf, sie sahen einander in ihrer Leidenschaft an, mit halb geöffnetem Mund. Katrins helle Seufzer erfüllten den Raum. Cameron atmete rasch, stöhnte nur manchmal, er drehte sie herum, streichelte ihre wunderbar langen Schenkel und drang von hinten in sie ein. Dabei beugte er sich über sie. Katrin drehte den Kopf und empfing seine Küsse, empfing seine Stöße. Seit Längerem spürte sie, dass sie gleich kommen könnte, doch sie zögerte es hinaus. Sie brachte Cameron dazu, zu verlangsamen, innezuhalten und schaukelte sich darauf zu neuer Lust empor, die ihr, wie sie glaubte, gleich die Sinne rauben würde. Doch es war nicht nur die Leidenschaft daran schuld, sondern auch die Hitze. Auf Katrins Schlafempore unter der Balkendecke musste es annähernd vierzig Grad haben. Daran änderte auch der Ventilator nichts, der kaum ein Lüftchen in Bewegung brachte. Sie versuchte sich auf ihren Höhepunkt zu konzentrieren und auf

Cameron, doch als sie spürte, dass sie gleich ohnmächtig werden würde, unterbrach sie mit einer zärtlichen Geste.

»Warte … Ich glaube … Es ist so wahnsinnig heiß hier oben«, keuchte sie mit fliegendem Atem.

»Heiß?« Irritiert kniete er über ihr, die Fäuste neben Katrin aufgestützt.

»Für dich natürlich nicht.« Lächelnd wischte sie sich Schweißperlen von der Oberlippe. »Du bist ein Wüstenklima gewöhnt. Aber mir wird hier oben ganz schwindlig.«

»Das könnte auch einen anderen Grund haben.« Er küsste sie.

»Lass uns runtergehen, ich flehe dich an.« Sie zog ihn noch einmal an sich, dann trennte sie sich von Cameron und schlüpfte zu der schmalen Treppe, die ins Wohnzimmer führte. Aus dem Augenwinkel beobachtete sie, wie er das Laken um seine Hüften schlang. Scheinbar wollte er ihr nicht mit unverhüllt erigiertem Glied hinterherlaufen.

»Hier ist es auch nicht viel kühler.« Cameron strich sich durch das feuchte Haar.

Katrin trank durstig Mineralwasser und gab ihm die Flasche. »Du kennst noch nicht das ganze Apartment.« Sie nahm ihn an der Hand. »Diese Wohnung hat ein Geheimnis.« Nackt zog Katrin ihn hinter sich her, und er folgte ihr, in das Laken gewickelt wie ein makelloser römischer Gott. Sie liefen die Treppe hinunter, über die Cameron bei seiner Ankunft hochgestürmt war und an deren Fuß er seine Tasche hatte fallen lassen.

»Ich habe noch ein Gästezimmer«, sagte sie vor einer schmalen Tür, die in dem alten Gemäuer ungewohnt modern aussah.

»Als ich mit Mum und Dad hier war, gab es diesen Durchgang noch nicht«, sagte er überrascht.

»Das Zimmer gehörte ursprünglich zur Nebenwohnung. Ich konnte es den neuen Nachbarn abkaufen.« Sie öffnete die Tür. »Hier drin ist es angenehm kühl.«

Das Zimmer war so klein, dass es praktisch nur für das Bett Platz bot. Cameron zog die Innenläden auf. »Ist da draußen etwa ein Garten?«

»Kurios, nicht wahr?« Sie schmiegte sich an seinen Rücken. »Wir sind im ersten Stock, doch dieses Haus wurde rund um einen kleinen Hügel erbaut. Deshalb befindet sich da draußen ein Miniaturgarten.«

Cameron legte den Arm um Katrins Schulter und wollte mit ihr über die Schwelle treten.

»Bist du verrückt?« Mit einem Ruck zog sie ihn zurück. »Man kann uns aus Dutzenden Fenstern sehen.«

Er küsste sie lächelnd. »Entschuldige. Andererseits sollte die ganze Welt an deiner unglaublichen Schönheit teilhaben dürfen.«

»Und du wirst wegen deiner unglaublichen Frechheit jetzt erst mal ordentlich verführt.« Sie schubste Cameron aufs Bett. Genüsslich setzte sie sich auf seine Hüften.

»Wir haben keine … Dinger mitgenommen«, knurrte er mit dem Ausdruck von Verlangen in seinen Augen.

Statt einer Antwort beugte sich Katrin zum Bettrand, wo eine Pralinenschachtel stand.

»Jetzt willst du was Süßes naschen?«

»So kann man es auch nennen.« Sie öffnete die Box und enthüllte ein Sortiment unterschiedlicher Kondome.

»Wo bin ich nur hingeraten?« Erregt beobachtete Cameron, wie sie eine Packung mit dem Mund aufriss und das Präservativ hervorholte.

»Sekunde, ich wollte ja noch etwas naschen.« Damit beugte sich Katrin über seinen Penis.

Cameron betrachtete die schlanke, nackte Frau, die ihn liebkoste. Das unbeschreibliche Verlangen, das er für sie fühlte, erwachte wieder. Lange hielt er das Spiel ihrer Lippen und Zähne nicht aus. »Warte, nicht so schnell, sonst …« Er schob sie beiseite und streifte sich das Kondom über.

Katrin erhob sich rittlings über ihm und nahm seinen Penis tief in sich auf. Sie seufzte, schloss die Augen und begann sich langsam über Cameron zu bewegen. Er umfasste ihren Rücken, erwiderte ihre Stöße, leidenschaftlich glitten seine Fingernägel über ihre Haut. Katrin stieß kleine, spitze Töne aus, er packte kräftiger zu, das machte sie noch geiler. Keuchend warf sie sich über ihn und bedeckte sein Gesicht mit Küssen.

»Du machst mich wahnsinnig«, stöhnte sie.

Die Antwort gaben seine Hände, seine Hüften, sein ganzer Körper antwortete Katrin, dass er sie liebte. Sie verloren sich ineinander, lange Zeit. Das Licht in dem winzigen Zimmer wechselte, die Schatten wanderten an der Wand entlang, der Geruch, der von draußen hereindrang, verwandelte sich von Nachmittag in Abend. Das

Licht verlor seine Grellheit, dunkelrot verabschiedete sich die Sonne von Florenz, die Welt wurde allmählich blau. Immer noch reisten Katrin und Cameron durch das Universum ihres Glücks, immer noch erforschten und suchten und genossen sie einander. Erst als die abendlichen Schnaken sich auf Nahrungssuche machten, ließ Katrin von Cameron ab, stand auf und schloss die Tür zum Garten. Sie kehrte ins Bett zurück und kuschelte sich an ihn. »Wie war es eigentlich bei Nyborg? Du hast mir noch gar nichts erzählt.«

»Das erzähle ich dir beim Essen.« Seine Lippen näherten sich ihren.

»Hast du schon wieder Hunger?«

»Gehen wir zum Essen aus?«

»Dazu ist es noch zu früh. Die Florentiner essen erst mitten in der Nacht.« Zärtlich legte sie die Hand auf seinen Mund. »Aber ich habe eine Kleinigkeit vorbereitet.«

»Du hast für mich gekocht?«, fragte er beeindruckt.

»Gekocht ist zu viel gesagt. Ich habe lediglich typisch toskanisch eingekauft. Wollen wir hochgehen? Jetzt ist es bestimmt auch oben kühler.«

»Später.« Er küsste sie, drängte sich an sie und streichelte die Innenseite ihrer Schenkel.

»Cameron, man kann es auch übertreiben.«

»Wird es dir schon zu viel?«

»Selbst meine Lust hat Grenzen.« Katrin schmunzelte. »Aber ich fürchte, diese Grenze ist noch nicht erreicht.« Sie streichelte seinen Penis und spielte ein wenig damit zwischen ihren Beinen. Dann nahm sie ein weiteres Kondom aus der Pralinenschachtel. »Später habe ich Lust auf Grappa«, flüsterte sie in sein Ohr. In diesem Moment ging draußen die Straßenbeleuchtung an.

* * *

Wie vor Jahren standen Katrin und Cameron auf der Ponte Vecchio. Schweigend feierten sie das Ritual dieser Wiederkehr auf die Brücke mit ihren lückenlos aneinandergereihten kleinen Läden. Nur drei Arkadenbögen in der Mitte boten dem Betrachter einen freien Blick über den Arno. Die Leute hatten Bänke und Gartenstühle auf das begrünte Ufer gestellt und genossen den windigen Sommerabend. Der Fluss, die Lichter, alles schien wie damals zu sein, doch in Wahrheit hatte sich das Leben mit Macht zwischen ihren ersten und den heutigen Besuch geschoben. Diesmal besuchten sie die Brücke als Liebespaar.

In ihrem weiten Sommerkleid mit den etruskischen Motiven lehnte Katrin neben Cameron an der Brüstung. Er aß in der abendlichen Wärme ein Eis, alles wirkte ganz selbstverständlich, als ob es so und nicht anders sein müsste. Es war das Gegenteil. Ein junger Mann, am Beginn seines beruflichen Lebens, war von einem entfernten Erdteil gekommen, um in Nordeuropa zu studieren. Nun legte er in der Sommerbrise seinen Arm um die Frau, die er liebte. Katrin hatte ihren straffen Berufsalltag unterbrochen, um bei ihm zu sein. Auch wenn sie beide sich zum Zauber von Florenz hingezogen fühlten, waren sie doch Fremde. Sie waren keine Touristen und doch Besucher, sie genossen nur geliehene Zeit, die rasch verrinnen würde. Sie genossen ihr kurzes Glück. Was sie taten, was sie sprachen, verdrängte bloß die Tatsache, dass die Uhr ihres Glücks leise und unmerklich ablief.

»Nyborg ist großartig«, sagte Cameron. Den linken Arm um Katrin gelegt, hielt er in der rechten Hand die Waffel. Das Eis schmolz in der Wärme und tropfte in den Fluss. »Zuerst war er irritiert, als ich ohne Termin auf seiner Baustelle aufgetaucht bin. Er konnte sich im ersten Moment nicht mal an mich erinnern.«

Katrin ließ ihren Blick unscharf werden. Nicht die einzelnen Gebäude, die Lichter der Uferpromenade, die Himmelsspiegelungen im Wasser wollte sie sehen, sondern alles auf einmal, das ganze Bild. »Was hast du ihm gesagt?«

»Ich sagte, dass ich den ganzen Weg aus Australien gekommen bin, um bei ihm etwas zu lernen. Bei ihm und keinem anderen. Kurz darauf saßen wir in einer verrückten kleinen Bar. Man hatte sie zwischen den Pylonen und Kränen, zwischen den Erdwällen einfach stehen lassen, weil das Haus denkmalgeschützt ist. Die Fensterscheiben waren vom Baustaub vollkommen undurchsichtig geworden. Nyborg wirkte erschöpft. Er sagte, dass er niemanden brauchen könne. Selbst wenn er wollte, würde ihm die italienische Gewerkschaft nicht erlauben, einen Nichtitaliener einzustellen. Ich fragte, ob es nicht irgendetwas gäbe, wobei ich ihm behilflich sein könnte. Plötzlich sah er mich so merkwürdig an und sagte nach einer

Pause, die Italiener seien die besten Baumeister der Welt, aber leider zugleich auch die unpünktlichsten Arbeiter der Welt. Er selbst spreche kein Italienisch, daher könne er oft nicht einschätzen, ob ihm die Werkstättenleiter und die Poliere nur Ausreden erzählten, weshalb sie ihre Abgabefristen nicht einhielten. Sein italienischer Dolmetscher sei natürlich auf der Seite seiner Landsleute, das bedeute, Nyborg werde liebenswert und typisch italienisch nach Strich und Faden belogen.« Cameron lächelte Katrin an. »Der große Architekt senkte seinen Kopf und sagte leise: Ich bin mit dem Bau drei Monate in Verzug. Ich weiß nicht, wie ich das aufholen soll.«

Erwartungsvoll sah Katrin Cameron an.

»Weißt du, was ich darauf getan habe? Ich bin an die Bar gegangen und hab die Mamma dort gefragt, ob sie frische *Ricciarelli* hätte. Die Frau war erstaunt, dass ein Typ, der wie ein Tourist aussah, ihre Sprache so gut sprach. Natürlich seien Ricciarelli da, sagte sie und kam mit einem Teller voller Mandelkekse wieder. Sie wollte wissen, woher ich stamme, und als ich erzählte, dass ich mit Nyborg hier sei, streute sie extra Puderzucker auf die Kekse. Ich brachte sie an seinen Tisch und sagte Nyborg, ich würde ihm gern dabei helfen, die Verzögerung bei seinem Bauprojekt zu verringern.«

»Das traust du dir wirklich zu?«, fragte Katrin nicht ohne Bewunderung.

»Ich traue mir fast alles zu, wenn ich nur hierbleiben darf.« Er schaute übers Wasser. »Nyborg hat noch nicht endgültig Ja gesagt, aber er hat eine Menge Kekse gegessen, während er mir von den Problemen im Einzelnen erzählte. Ich soll in ein paar Tagen wiederkommen.«

»Du in Pisa?«, sagte Katrin mit glücklichem Lächeln. »Wer hätte so eine Entwicklung vor Kurzem noch für möglich gehalten?« Sie strich über seinen Rücken. »Du scheinst ein Glückskind zu sein.«

»Das bin ich nur wegen dir. Nur wegen dir gelingt mir plötzlich alles. Ich habe von Anfang an gewusst, dass du eine Zauberin bist.«

Eine Zauberin, die die Zeit nicht zurückdrehen kann, dachte Katrin. Noch drei Tage, dann muss ich wieder nach Düsseldorf. Sie hatte Cameron noch nicht gestanden, dass ihr Aufenthalt so kurz sein würde. »Wollen wir essen gehen?«, fragte sie leise.

»Ich habe keinen besonderen Hunger mehr.«

»Du hast dir mit dem Eis den Appetit verdorben.«

»Ich habe Hunger auf dich.«

»Jetzt ist Schluss damit, Cameron.« Sie boxte ihn lachend auf den Oberarm. »Wenn es nach dir ginge, würdest du mich am liebsten im Schlafzimmer unter Verschluss halten.«

Er küsste die Faust, die ihn geboxt hatte. »Das finde ich eine wunderbare Vorstellung.«

»Soll ich deswegen verhungern?«

»Na schön, dann komm.« Er drehte sich nach beiden Seiten der Brücke um. »In welcher Richtung liegt dein Stammlokal?«

»Dort entlang.« Katrin nahm ihn bei der Hand.

13

ES WAR NICHT IHR erstes Abendessen, auch nicht das zweite oder dritte, es war ihr Abschiedsdiner, das sie in Florenz genießen wollten. Rauschhaft waren die Tage und Nächte vorbeigezogen, die meiste Zeit hatten sie in dem winzigen Gästezimmer zugebracht. Am zweiten Abend hatten sie so viel Lust aufeinander und so wenig Lust auf die Stadt verspürt, dass sie, statt auswärts zu essen oder selbst zu kochen, etwas gänzlich Stilloses getan hatten. Mit Katrins Mobiltelefon hatten sie einen Lieferservice gegoogelt und Pizza kommen lassen. Die Kartons auf den Knien hatten sie im Bett gespeist und dazu süßen Spumante getrunken, das Einzige, was Katrin noch im Haus hatte.

Ihre Nächte waren zu Tagen geworden, sie hatten das Tageslicht oft ausgesperrt und sich gewundert, wenn sie nach vielen Stunden die Läden öffneten, dass es schon wieder dunkel geworden war. Am dritten Tag hatte Katrin ein Kontrastprogramm angeordnet. »Du bist in der Stadt der Meisterarchitekten, im *Juwel der Renaissance*«, hatte sie gesagt, »jetzt steh gefälligst auf, du australischer Schnösel, und guck dich um.« Cameron hatte sich darauf die Accademia und die Piazza Michelangelo zeigen lassen. Lange waren sie durch die Gassen geschlendert, für viele Details war seine Begeisterung erwacht, doch als die Zeit der Nachmittags-Siesta gekommen war, hatte es beide wieder in ihr verstecktes Paradies gezogen.

Als der letzte Abend angebrochen war, sagte Katrin: »Heute gehen wir noch einmal aus.« Sie hatte sich im Bad zurechtgemacht. »Ich möchte mit dir ins *Pane e fiori*.«

Angesichts des eng geschnittenen Kostüms, mit dem Katrin wiederkam, war Cameron hingerissen gewesen. »Du hast recht, diesen Fummel muss Florenz unbedingt zu sehen bekommen.« Er hatte die Beine aus dem Bett geschwungen und war in seine Hose geschlüpft.

Das *Pane e fiori* war nicht so voll wie befürchtet, sie fanden sogar einen freien Tisch auf der Terrasse. Auch wenn das Lokal in einer Seitengasse lag, sah man an deren Ende die Lichter der Piazza della Signoría. Hektisches Touristengetümmel klang von dort herüber und verlor sich zwischen den alten Mauern. Cameron war wegen der bevorstehenden Trennung traurig, tat aber alles, sich nichts anmerken zu lassen. Auch Katrin bemühte sich, dem kommenden Abschied eine sanfte Note zu geben.

»Mir gefällt die Vorstellung, dass du in Italien bleibst«, sagte sie, »dass du hier arbeitest und ich dich jederzeit besuchen kann.«

»Wirst du das?« Ohne rechtes Interesse blätterte er in der Speisekarte.

»Von Düsseldorf aus gehen täglich mehrere Flüge, in anderthalb Stunden könnte ich hier oder in Pisa sein.«

»Komm einfach jedes Wochenende zu mir.« Sein Blick verfinsterte sich plötzlich. »Ich weiß schon, dass das nicht geht. Ich weiß es ja.«

Sie lächelte zärtlich. »Ich werde mich jetzt erst mal wieder von der Traumwelt befreien, in die ich hineingeraten bin. Und ich sollte mich in Düsseldorf erholen, körperlich, meine ich.«

»Ich erhole mich am besten mit dir.«

»Die Tage mit dir waren … unbeschreiblich. Aber morgen beginnt wieder der Ernst des Lebens.« Sie schob die Speisekarte beiseite, ohne hineingeschaut zu haben. »Was nimmst du?«

»Gefüllte Gnocchi. Die machen sie nirgends so wie hier.«

»Dann will ich das auch.«

Nachdem der Kellner die Bestellung aufgenommen hatte, breitete sich Sprachlosigkeit zwischen ihnen aus. Katrin beendete sie mit den Worten: »Wo wirst du in Pisa wohnen?«

»In der Nähe der Baustelle gibt es ein Quartier für die Arbeiter, die von auswärts kommen.« Camerons Blick wanderte in die belebte Gasse. Einheimische und Touristen flanierten vorbei. Von der Piazza della Signoría näherte sich ein eleganter Mann, in seinem dunklen Anzug sah er aus wie ein Bankier. »Morgen werde ich mich darum kümmern.«

»Wirst du denn schon morgen mit Nyborg arbeiten?«

Er seufzte unwillig. »Ich mag heute noch nicht daran denken.«

Der elegante Mann war bis ans *Pane e fiori* herangekommen und blieb stehen. »Ich war fast sicher, dass ich dich hier treffen würde.« Mit diesen Worten setzte Viktor den Fuß auf die Terrasse des Restaurants.

Katrin sah ihren Freund, ihren Partner neben einem zusammengeklappten Sonnenschirm stehen, hinter ihm erhob sich die beleuchtete Büste eines Medicifürsten – doch sie konnte dieses Bild nicht mit der Realität in Einklang bringen. Viktor im Business-Anzug, mit Weste und schwarzer Krawatte. Unter all den luftig und farbenfroh gekleideten Gästen wirkte seine Erscheinung befremdlich.

»Wo kommst du her?«, war das Einzige, was Katrin herausbrachte.

»Von zu Hause.« Er trat vor dem Besitzer des Restaurants zurück, der Katrins Essen servierte. »An deiner Leidenschaft für gefüllte Gnocchi hat sich also nichts geändert. Buona sera, Guido«, begrüßte er den Patron.

»Benvenuto, Signore Stern«, antwortete der untersetzte Mann. »Sie werden auch bei uns essen?«

»Einen Nachtisch vielleicht. Bringen Sie mir erst mal einen Grappa.«

»Subito, Signore.« Der Besitzer verschwand nach drinnen.

»Was willst du hier?« Katrin warf einen Blick zu Cameron, der dem Auftritt bisher schweigend gefolgt war.

»Ich wollte dich sehen«, antwortete Viktor, als wäre es

das Natürlichste von der Welt. »Morgen habe ich frei, da fand ich es eine gute Idee, dich zu besuchen.« Salopp steckte er die Hände in die Hosentaschen. »Ist das eine gute oder eine schlechte Überraschung?«

Katrin fand ihre Fassung wieder. »Zumindest ist dir die Überraschung gelungen.«

»Guten Abend, ich bin Viktor Stern.« Er streckte Cameron die Hand entgegen.

Der Junge sah Katrin an, dann schüttelte er wortlos Viktors Hand.

»Das ist Cameron Bates, von dem ich dir erzählt habe.« Ihre Stimme klang eisig.

»Der Australier? Ach ja, ich erinnere mich. Du gestattest?« Bevor die beiden etwas entgegnen konnten, zog Viktor sich einen Stuhl heran und setzte sich. »Guten Appetit«, sagte er, da Katrin und Cameron ihr Essen noch nicht angerührt hatten. Er lächelte arglos. »Ich werde Guido bitten, mir sein berühmtes *Semifreddo* zu machen.« An Cameron gewandt fuhr er fort: »Und Sie sind also in Florenz, weil Sie …« Er legte den Finger an den Mund. »Ich weiß eigentlich gar nicht, weshalb Sie hier sind. Es hatte mit Ihrem Studium zu tun, nicht wahr?«

Als Cameron auch darauf schwieg, wandte Viktor sich an Katrin. »Kann es sein, dass der junge Mann nur Englisch spricht?«

»Ich habe Sie sehr gut verstanden«, erwiderte Cameron. »Ich werde in Pisa eine Praktikantenstelle antreten.«

»Pisa, mhm, eine schöne Stadt.« Seelenruhig breitete Viktor die Serviette auf seinen Schoß. »Sie ist allerdings achtzig Kilometer von hier entfernt. Wie hat es Sie nach Florenz verschlagen?«

»Ich besuche Katrin. Sie hat mich eingeladen.«

»Das ist aber nett von ihr. Jetzt hast du also zwei Besucher«, sagte Viktor lächelnd zu Katrin. »Das könnte eng werden in der kleinen Wohnung.« Unvermittelt wandte er sich wieder an Cameron. »Was sagt eigentlich Ihre Mutter dazu? Haben Sie Isabel von Ihrem Ausflug nach Florenz erzählt?«

Cameron war sein Unbehagen über diese Frage anzusehen. Bevor er antworten konnte, ging Katrin dazwischen.

»Hör auf damit.« Ihre Stimme klang dunkel und zornig.

»Womit?«, erwiderte Viktor scheinheilig.

»Das ganze Theater, das du abziehst. Dein lächerlicher Auftritt hier: Wozu soll das gut sein?«

»Ich verstehe dich gar nicht: Es ist Sommer, ich liebe Florenz, ist da nicht leicht zu begreifen, wieso es mich hierherzieht?«

Guido servierte den Grappa. »Was darf ich Ihnen zu essen bringen, Signore Stern?«

Viktor wechselte ein paar Worte mit ihm und bestellte schließlich das Dessert.

»Das ist mein letzter Abend in Florenz«, sagte Katrin, nachdem sie wieder unter sich waren. »Sag mir endlich, was du willst.«

»Dich abholen.« Er führte das Glas zum Mund. »Ich habe den gleichen Rückflug gebucht wie du. Ich bringe dich nach Hause.«

»Ich habe dich nicht darum gebeten.«

»Ich weiß. Vielleicht war es Sehnsucht, was mich hergetrieben hat, vielleicht auch etwas anderes.«

Es war pure Eifersucht, dachte Viktor. Ich bin in Düsseldorf beinahe explodiert. Außerdem habe ich interessante Nachrichten von meinem Arzt. »Kommt dir das so seltsam vor, dass ich Sehnsucht nach dir habe?«

»Ich bin nicht allein hier.«

»Das sehe ich. Du wirst allerdings verzeihen, dass ich dieses romantische Intermezzo nicht besonders ernst nehme.«

»Das solltest du aber.« Katrin verschränkte die Finger ineinander, weiß traten die Knöchel hervor. »Ich möchte, dass du jetzt gehst.«

»Ohne mein *Semifreddo* gegessen zu haben? Das kann ich Guido nicht antun.«

»Dann werden wir eben gehen.« Ruckartig stand sie auf.

Viktor nahm Katrins Hand. »Bleib. Mach keine Szene.«

»Du bist es, der mit seinem melodramatischen Erscheinen eine Szene macht.«

»Bleib, bitte. Ich lasse euch auch gleich zufrieden. Wollen wir nicht alles in Ruhe besprechen?« Viktor wusste, dass er verloren hätte, wenn sie jetzt gingen. »Setzt euch noch einen Augenblick.« Er bemühte sich um einen beherrschten Ton.

Katrin sank auf ihren Stuhl zurück.

»Ich liebe Katrin«, sagte Cameron unvermittelt. »Und sie liebt mich.«

Viktor nickte nachdenklich. »Ich verstehe. Dein australischer Bekannter ist ein junger Romantiker, ein Kreuzfahrer der Liebe. Und das gefällt dir natürlich.«

Katrin ertrug Viktors Zynismus nicht länger. »Ich habe dir meine Affäre nicht verschwiegen. Wir hatten beschlossen, dass ich eine Zeit lang mit Cameron wegfahre.«

»*Wir* hatten gar nichts beschlossen«, ging Viktor scharf dazwischen. »Wie kannst du behaupten, dass etwas *beschlossen* ist, nur weil du dein Vergnügen suchst? Jetzt hattest du deinen Spaß. Wäre es nicht an der Zeit, in die Normalität zurückzukehren?«

»Die Normalität mit dir?«, fragte sie aggressiv.

Bevor er antwortete, lehnte sich Viktor zurück und öffnete einen Knopf an seiner Weste. Gestern hatte ihn Doktor Fayari telefonisch in seine Praxis bestellt. Viktor war erschrocken gewesen, als die Sprechstundenhilfe ihm mitgeteilt hatte, er solle so bald wie möglich kommen. Nach dem Auflegen hatte er von seinem Bürofenster auf den Rhein geschaut. Von nun an darfst du dich ein wenig mit deiner Endlichkeit beschäftigen, hatte er gedacht. Medikamente werden deine ständigen Begleiter sein. Nach und nach werden die Leute sich fragen, was bloß mit Viktor los ist, er sieht so schlecht aus. Du wirst noch eine Zeit lang lügen, aber schließlich wird man erkennen, was an dir zehrt. Dann wird das böse, das fürchterliche Wort von Mund zu Mund gehen – AIDS.

Die Leute werden dir reservierter begegnen. Wo hat sich Viktor das geholt, werden sich die Kollegen im EU-Parlament fragen, was hat er angestellt, dass er damit bestraft wurde? So sind die Menschen, bei dieser Krankheit stellen sie immer noch die Frage der Moral, hatte Viktor gedacht, während ihn ein Taxi zu Dr. Fayari brachte.

Der Arzt hatte eine Mappe aufgeschlagen. »Gerade habe ich die Laborergebnisse erhalten und wollte Ihnen unverzüglich sagen, dass meine ursprüngliche Annahme eingetroffen ist.«

»Welche Annahme?« Viktors Stimme hatte sich brüchig angehört.

»Dass Sie sich unnötige Sorgen gemacht haben, Herr Stern.« Ein feines, kühles Kribbeln hatte Viktor durchschauert, als er von den negativen Testergebnissen erfuhr. Beschwingt, wie er war, hatte er noch am selben Tag den Flug nach Florenz gebucht.

»Du hast mir wehgetan«, sagte Viktor nun zu Katrin. »Ich finde, dass ich mich dennoch tolerant verhalten habe. Nun bitte ich dich, mit mir nach Düsseldorf zurückzukehren.« Auf ihr Schweigen setzte er nach: »Florenz ist eine Zuckerbäckerstadt, ein Disneyland für Renaissance-Fans, Florenz ist nicht real. Jetzt hast du dich an diesem Traumort austoben dürfen, findest du nicht, dass es an der Zeit ist, ins gute, alte, hässliche Düsseldorf zurückzukehren?«

»Aber was ist, wenn Katrin das nicht will?«, mischte Cameron sich ein.

»Im Augenblick will sie es vielleicht nicht, sie weiß aber, dass kein Weg daran vorbeiführt. Der Großteil unseres Lebens besteht aus Gewohnheit, das ist auch gut so, weil wir das ewig Neue nicht ertragen würden. Morgen wird Katrin in ihren gewohnten Job zurückkehren, zu ihren Kollegen, in ihre Stadt und zu dem Mann, mit dem sie seit zehn Jahren zusammen ist.«

»Das behaupten Sie«, entgegnete Cameron. »Dabei wissen Sie gar nicht, was zwischen uns in den letzten Tagen passiert ist.«

»Ich kann es mir ungefähr vorstellen.« Viktor zeigte sein füchsisches Lächeln.

»Mit Ihrer überlegenen Art und Ihrer Coolness glauben Sie, alles beiseitewischen zu können, jedes Gefühl und jede Veränderung.« Cameron beugte sich vor. »Sie täuschen sich. Katrin und ich …« Als er weitersprechen wollte, legte sie ihre Hand auf seinen Arm.

»Lass gut sein«, sagte sie beherrscht. »Leider stimmt, was Viktor sagt. Ich muss zurück nach Düsseldorf.«

»Aber nicht zu ihm!«

Sie zögerte, zögerte einen Augenblick zu lang. »Wir wussten, dass es nur vier Tage sein würden«, antwortete sie ausweichend.

»Ich liebe dich, Katrin.«

»Wir müssen der Realität ins Auge sehen, Cameron.« Damit wandte sie sich zu Viktor. »Einverstanden. Morgen fliege ich mit dir zurück. Lässt du uns noch diese letzte Nacht?«, fragte sie beinahe sanft.

»Von Herzen gern«, antwortete er. »Ich wollte schon

lange mal das Hotel Tussardi ausprobieren. Dort soll es einen ausgezeichneten Wellnessbereich geben.« Schwungvoll stand er auf, beugte sich zu ihr und küsste ihre Hand. »Wir sehen uns auf dem Airport.«

Durch die kleine Gasse verschwand Viktor in Richtung der Piazza. Katrin brauchte einen Moment, ehe sie Cameron ansehen konnte.

14

»IHRE BORDKARTE bitte.«

Sie hielt das Handy über den Scanner und passierte den Durchgang zu jenem schmalen Tunnel, der ins Flugzeug führte. Die einzige Erleichterung an diesem Morgen war, dass sie nicht neben Viktor sitzen musste. Seine notorisch gute Laune hätte sie um keinen Preis ertragen. Er hatte sie an der Sicherheitskontrolle erwartet. Lässig war er aus seinen Slippers geschlüpft und hatte den Gürtel auf das Band gelegt. Währenddessen war er um einen Ton bemüht gewesen, der Normalität vorgaukeln sollte. Katrin war es allerdings vorgekommen, als ob ein Leibwächter sie nach Düsseldorf eskortieren würde. Was versprach Viktor sich davon?

Er kämpft um mich, hatte sie gedacht. Er zeigt, dass ihm etwas an uns liegt, er hat seinen Stolz und seine Eitelkeit überwunden und ist nach Florenz geflogen. Er hat die peinliche Situation auf sich genommen, sich als betrogener Partner mit meinem Liebhaber an einen Tisch zu setzen. Er muss mich lieben, doch genau das macht es mir noch schwerer, mit der Situation fertigzuwerden. Aus dem Augenwinkel hatte sie Viktor betrachtet. Obwohl von Geburt Luxemburger, hätte er auch

Italiener oder Spanier sein können. Die grauen Schläfen, die sinnliche Nase, das scharf geschnittene Kinn, Viktor war ein gut aussehender Mann. Er mochte ein Casanova sein, der nur schwer Nein sagen konnte, doch das war eben das Problem mit interessanten Männern: Sie fielen auch anderen Frauen auf. Ein weiterer Umstand, der ebenfalls für Viktor zu Buche schlug: Er war genau im richtigen Alter. Seine Jugendkämpfe hatte er lange hinter sich und wusste, wie das Leben lief. Er strahlte Unabhängigkeit und Selbstvertrauen aus.

Seite an Seite mit ihm rückte Katrin im Passagiertunnel voran, da er auf sein Privileg, als EU-Parlamentarier unter den Ersten einzusteigen, verzichtet hatte.

»Du siehst wunderschön aus«, sagte Viktor unvermittelt. »Der Sex hat dir gutgetan.«

»Hör auf.« Sie packte den Griff ihrer Tasche fester.

»Warum die Dinge nicht beim Namen nennen? Guter Sex macht die Menschen schön.«

Guter Sex, dachte Katrin: War das das Entscheidende zwischen Cameron und ihr, nichts als dieser fantastische Sex? Aus Erfahrung wusste sie, dass sie sich einem Mann nur dann so hemmungslos hingeben konnte, wenn sie viel für ihn empfand. Aber war das, was sie für Cameron fühlte, tatsächlich Liebe? Hatten sie beide sich in den vier Tagen nicht vor allem nur amüsiert? Sie hatten viel gelacht, gut gegessen, sie hatten in der Sommerwärme gesessen und sich rund um die Uhr aneinander erfreut. War das Ganze etwa nur Katrins Sehnsucht gewesen, wieder einmal so verliebt zu sein, als ob sie noch jung wäre? Hatte sie sich selbst beweisen wollen, dass es nirgendwo geschrieben stand, in welchem Alter man sich in wen verlieben durfte? Während sie mit Viktor ins Flugzeug stieg, gelangte Katrin zu der ernüchternden Erkenntnis, dass sie Angst hatte. Sie traute Camerons Liebe nicht genug, um mit ihm in eine gemeinsame Zukunft zu schauen. Sie hatte Angst davor, einige Brücken ihres bisherigen Lebens hinter sich abzubrechen, Angst, erfahren zu müssen, dass Camerons Lebensweg anders verlaufen könnte als an Katrins Seite. Sie hatte Angst davor, in ein paar Jahren, mit annähernd fünfzig, allein dazustehen, eine sitzen gelassene Frau, die für das peinliche Verhältnis zu einem viel zu jungen Mann das bekommen hatte, was sie verdiente: Einsamkeit.

Als Viktor in der Businessklasse Platz nahm, machte Katrin sich auf den Weg zu Reihe 21, wo sie nur den Mittelsitz hatte ergattern können. Zwischen einem Mädchen, das mit seinem Tablet spielte und einem sonnenverbrannten Touristen nahm sie Platz. Als sie den Sicherheitsgurt schloss, hatte sie das bedrückende Gefühl, gerade ihr Herz in einen Käfig gesperrt zu haben.

* * *

Wie betäubt fuhr Cameron durch die Landschaft. Es war derselbe Kleinwagen, es waren die gleichen Zypressen, an denen er vorbeikam, doch die Sommerfarben der Toskana waren verschwunden. An diesem Morgen hatte sich der Himmel zugezogen, die Landschaft war von einem grauen Schleier bedeckt. Das ist genau mein Zustand, dachte er. Kaum vorstellbar, dass ich je glücklichere Tage erleben werde als diesen. Doch am Ende stand für ihn nicht die Aussicht auf eine gemeinsame Zukunft mit Katrin, stattdessen spürte er vor allem Furcht und eine ernüchternde Leere. Mehr und mehr gab Cameron sich dem Gefühl hin, dass er von Katrin enttäuscht worden war. Sie hatte ihn allein gelassen. Hatte sie ihn seit dem Auftauchen von Viktor nicht wie ein lästiges Anhängsel behandelt? Ihre letzte Nacht war zugleich schrecklich und unendlich schön gewesen. Katrin hatte nach dem Essen nicht gleich nach Hause gewollt, darum waren sie am Fluss entlanggelaufen. Beide waren von den Vorkommnissen einigermaßen erschlagen gewesen. Auf ein paar ungeschickte Sätze Camerons hatte Katrin erwidert, dass sie ihm nie versprochen hätte, sich von Viktor zu trennen. Da er das wie eine Ohrfeige empfand, war ihm herausgerutscht, dass Viktor ihr niemals das Gleiche geben könne wie er.

»Natürlich nicht«, hatte sie geantwortet. »Viktor und ich sind wie zwei alte Bäume im Wald, die sich mit den Jahren ineinander verschlungen haben.«

Das war ein ungeheuerliches Bild für Cameron gewesen. Sie hatten sich zu streiten begonnen. Cameron hatte übertriebene Forderungen gestellt. Nach vier Nächten sei sie doch nicht sein Eigentum, hatte Katrin erwidert. Aus dem Streit war irgendwann verstocktes Schweigen geworden, wortlos, ratlos hatten sie den langen Heimweg angetreten. In der Wohnung hatten sie sich gewohnheitsmäßig in dem kleinen Gästezimmer zu Bett gelegt, doch Katrin war nicht lange geblieben. Nachdem sie eine Weile schlaflos nebeneinandergelegen waren, hatte sie ihr Kissen gepackt und war aufgestanden. »Ich gehe nach oben.« Sie war hinausgeschlüpft.

Cameron war darauf tatsächlich weggedämmert, irgendwann aber hochgefahren und die Treppe hinaufgeschlichen.

»Schläfst du?«

»Natürlich nicht.«

Während er auf die Empore geklettert war, hatte Katrin im Dunklen gesagt: »Hier muss irgendwo eine Schnake sein.«

»Wollen wir sie jagen?«

Im nächsten Augenblick waren sie einander in den Armen gelegen. So hemmungslos, so verzweifelt hatten sie sich noch nie geküsst, so traurig und begehrend waren sie noch nie übereinander hergefallen.

»Was soll nur werden?«, hatte Cameron geflüstert.

»Ich weiß es nicht.«

Schließlich waren sie umarmt, zitternd vor Erregung und Glück dagelegen. Dann hatte Katrin gleichmäßig zu atmen begonnen. Cameron hatte sie gestreichelt, während seine Gedanken sich auf den Weg gemacht hatten. Düsseldorf, Florenz, Pisa – er hatte eine Zukunft mit Katrin zu entwerfen versucht, alle möglichen Modelle waren ihm durch den müden Kopf gegangen, bis auch er endlich eingeschlafen war.

Cameron schaltete einen Gang tiefer und nahm den kurvenreichen Hügel mit hohem Tempo. Vor ihm, auf der Kuppe, tauchte plötzlich ein Traktor auf. Am Heck war ein spiralförmiges Gerät befestigt, mit dem das Heu auf den Weiden gewendet wurde. Cameron gab Gas und wollte überholen, da leuchtete der Blinker auf, gleich würde der Traktor links in die Wiesen abbiegen. Cameron war viel zu schnell. Er trat auf die Bremse, versuchte das Auto noch nach rechts zu ziehen, um auf der anderen Seite vorbeizukommen. Doch durch das Bremsmanöver blockierten die Räder. Der Kleinwagen drehte sich, Cameron ließ die Bremse los und konnte nicht verhindern, dass das Auto von der Straße abkam und die Böschung hinabschoss, ein Stück über das Feld holperte und schließlich liegen blieb.

Er stellte den Motor ab, öffnete den Sicherheitsgurt und atmete tief durch. Mit weichen Knien stieg er aus und schaute zur Sonne hoch, die milchig am Himmel stand. Am Straßenrand tauchte ein kräftiger Mann auf, er trug eine Schirmmütze und Latzhosen.

»Alles in Ordnung?«, fragte er in breitem Italienisch.

»Mir ist nichts passiert.« Cameron winkte.

»Fährt dein Wagen noch?«

»Ich weiß nicht.«

Der Bauer fuhr mit der Hand in sein offenes Hemd und kratzte sich an der Brust. »Ich hole eine Kette.«

»Wozu?«

»Um dich abzuschleppen.«

»Es war meine Schuld«, sagte Cameron.

»Was hat das damit zu tun? Ich schlepp dich erst mal aus dem Feld.« Damit ging er zu seinem Traktor.

Obwohl die Sonne verhangen war, kam sie Cameron mit einem Mal stechend vor. »Vielen Dank«, rief er, nachdem der Mann schon verschwunden war.

15

DIE ARBEIT HALF nicht das Geringste. Das Hineinstürzen in neue Projekte half ihr nicht. Dass sie sich die Tage mit Terminen vollstopfte, half Katrin am allerwenigsten. Weil sie mit ihren Mitarbeitern launisch umsprang, verschlechterte sich die Stimmung in der Firma. Der schwache Hautausschlag an Katrins Hals wagte sich nach Jahren wieder hervor, ein Alarmsignal, dass sie sich dem falschen Stress aussetzte.

Eines Morgens kam der geduldige Heinz zu Katrin ins Büro und setzte sich. »Ich würde dir ja Ayurveda oder eine Thai-Massage empfehlen, wenn ich wüsste, dass dir damit geholfen wäre«, sagte er. »Ich fürchte aber, dein Problem kann kein Masseur der Welt wegmassieren.«

»Was meinst du?« Hektisch durchsuchte Katrin die Mappe einer aktuellen Kollektion. »Die Liste mit den Accessoires ist unvollständig.«

Heinz kaute an seiner Zigarettenspitze, letztes Souvenir eines Genussrauchers, der zu guter Letzt der Angst vor dem Karzinom erlegen war und aufgehört hatte. »Die Liste ist so vollständig, wie sie nur sein kann.«

»Wo sind die Fragrances?« Sie blätterte zurück.

»Auf Seite vier.« Bevor Katrin einen weiteren Einwand

erheben konnte, fuhr er fort: »Die Sonnenbrillen sind auf Seite sechzehn und die Strümpfe mit dem Animalprint findest du auf Seite sechsundzwanzig.« Er trat an den Schreibtisch. »Es ist alles da. Nur du bist nicht ganz da, liebe Katrin. Wäre es nicht an der Zeit, dass du dem alten Heinz dein Herz ausschüttest?«

Sie vermied seinen Blick. »Das ist der falsche Zeitpunkt.«

»Ich finde, der Zeitpunkt ist goldrichtig. Wenn du so weitermachst, treibst du uns noch alle in den Wahnsinn mit deinem manischen Aktionismus.«

»Du vergreifst dich im Ton.«

»Mag sein.« Er lächelte sanftmütig. »Ich tue es mit dem Recht deines ältesten Freundes, der schon an deiner Seite war, als diese Räume noch eine Druckerei beherbergten. Ich habe dir hier drin geholfen, jahrzehntealten Druckerstaub von den Wänden zu spachteln. Ich habe dir zugehört, als du mit dir gerungen hast, ob du die Firma vergrößern sollst. Ich habe deine Hand gehalten, als du feststellen musstest, dass dein prächtiger Viktor nicht so treu ist, wie du das gern hättest. Ich bin Heinz, der schwule Single, der immer für dich da war und der dir auf den Kopf zusagt, dass du dein Herz verloren hast. Ich weiß nicht, an wen und wie tief du schon reingeschlittert bist, mir fällt nur auf, dass dein Concealer den Ausschlag am Hals nicht mehr genügend kaschiert. Ich erkenne, dass es dir nicht gut geht und dass du dich offenbar nicht aus eigener Kraft aus dem Sumpf ziehen kannst.« Er steckte die Zigarettenspitze in die Brusttasche.

»Warum klappst du also diese absolut vollständige Liste nicht zu, gehst mit mir auf einen Latte macchiato und lädst ein bisschen was von der Last, die dich bedrückt, von deinen auf meine Schultern?«

Katrin mochte es, wie Heinz sich ausdrückte, ein wenig blumig, aber immer ehrlich. Für einen Moment kochte dennoch Widerspruch in ihr hoch. Sie wollte Heinz abkanzeln, zugleich wusste sie, sein Vorschlag war genau das, was sie jetzt brauchte: jemanden, der ihr zuhörte. Ihr ging es auch deshalb so miserabel, weil sie nicht mit Isabel reden konnte. Sie hatte Liebeskummer, sie musste wichtige Entscheidungen treffen, Isabels Rat fehlte ihr. Die Freundin hatte so oft ein untrügliches Gespür dafür gezeigt, was Katrin brauchte. Jetzt musste sie sich Heinz anvertrauen.

»Meinetwegen. Ein Latte könnte uns guttun.«

Sie liefen ins Café hinunter, bestellten Kaffee und etwas Süßes. Zwei Bissen, ein Blick aus dem Fenster, und Katrin begann zu sprechen. Sie erzählte in groben Zügen, sie erzählte manchmal auch unbedeutende Details, sie schwärmte, sie ließ ihre Angst durchbrechen, sie nannte ihr Dilemma beim Namen.

Heinz nickte, machte kurze Zwischenbemerkungen, und als Katrin eine Pause machte, sagte er: »Der älteste Konflikt der Welt.«

»Eine Frau zwischen zwei Männern?«

»Nein, ich meine das Dilemma, dass es den idealen Partner auf Erden nicht gibt.« Er rührte in seiner Tasse. »Einerseits wünschst du dir die Vertrautheit, die dich mit Viktor verbindet, die Schwingungen, die zwei Gleichaltrige zusammenschweißen, zugleich suchst du das Feuer und die *Passione*, die große Liebe, mit der Cameron dich entflammt. Du willst beides zur gleichen Zeit, aber bedauerlicherweise sind die gewünschten Merkmale auf zwei Männer verteilt. Und die lassen sich nun einmal nicht zusammenklonen.«

»Wäre es nicht fein, wenn das möglich wäre?«, antwortete sie ungewohnt träumerisch. »Ich habe mir keinen *jungen* Mann gewünscht, Heinz, ich habe ihn nicht gesucht. Die jungen Typen haben mich nie besonders interessiert.«

»Offenbar hast du bisher noch keinen getroffen, der so einfühlsam, so sensibel und dabei so zielgerichtet war.«

»Stimmt.« Sie nickte nachdenklich. »Cameron ist älter als sein Alter, zugleich benimmt er sich manchmal so rührend naiv, dass ich beinahe Angst um ihn habe.«

»Naiv? Dieser Junge hat Sven Nyborg in Pisa aufgestöbert und ihn mit nur einem Gespräch dazu gebracht, ihn einzustellen. Der Bursche weiß sehr genau, was er will.«

Katrin biss vom Plunderteil ab. »Er hat mich einfach *erobert*. Das war unglaublich.« Sie lächelte.

»Du scheinst wirklich sehr verliebt zu sein.«

»Gott ja, Heinz, das bin ich. Ich habe mich sagenhaft, unverantwortlich, unglaublich verliebt.«

»Worauf wartest du dann noch?« Er trank seinen Kaffee aus.

»Ich verstehe dich nicht.«

»Du bist eine gut situierte Frau, du kannst es dir leisten.«

»Was leisten?«

»Andere Leute fahren am Freitag in ihr Wochenendhaus, du könntest am Freitag nach Pisa fliegen.«

»Nach nur zwei Wochen?« Sie verachtete sich für die Hoffnung, die in ihrer Stimme mitschwang.

»Nur übers Weekend«, beschwichtigte er. »Dir wird es guttun, und uns, deinen Sklaven, wird der Druck genommen, den du seit Tagen auf uns ausübst. Du bist derzeit nämlich eine ziemliche Zumutung.«

»Am Wochenende? Aber das wäre ja schon ...« Sie stockte.

»Übermorgen«, ermunterte Heinz.

»Und Viktor?« Hilfe suchend sah sie ihn an. »Was soll ich Viktor sagen?«

Heinz hob die Schultern. »Selbst wenn du das Weekend mit Viktor verbringen würdest, wärest du doch nicht wirklich da. Erinnere dich an die vielen Wochenenden, an denen Viktor für dich nicht verfügbar war, wenn er nach Brüssel musste oder Wien oder sonst wohin. Wissen wir, was er an diesen Tagen getrieben hat? Wir wissen es nicht. Was spricht dagegen, dass du auch einfach mal verschwindest?«

»Ich soll Gleiches mit Gleichem vergelten?«

Heinz holte die Zigarettenspitze wieder hervor. »Du liebst, Katrin, und die Gesetze der Liebe sind nun mal kein moralisches Colloquium.«

»Pisa«, flüsterte sie. »Wir könnten ans Meer fahren.«

»Einer der vielen Vorteile, die das Leben in Italien dem Leben in Düsseldorf voraus hat. Tu es. Leg dich mit deinem Liebesgott an den Strand, erlebe mit ihm herrlich schmutzige und herrlich lustige Dinge, und danach kommst du entspannt zu uns zurück.« Er seufzte neidvoll. »Und bring mir bitte eine geräucherte *Finocchiona* mit. Die gibt's nämlich nirgends so erstklassig wie in Pisa.«

16

KATRIN SPRANG. Erhitzt wie sie war, fühlte sich das Wasser im ersten Moment eiskalt an, doch gleich darauf empfand sie die herrliche Erfrischung. Sie tauchte tief, schwamm unter Wasser ein paar Stöße und kam wieder hoch. Der Sonnenball näherte sich gerade dem Horizont und berührte ihn, während Katrin darauf zuschwamm. Genau so hatte sie es sich ausgemalt, als sie in Düsseldorf ihre Vorbereitungen getroffen hatte: Bei Sonnenuntergang wollte sie ein Bad im Meer nehmen. Vom Flughafen war sie, ohne im Hotel einzuchecken, direkt an den Strand gefahren, auf die Mole gelaufen und hatte ihre Kleider abgeworfen. Seit Düsseldorf trug sie darunter ihren Badeanzug.

Rund um Katrin begann es rotgolden zu glitzern, mit ruhigen Zügen schwamm sie weiter. Hätte sie sich das Für und Wider ihres Trips erst lange überlegt, wäre er wohl kaum zustande gekommen. Es hätte genügend Arbeit gegeben, die sie am Wochenende erledigen sollte. Freunde hatten sie zum Essen eingeladen, auch die Frage mit Viktor hätte ein Hindernis darstellen können. Schwimmend musste Katrin lächeln. Cameron war von ihrer Ankündigung, nach Pisa zu kommen, begeistert gewesen, hatte allerdings nicht genau voraussehen können, wann er sich am Freitag würde loseisen können. »Nyborg hat kapiert, dass ich ein verlässlicher Praktikant bin«, hatte Cameron am Telefon erzählt. »Rund um die Uhr belegt er mich mit Aufträgen.«

»Heißt das, du hättest für mich gar keine Zeit?«, hatte Katrin erwidert. »Ich habe nämlich schon gebucht.«

»Das schaff ich, hundertprozentig, keine Sorge.« Trotz seiner Beteuerung hatte Camerons Stimme irgendwie irritiert geklungen. Es geht schon los, hatte Katrin gedacht. Seine neue Aufgabe fordert ihn, er stürzt sich mit Feuereifer hinein, und seine Geliebte wird ein Problem für ihn. »Ich freue mich auf die Tage am Meer«, hatte sie leichthin geantwortet und Cameron die Adresse ihres Hotels genannt.

Katrin schwamm so lange auf die Sonne zu, bis der rote Ball fast versunken war. Überraschend schnell nahm das Licht ab. Allein in einem unbekannten Wasser bei Dunkelheit, das war eine unangenehme Vorstellung. Rasch machte sie kehrt. Während sie sich wieder dem Ufer näherte, konnte sie ihre Kleider auf der Mole nicht entdecken und hegte die Befürchtung, jemand habe sie weggenommen. In ihrer Jacke befand sich der Schlüssel des Mietwagens, darin waren Katrins Wertgegenstände. Das wäre was, dachte sie kraulend, wenn ich klitschnass am Kai stünde und all meine Sachen wären weg.

Doch die Kleider lagen noch genau dort, wo sie sie zwischen zwei Felsen geklemmt hatte. Katrin zog sich an, lief zum Auto, holte ihr Gepäck und schlenderte zum Hotel. Das Strandleben an der Marina di Pisa war einfach und unaufgeregt. Es gab keine Nobelhotels, nur wenige gediegene Läden, die meisten Gäste waren Italiener. Hier konnte man sich auf handfeste Pizza, einfache Hotelzimmer und freundliche Menschen freuen.

Klein und altmodisch, verwinkelt und laut, so bot sich Katrin das Hotel dar. Niemand war an der Rezeption, niemand ließ sich von ihrem Anschlagen der Klingel herbeirufen, also setzte sie sich in den kleinen Hinterhof, wo eine einsame Weinrebe sich mühte, zwischen den Mauern zur Sonne hochzuklettern. Katrins Blick glitt empor, im zweiten Stock gab es einen Balkon mit eingetopftem Oleander, er blühte in drei Farben. Als sich die Besitzerin des Hotels nach ein paar Minuten blicken ließ, sagte Katrin: »Ist das Zimmer dort oben noch frei?«

»Das geht aber auf den Hinterhof, Signora«, antwortete die Frau. »Sie haben ein Zimmer mit Blick aufs Meer bestellt.«

»Darf ich mir dieses Zimmer trotzdem ansehen?«

Kurz darauf war Katrin dort eingezogen. Sie warf sich auf das Doppelbett und betrachtete die Decke. Die Flecken in der Ecke deuteten auf einen Wasserschaden hin. Im Winter dürfte es hier ziemlich ungemütlich sein, dachte sie, feucht und klamm, doch im Sommer übersah man alle Schäden an den Häusern, man übersah die Bausünden der Italiener, die mangelhafte Müllentsorgung, den Lärm, selbst die Unmengen an *schiefen Türmen,* die einem auf Schritt und Tritt angeboten wurden, nahm man hin. Im Sommer war es einfach gut, hier zu sein. Es atmete sich leichter, und die Sorgen, die man aus dem deutschen Norden mitgebracht hatte, verflüchtigten sich. Selbst wenn Cameron wider Erwarten wenig Zeit für sie haben sollte, war Katrin froh, diese Reise unternommen zu haben.

Die blaue Stunde verwandelte sich zusehends in den Abend. Katrin überprüfte die Eingänge auf ihrem Smartphone, fand aber keine Nachricht von ihm. Sie duschte. Mit nassem Haar checkte sie das Handy ein zweites Mal. Als sie den Föhn anstellte, legte sie das Telefon griffbereit, um es nicht zu überhören, falls es klingelte. Schließlich war Katrin erfrischt, geschminkt und fertig angezogen für einen abendlichen Ausgang, doch es gab immer noch kein Lebenszeichen von Cameron. Sie hätte ihn anrufen können, fand aber, er sei jetzt am Zug. Um mit ihm zusammen zu sein, hatte sie die weite Strecke auf sich genommen, er dagegen brauchte nur ein paar Kilometer zu fahren, um sie zu sehen.

Schon acht Uhr vorbei, Katrin hatte Hunger. Sie schulterte ihre Tasche und verließ das Hotel. Die beleuchtete Uferpromenade lief sie hinunter und betrachtete die hübschen Häuser, von denen man einigen ansah, dass hier früher Fischer gelebt hatten. Auch wenn Katrin der Geruch von frischem Pizzabrot verführerisch in die Nase stieg, kehrte sie nicht im erstbesten Lokal ein, sie wollte die Flaniermeile erst kennenlernen und sich dann entscheiden.

Unvermutet stellte sich bei ihr ein seltsames Gefühl ein. Katrin sah sich gleichsam selbst, wie sie die Promenade entlangschlenderte, eine Frau allein, hübsch zurechtgemacht für den Abend, doch niemand begleitete sie. Musste man nicht glauben, sie sei eine alleinstehende Touristin? Sie erinnerte sich, solche Frauen manchmal in Ferienorten beobachtet zu haben, wie sie besondere Sorgfalt auf ihr Äußeres gelegt und sich bemüht hatten, jünger zu wirken. Frauen, die selbstbewusst allein in Urlaub gefahren waren, in der Fremde aber einsam und ein wenig verlassen wirkten. Katrin fühlte sich plötzlich wie eine solche Frau, und die Vorstellung der Einsamkeit verfinsterte ihre Laune.

Was bildete sich dieser Bursche eigentlich ein? Wie aufreibend sein Job auch sein mochte, es war mittlerweile Nacht. Wo blieb er, warum setzte er nicht alles daran, zu ihr zu kommen? Was könnte für ihn, der das Wort Liebe so oft in den Mund genommen hatte, wichtiger sein, als zu *seiner großen Liebe* zu eilen, selbst wenn er bei Nyborg dafür eine Ausrede erfinden musste?

Mit einem Mal hatte Katrin keine Lust mehr, sich allein in eine Pizzeria zu setzen, allein ein Glas Wein zu bestellen und allein die Kerze anzustarren, die der Kellner anstecken würde. Stattdessen wollte sie sich lieber bei einem Schnellimbiss ein paar gefüllte Kroketten holen, vielleicht eine Pizza auf die Hand und sich damit an den Strand setzen. Das Meer sollte ihr beim Essen Gesellschaft leisten. Kaum beschlossen, hellte diese Vorstellung Katrins Laune wieder auf. In dieser versöhnlichen Stimmung griff sie zum Telefon. Es gab bestimmt eine plausible Erklärung für Camerons Ausbleiben. Sie wollte ihm mitteilen, dass sie nicht böse sei und es sich bei Kroketten und Bier am Wasser gemütlich machen würde.

Kaum hatte Katrin das Handy am Ohr, als sie in einiger Entfernung einen Pick-up um die Ecke biegen sah. Dem staubigen Äußeren nach hätte es ein Baufahrzeug sein können, auf der Ladefläche entdeckte sie allerdings keine Werkzeuge, sondern Männer. An die zehn Männer hielten sich auf dem schwankenden Fahrzeug fest, das in eine Parklücke einfuhr und hielt. Sie sprangen einer nach dem anderen ab, verabschiedeten sich, die meisten liefen in unterschiedliche Richtungen, eine Dreiergruppe kehrte in der erstbesten Kneipe ein. Die Männer, die sich da ins Wochenende aufmachten, interessierten Katrin weit weniger als das Paar, das vorne ausstieg. Eine sportlich wirkende Italienerin mit pechschwarzem Haar, das unter einer Baseballkappe hervorquoll, war das, sie trug einen blauen Overall, der ihre Rundungen eher hervorhob als verbarg. Sie, die einzige Frau der Gruppe, hatte den Wagen gefahren. Auf der Beifahrerseite stieg Cameron aus.

Seine Telefonnummer leuchtete noch auf Katrins Display. Sie drückte sie weg und ließ das Handy sinken. In etwa dreißig Metern Entfernung plauderte Cameron mit der Italienerin und schien gar keine Eile zu haben, zu seiner Verabredung zu kommen. Ein junger Mann, dachte Katrin, und eine junge Frau, beide kaum über zwanzig, so muss es sein. Das ist es, was die Natur vorgesehen hat. Ein Junge und ein Mädchen lernen sich bei der Arbeit kennen, sie fahren abends ans Meer und verbringen eine schöne Zeit zusammen. Sie sehen sich wieder, vielleicht gehen sie miteinander ins Bett und verlieben sich, oder die Sache verläuft im Sand, und die nächste junge Frau taucht auf. Es ist Sommer, dachte Katrin, wir sind in Italien, die Mädchen sind so verführerisch, Cameron sieht gut aus in seinem offenen, karierten Hemd, den weiten Jeans, den derben Arbeitsschuhen. Er beginnt gerade ein neues Leben, er probiert die Freiheit aus, probiert sich selbst aus. Er ist sichtlich glücklich. Was soll er mit einer alten Schachtel wie mir? Ich habe die großen Entscheidungen meines Lebens längst getroffen, meine Freunde, meine Stadt, meine Wohnung, meinen Arbeitsrhythmus, all das habe ich für mich festgelegt, weil ich es so wollte. Ihm stehen alle Entscheidungen noch bevor, alle Wege sind für ihn offen.

Katrin atmete tief durch und schaltete ihr Handy aus. Auch wenn die Enttäuschung sie beinahe zu Boden drückte, war sie froh, dieses Bild vor Augen zu haben. Es stand für die vielen ähnlichen Bilder, mit denen sie noch konfrontiert werden würde. Camerons Leben und ihr eigenes waren nicht kompatibel. Bei aller Liebe, die vielleicht doch nur Leidenschaft gewesen war, hatten sie genau betrachtet verflucht wenig gemeinsam. Diese junge, unkomplizierte, diese laut lachende Italienerin repräsentierte das Leben, in dem Cameron sich von nun an bewegen würde. Das zu erkennen, ließ Katrin auf der Uferpromenade der Marina di Pisa schmunzeln.

Sie steckte ihr Handy in die Tasche und entdeckte

dabei die Papiertüten mit dem mitgebrachten Essen. Ein letzter Blick zum Pick-up, wo sich Cameron mit einer kumpelhaften Umarmung von seiner Kollegin verabschiedete, dann machte Katrin kehrt, nahm die Stufen, die zum Strand führten, und verschwand in der Dunkelheit. Sie stellte sich vor, wie Cameron nun zu ihrem Hotel laufen, sich nach ihr erkundigen würde, wie er versuchen würde, Katrin anzurufen. Warum hatte er es nicht früher getan? Seit ein paar Minuten kannte sie den Grund. Sie setzte sich auf einen Felsen und packte eine Krokette aus. Sie war noch warm, mit Käse gefüllt und schmeckte ausgezeichnet. Seit dem Abflug hatte Katrin nichts gegessen. Sie öffnete die Bierflasche an einer Felskante, prostete sich selbst zu und begann, mit Appetit zu essen.

»Hier bist du!« Cameron kam durch den Sand auf sie zugerannt. »Ich suche dich schon überall.«

Es ärgerte Katrin, dass es ihr nicht gelungen war, unsichtbar zu bleiben. Nach dem Essen war sie bis zum Ende des zugänglichen Strandes gelaufen. Sie hatte die Schuhe ausgezogen und ihre Beine bis zu den Knien von der Flut überspülen lassen. Auf dem Heimweg ins Hotel kam ihr nun Cameron entgegen. Katrin hatte sich für den Fall einer Begegnung vorgenommen, die Sache mit der Italienerin, sein Zuspätkommen, seine gedankenlose Art nicht zur Sprache zu bringen. Unterm Strich hatte sie nämlich einen angenehmen Abend verbracht; es war ihr gut gegangen, auch ohne ihren Liebhaber. Doch als sie ihn nun auf sich zukommen sah, zog sich in Katrin alles zusammen. »Ich war spazieren«, antwortete sie. Wie hoch und gekünstelt ihre Stimme klang.

»Entschuldige, es ist etwas später geworden.« Mit der größten Harmlosigkeit streckte er die Arme nach ihr aus. »Toll, dass du da bist. Wollen wir gleich was essen gehen?«

»Ich habe schon gegessen.« Sie fing seine Arme, die ihre Taille umfassen wollten, in der Luft ab.

»Umso besser. Dann können wir ja gleich ins Hotel.« Lachend küsste er ihre Hände.

So sieht er das, dachte sie. Der erste, der einzig mögliche Weg mit mir führt für ihn ins Bett. »Ich würde gern noch ein bisschen draußen bleiben. Es ist so schön«, antwortete sie.

»Draußen?«, fragte er mit einem Schmunzeln, das sie überheblich fand. »Du willst doch nicht etwa hier am Strand …?« Er versuchte sie zu küssen.

Sie wandte den Kopf ab. »Ich möchte erst einmal wissen, wo du so lange geblieben bist.«

»Bist du sauer?« Seine Überraschung wirkte echt. »Habe ich dir nicht gesagt, dass es später werden könnte? Wir hatten in der Firma wahnsinnig viel zu tun.« Er nahm Katrins Kopf in beide Hände. »Bitte sei nicht böse. Ich hätte dich anrufen sollen.«

»Ja, das hättest du.« Sie spannte die Nackenmuskeln an.

»Du bist ja wirklich sauer.« Er ließ sie los. »Ich war in einem Meeting mit Nyborg. Die Bauherren von der Stadtverwaltung waren da, die vom Denkmalschutzamt, sogar einer vom Ministerium in Rom. Nyborg brauchte mich als Übersetzer. Ich hatte keine Minute Zeit zu telefonieren.«

Katrin sah ihm in die Augen. Er fühlt sich wichtig, dachte sie, bloß weil er mit ein paar einflussreichen Leuten zusammengesessen hat. Wie wenig es doch braucht, damit er seine Prioritäten verändert. Vor einer Woche hätte er noch Himmel und Hölle in Bewegung gesetzt, um mit mir zusammen zu sein, heute genügen ein paar hochgestellte Beamte, und unsere Verabredung ist ihm nicht mehr wichtig. »Halb so schlimm«, antwortete sie ohne Nachdruck. »Ich hatte einen angenehmen Abend.« Sie gab ihm einen flüchtigen Kuss, entzog sich seinen Händen und lief weiter. »Warum gehen wir nicht ein Stück?«

»Gehen?« Er seufzte. »Ich war den ganzen Tag über auf den Beinen.«

Plötzlich hatte Katrin genug von seiner unerschütterlichen Art. »Du willst mich also nur ficken, habe ich recht?« Ihr Ton war kühl, doch innerlich kochte sie. »Nur darum geht es, nicht wahr?«

»Wie kommst du …?« Mit wenigen Schritten hatte er sie eingeholt. »Was ist denn mit dir?«

»Ich habe Lust, am Meer spazieren zu gehen.« In Wirklichkeit taten Katrin die Füße weh, sie hatte bereits einige Kilometer barfuß im Sand hinter sich, trotzdem war es für sie undenkbar, mit ihm einfach ins Hotel zu gehen. »Wie bist du hergekommen? Mit dem Mietwagen?«

»Den kann ich mir nicht mehr leisten.« Er sprang auf einen Felsen. »Nach meinem Unfall musste ich für die Reparatur eine ziemlich hohe Selbstbeteiligung zahlen. Darum bin ich derzeit nicht motorisiert.«

»Wer hat dich in die Marina gebracht?« Katrin ließ ihre Füße von der sanften Brandung umspülen, während Cameron dem Wasser auswich.

»Ich musste warten, bis die Tochter des Chefs losfuhr. Deshalb hat es so lange gedauert.«

»Die Tochter des Chefs? Ich dachte, Nyborg ist dein Chef.«

»Er ist der Architekt, die Bauleitung hat Antonio. Seiner Tochter Gina gehört ein Pick-up, mit dem sie die Jungs normalerweise in ihr Quartier fährt. Heute wollten einige hierher, um was zu trinken.«

»Gehörst du auch zu diesen *Jungs*?«

»Auf eine gewisse Art schon. Jedenfalls wohne ich in der gleichen Unterkunft wie sie.«

»Das heißt, Gina fährt dich jeden Abend heim?«

Er überholte Katrin und stellte sich vor sie. »Ist das denn so wichtig?«

»Ich will nur wissen, wie du lebst.«

»Spartanisch, das kannst du mir glauben. Ich habe ein Zimmer, ein Bett, einen Stuhl und einen Nagel an der Wand, wo ich meine Jacke aufhänge. Wenn ich arbeiten will, muss ich mir meinen Koffer auf die Knie legen, um zu schreiben.«

Allmählich löste sich die Verhärtung in Katrins Innerem auf. War denn nicht alles ganz normal? War es denn nicht liebenswert, welches bescheidene Leben Cameron in Italien führte? Zu diesem Leben gehörte auch die kleine Gina, die ihn allabendlich bei seiner Unterkunft absetzte. Katrin hatte wohl kaum annehmen können, dass Cameron seine Abende allein und in sehnsuchtsvollen Gedanken an seine Düsseldorfer Geliebte verbringen würde. Es war natürlich, dass er Bekanntschaften, Freundschaften suchte, es war in Ordnung. Darum fand Katrin es an der Zeit, die wenigen Stunden, die sie miteinander hatten, nicht mit Sticheleien zu vertun.

»Du hast mich noch nicht einmal anständig geküsst«, sagte sie in verändertem Ton. »Was ist los mit dir?«

»Was mit mir … los ist?« Er war erhitzt und verwirrt, sie fand es süß, dass er nicht gleich wusste, was er als Nächstes tun sollte. Schließlich legte er ihr die Arme um die Hüften, zog sie an sich und küsste zärtlich ihren Mund.

»Schon besser.« Sie atmete die Meeresbrise ein. »Und jetzt habe ich Lust auf ein Glas Wein.«

»Ich hätte dich anrufen sollen oder wenigstens eine SMS schicken.« Cameron schien sich jetzt erst bewusst zu werden, dass er sie verletzt hatte. »Das war blöd von mir, bitte entschuldige.«

Statt einer Antwort gab sie ihm eine liebevoll sanfte Ohrfeige. »Halt den Mund und sag mir, wo es hier einen anständigen Wein gibt.«

Er hob die Schultern. »Überall gibt es den gleichen Wein, Chianti eben. Magst du Chianti?«

»Es ist nichts daran auszusetzen. Und du hast schon gegessen?«

»Keinen Bissen«, antwortete er. »Ich wollte so rasch wie möglich zu dir.«

Gemeinsam verließen sie das Wasser und steuerten durch den tiefen Sand auf die nächste Treppe zu.

»Ich hätte hier noch eine kalte Krokette für dich.« Lächelnd zog Katrin die Papiertüte aus der Tasche.

17

DER RUFTON DES TELEFONS war unangenehm laut.

»Was ist los?«, murmelte Katrin im Halbschlaf.

»Das ist meins.« Cameron richtete sich im Bett auf. »Entschuldige.«

»Um diese Zeit?« Sie schaute auf den Radiowecker. »Es ist drei Uhr früh.«

»Das muss Nyborg sein.« Er stolperte zu seinen Sachen. »Den kümmert es nicht, wie spät es ist. Er ruft mich zu den unmöglichsten Zeiten an.« Er nahm das Handy aus der Jacke und starrte auf das Display.

Die Nacht hatte ihnen mehr als nur Versöhnung gebracht. Sie war zu einem Liebesfest geworden. Vielleicht war der Chianti daran schuld gewesen, vielleicht auch Katrins Erleichterung, dass sie sich die Spekulationen über Cameron wohl nur eingebildet hatte. Heftig, zärtlich und innig, sogar ein wenig brutal hatten sie einander geliebt. Katrin hatte Cameron sanft gebissen. Je mehr ihre Zähne ihn sexuell entflammt hatten, desto stärker waren ihre Bisse geworden. Wie Menschen, die kein Zurück kannten, die die Brücken der Vernunft zu verbrennen suchten, hatten sie einander umklammert, hatten jede Spur, jede Witterung der Lust verfolgt. Sie waren zwischendurch vom Bett hochgetaumelt, hatten einander wild geküsst und im Stehen geliebt. Vor der Sommerhitze, die auch nachts kaum abnahm, waren sie schließlich unter die Dusche geflohen und hatten sich im Strahl des kalten Wassers ineinander verbissen. Das waren Küsse, so wild als ob sie ihr bisheriges Leben durchschneiden sollten, Küsse, die den anderen zeichneten, das waren Spuren ihrer Maßlosigkeit und Ausweglosigkeit. Sie waren hilflos glücklich gewesen, ekstatisch in ihrer Verzweiflung. Katrin war währenddessen von dem starken Gefühl durchdrungen gewesen, dass alles im Jetzt stattfand, keine Sorgen um die Zukunft hatten das Liebesfest getrübt. Vollständig hatte sie sich Cameron hingegeben, seine Haut, seine Stärke, seine Liebe genossen. Der Schweiß zwischen seinen Schulterblättern, seine halb geschlossenen Lider, wenn er sich verströmte und über ihr zusammensank, alles war im Hier und Jetzt geschehen, in diesem Zimmer ohne Aussicht. Nur manchmal, in Sekunden, wenn Katrin die Wirklichkeit zu sich durchbrechen ließ, war das andere Gefühl wieder hochgekommen, das der Angst. Dann kam es ihr vor, als ob sie auf das Ticken einer Uhr hören müsse, die mitleidlos ablief, die Uhr des Glücks, die für keinen ewig tickte, die Uhr der Vergänglichkeit. Ihr Pendel schwang über Katrin hin und her, hin und her, sie konnte sich nicht dagegen wehren. Schließlich aber, der Morgen hatte schon gegraut, war selbst dieses Ticken im Rausch der Liebe und ihrer wohligen Erschöpfung verklungen.

Cameron hob den Blick. »Mum ruft mich an«, sagte

er verwirrt. »Sie weiß doch, wie spät es hier ist. Was will sie nur?«

Isabel hat es rausgekriegt, dachte Katrin und war im selben Augenblick hellwach. Isabel weiß über uns Bescheid. Wie kann sie es herausgefunden haben? Möglicherweise hat Viktor in Australien angerufen, um sich Verstärkung bei Camerons Mutter zu holen. Ihm wäre so etwas zuzutrauen.

»Soll ich drangehen?« Cameron sah Katrin an.

»Das musst du sogar. Wenn Isabel um diese Zeit anruft, ist es bestimmt wichtig. Ich werde so lange rausgehen, dann könnt ihr ungestört reden.«

»Wo willst du hin, mitten in der Nacht?«

Sie schlüpfte in den Hotelbademantel. »Ich setze mich in den Innenhof.« Schon war Katrin an der Tür. »Ich würde ja gern sagen: Grüß Isabel von mir, aber ich glaube, das wäre keine gute Idee.« Sie lächelte und war draußen.

Cameron versuchte seine Schlaftrunkenheit abzuschütteln und ging dran. »Mum?«

»Hallo, mein Liebling. Ich habe dich geweckt, nicht wahr?«, sagte Isabel am anderen Ende.

»Wie schön, deine Stimme zu hören.«

»Bist du daheim, ich meine, dort, wo du zurzeit wohnst?« Ihre Stimme klang zerbrechlich, als ob sie ihren eigenen Worten hinterherlauschen würde.

»Ja, genau«, log er.

»Und du bist allein?«

»Allein«, antwortete er kaum hörbar.

»Gut.« Isabel sagte mehrere Sekunden lang nichts. »Hör mal zu, Cam, deinem Vater geht es nicht gut.«

»Dad?« Er hatte auf dem Bett gesessen, nun stand Cameron auf. »Was fehlt ihm denn?«

»Er hatte einen Herzinfarkt.«

»Einen …« Er hörte seinen Atem ausströmen und senkte den Blick, als müsste er sich vergewissern, dass seine Füße auf festem Boden standen. »Das ist schon der zweite.«

»Der dritte genau genommen. Auf der Landwirtschaftsmesse ist es passiert. Henry ist zwischen ein paar Rindern zusammengebrochen. Man hat ihn erst nach Minuten gefunden. Ein Glück nur, dass keins der Tiere auf ihn draufgetreten ist.«

»Ja, das war Glück«, erwiderte Cameron, weil ihm nichts anderes in den Sinn kam. »Wie geht es ihm? Ist er im Krankenhaus?«

»Ja, in Canberra.«

»Und du bist auch da?«

»Er liegt auf der Intensivstation.«

»So schlimm ist es?«

»Ein Herzinfarkt in seinem Alter, Cam …«

»Was soll das heißen, Mum?«

Plötzlich wurde sie leiser. »Der Spezialist hier hat gesagt …« Sie verstummte.

»Was, Mum? Ich kann dich kaum verstehen.«

»Er behauptet, dein Vater wird die nächsten vierundzwanzig Stunden wahrscheinlich nicht überleben.«

Cameron fühlte eine Hitze in seinem Inneren, zugleich

eine vollkommene Leere. So grotesk es war, er hätte in diesem Moment etwas essen mögen.

»Aber Dad ist doch bestimmt an all diese … Geräte angeschlossen«, antwortete er hilflos, »die ihn am Leben erhalten.«

»Das sind doch nur Maschinen«, flüsterte Isabel. Dann hörte Cameron seine Mutter weinen. »Die können nichts, diese Maschinen, nichts können die.«

»Dad ist stark«, versuchte er sie zu trösten. »Er hat schon schlimmere Sachen überstanden.«

»Das ist genau das Problem«, stammelte sie. »Er hält sich immer noch für den stärksten Bullen in der Herde, er hält sich für unbesiegbar. Aber dein Vater ist nicht mehr jung. Er hat sein ganzes Leben lang geschuftet und viel zu lange nicht wahrhaben wollen, dass sein Herz der schwächste Teil an ihm ist. Sein Herz …« Der Rest des Satzes wurde von einem lauten Schluchzen verschluckt.

»Mum«, flüsterte Cameron. »Mum, ich komme zu euch.« Auch bei ihm drängten die Tränen hoch. »Bitte, wein doch nicht. Ich komme, so schnell ich kann.«

»Ja, würdest du das tun, Cameron? Und was ist mit deiner neuen Arbeit?«

»Wen kümmert das jetzt? Mein Vater braucht mich. Du brauchst mich. Ich werde es Nyborg erklären. Ich buche den Flug jetzt gleich, dann bin ich in wenigen Stunden bei euch.«

Er belog sich selbst. Pisa war ein Provinznest. Flüge nach Übersee starteten nur von Mailand aus. Wahrscheinlich würde er länger als einen Tag bis Sydney unterwegs sein, und dann lag noch die Fahrt nach Canberra vor ihm. »Keine Sorge, Mum, bald bin ich bei euch«, bekräftigte er dennoch.

Sie redeten noch ein paar Minuten und versuchten die drohende Katastrophe durch Worte von sich abzuwenden. Nachdem sie sich verabschiedet hatten, saß Cameron regungslos auf dem Bett, den Blick auf das Display gesenkt. Als Hintergrund für sein Smartphone hatte er ein Bild ausgesucht, das viele Jahre alt war. Es zeigte den dreijährigen Cameron auf den Schultern seines Vaters. Henry trug Shorts und schien mit dem Kleinen über eine Wiese zu tanzen. Sie waren umringt von Rindern, die den Farmer mit seiner sonderbaren Last verständnislos anglotzten. Cameron liebte dieses Bild, seit vielen Jahren war es das Erste, was er sah, wenn er sein Handy anmachte.

»Dad«, flüsterte er. »Dad.« Und weinte.

Es kostete ihn Mühe, aufzustehen und zur Balkontür zu gehen. Unten im Hof entdeckte er einen hellen Fleck, das musste Katrins Bademantel sein. Er rief leise ihren Namen.

»Ist die Luft rein?«, flüsterte sie hoch.

»Kommst du?«

Sie blickte zu ihrem Geliebten auf. Sie konnte sich nicht erklären, wieso, doch sie wusste, dass Cameron sie jetzt brauchte. Zuerst verhalten, dann immer hastiger lief sie die Treppe hoch.

18

SIE HÄTTE IHM GERN gesagt, wie leid es ihr tat, dass sie schon wieder fortmussten, wenige Stunden nachdem Katrin angekommen war. Aber sie schwieg und überließ Cameron seinen Gedanken. Er hatte sein Haar mit Wasser nach hinten frisiert, er trug ein dunkles Hemd und eine Sonnenbrille. Älter sah er heute aus, so als hätte die Schicksalsnachricht ihm die Jugend geraubt. Sie waren früh aufgebrochen, damit Cameron den Flieger verlässlich erreichen würde. Katrin saß am Steuer. Immer wieder wandte sie den Kopf und schaute aufs Meer. Wie schön das wäre, rein zum Vergnügen an dieser Küstenstraße entlangzufahren.

Mitten in der Nacht hatten sie alles Nötige in die Wege geleitet, sie waren nüchtern und zielstrebig vorgegangen und hatten ihre Emotionen weitgehend voreinander verborgen. Cameron war Katrin vor allem zutiefst erschrocken vorgekommen. Noch nie war der drohende Tod so greifbar in sein Leben getreten, er hatte noch nie Angst zu haben brauchen, dass jemand, den er liebte, ihm genommen werden könnte. Während Katrin gepackt hatte, während sie mit Cameron im Morgengrauen seine Sachen aus der Unterkunft geholt hatte, waren ihre

Gedanken zu den Menschen abgeschweift, die der Tod ihr selbst schon geraubt hatte. Der Krebs einer Schulfreundin, der Selbstmord ihres ersten Geschäftspartners; ein gleichaltriger Freund wartete seit Jahren auf eine Spenderlunge und würde wohl bald sterben, wenn er nicht endlich für eine Transplantation an die Reihe käme. Katrins Eltern lebten noch, rüstig und unerschütterlich hatten sie den Achtzigsten längst hinter sich gelassen.

Camerons Vater dagegen war kaum über fünfzig. Wie gern hätte Katrin dem Jungen, der mit steinernem Gesicht neben ihr saß, etwas Aufmunterndes und Tröstliches gesagt. Doch sie fand jeden Satz, den sie dazu formte, schal und nichtssagend. Wenn der Tod in dem Spiel mitmischte, wurden Worte kraftlos.

»Es kommt häufig vor, dass Menschen sich von einem Herzinfarkt wieder erholen«, sagte sie schließlich, da sie nicht länger schweigend weiterfahren wollte. »Ich kenne einige Beispiele, bei denen das so war.«

Cameron nickte kaum merklich. »Mum ist die größte Optimistin, die es gibt. Wenn sie sagt, dass Dad wahrscheinlich nicht mehr lange leben wird, steht es verdammt ernst um ihn.«

»Das stimmt sicher, aber trotzdem …«

»Ich weiß.« Er berührte ihre Hand, die den Schalthebel bediente. »Ich hoffe ja auch, dass ich daheim ankommen und ihn begrüßen werde und dass Dad weiterleben wird. Ich hoffe …« Er atmete tief durch. »Wie lange brauchen wir noch?«

»Zweieinhalb Stunden.«

»Wäre das nicht schön, wenn man nur einfach so zum Spaß hier entlangfahren könnte?«

»Daran habe ich auch gerade gedacht.«

»Es tut mir so leid, Katrin.«

»Dir braucht doch nichts leidzutun. So ein Schlag aus heiterem Himmel kann jeden treffen.«

Nach der nächsten Kurve verschwand das Meer endgültig aus ihrem Blickfeld. Katrin schaute in die hügelige Landschaft. Bald würde auch die Toskana hinter ihnen liegen.

Cameron hielt Katrin so fest umarmt, als wollte er sie nie wieder loslassen. »Wann geht dein Flug nach Hause?«, fragte er.

»Erst heute Abend. Einer meiner ältesten Freunde lebt in Mailand. Ich musste vorhin an ihn denken. Stephan. Er ist vor Jahren hierhergezogen. Ich möchte ihn besuchen.« Impulsiv drängte Katrin sich an Cameron. »Fünfzehntausend Kilometer zwischen dir und mir, das ist einfach zu weit.« Zärtlich sagte sie: »Geh schon, damit du rechtzeitig zu deinem Flieger kommst. Du hast wirklich andere Sorgen als eine rettungslos verliebte Frau.«

»Bist du das?« Er hob ihr Gesicht zu sich. »Bist du in mich verliebt?«

»Spürst du das denn nicht?«

»Wir reden so gut wie nie darüber.«

»Reden, worüber?«

»Wie es mit uns weitergehen soll.« Er suchte in ihren Augen. »Wir treffen uns, wir lieben uns, aber du sprichst nie davon, wie du dir unsere Zukunft vorstellst.«

Unsere Zukunft, diese Worte fühlten sich in ihrer Situation viel zu groß an. Und doch, welche Situation wäre für einen Satz wie diesen richtiger gewesen? Ein Paar trennte sich in der Abflughalle eines internationalen Airports. Sie waren aus ihrem Liebesnest gerissen worden. Zitternd vor Müdigkeit, starr vor Traurigkeit standen sie aneinandergedrängt da. War es nicht das Natürlichste der Welt, in diesem Moment die Frage nach der Zukunft zu stellen? Einer Zukunft miteinander, einer Zukunft ohne den anderen? Wenn Camerons Vater sterben sollte, würde Cameron fürs Erste nicht zurückkehren. Es würde viele Dinge zu erledigen geben. Was sollte mit der Farm geschehen? Würde er sie übernehmen müssen, wollte er, konnte er das überhaupt? Würde Isabel auf dem fremden Kontinent bleiben, der ihr zur zweiten Heimat geworden war? Je mehr Katrin darüber nachdachte, desto deutlicher wurde ihr, dass sich Camerons Leben von heute an ändern würde.

»Ich liebe dich«, flüsterte sie, von plötzlicher Hilflosigkeit übermannt. »Ich möchte, dass es zwischen uns weitergeht. Aber jetzt kommen erst einmal andere Dinge auf dich zu.«

»Das weiß ich selbst.« Ernst sah er sie an. »Darum sag mir bitte, bevor ich nach Hause fliege, ob du auf mich warten wirst.«

Sein Satz klang unglaublich naiv und zeugte zugleich

von großer Entschiedenheit. Er gab Katrin eine Ahnung davon, in welchen Dimensionen dieser Junge dachte.

»Ich möchte wissen, ob du meine Frau bist«, setzte er auf ihr Schweigen hinzu.

Die Selbstverständlichkeit, mit der er es aussprach, überwältigte sie. Seine Frau? Konnte sie so weit gehen? Wollte sie es? War es dafür nicht viel zu früh? War es nicht von vornherein unmöglich? Einerseits wollte Katrin sich zu ihm bekennen, zugleich kam es ihr verrückt vor. Sollte sie ihr Leben für die Liebe dieses jungen Mannes von Grund auf ändern? Wenn es nach ihren Gefühlen ging, war das vorstellbar, doch sie wusste, wie rasch Gefühle sich veränderten. Katrin konnte den Satz, den Cameron hören wollte, einfach nicht aussprechen.

»Das bereden wir, sobald du weißt, wie es deinem Vater geht«, antwortete sie.

»Du weichst mir aus.«

»Ich finde nur, es ist der falsche Zeitpunkt für so ein Gespräch.« Sie schaute zur Anzeigetafel. »Dein Flieger wurde bereits aufgerufen.«

»Nach allem, was wir erlebt haben, ist es dir immer noch nicht möglich, zu mir zu stehen?«

Katrin fühlte sich in die Defensive gedrängt, darum wurde sie aggressiv. »Was haben wir denn erlebt? Ein paar wunderbare Nächte, einige Spaziergänge und viele verrückte Träumereien. Ist das genug, um über ein gemeinsames Leben nachzudenken?«

»Für mich ist es genug.«

»Wir stehen in unterschiedlichen Phasen unseres

Lebens. Du findest gerade erst heraus, was du damit anstellen willst. Du willst dich behaupten, Erfahrungen sammeln …«

Er unterbrach sie. »Willst du damit sagen, weil ich mich angeblich *behaupten* muss, können wir nicht zusammen sein?«

»Wir sind ja zusammen«, rief sie in wachsender Bedrängnis.

Enttäuscht sah er sie an. »Du *willst* dich gar nicht binden. Das begreife ich jetzt. Du willst dich nicht festlegen. Du und Viktor, ihr seid euch im Grunde sehr ähnlich. Wahrscheinlich seid ihr deshalb seit zehn Jahren zusammen, weil ihr mit eurem Singledasein eigentlich ganz zufrieden seid.«

Katrin hatte genug davon, sich die altkluge Analyse eines Einundzwanzigjährigen anzuhören. »Was ist denn deine Vorstellung von unserer Beziehung?«, erwiderte sie gereizt. »Soll ich einen meiner Modeschöpfer ein Brautkleid für mich entwerfen lassen? Willst du mir in einer Kirche in Sydney den Trauring anstecken, bevor du mich auf eurer Farm über die Schwelle trägst? Wie sollte ich deiner Meinung nach damit umgehen, dass meine zukünftige Schwiegermutter so alt ist wie ich?«

»Du redest von Spießigkeit und von gesellschaftlichen Zwängen«, antwortete er überrascht. »Ich wollte, dass du mir einfach sagst, dass wir zusammengehören.«

»Das weiß ich aber noch nicht, Cameron!«, rief sie so

laut, dass sich ein Mann mit Gepäckwagen umdrehte. »Wie soll ich das nach wenigen gemeinsamen Wochen beantworten können?«

»Es geht nur darum, ob du es wagen willst.« Mit angespannten Schultern stand er da. »Den Sprung ins kalte Wasser, den Sprung in eine Zukunft mit mir.«

Den Sprung? Erst gestern hatte Katrin etwas Ähnliches gedacht, als sie auf die sinkende Sonne zugeschwommen war. Wie hätte sie ahnen können, dass sich diese Frage so bald in Wirklichkeit stellen würde? Tatsächlich schien Cameron nicht zu seinem Flugzeug aufbrechen zu wollen, bevor Katrin eine Antwort gegeben hatte. Seine Eindringlichkeit, seine Kompromisslosigkeit imponierten ihr, zugleich spürte sie, dass sie zu diesem Alles-oder-Nichts nicht bereit war.

»Es ist zu früh«, antwortete sie leise. Sie schämte sich für diesen Satz, denn er war die Umschreibung ihrer Angst. »Lass uns damit warten, bis wir wissen, wie es Henry geht«, fuhr sie fort. »Ich liebe dich, Cameron, mehr kann ich dir im Augenblick nicht sagen.«

Nach einer Pause bückte er sich nach seiner Tasche. »Wie es aussieht, hast du deine Entscheidung schon gefällt«, sagte Cameron mit ernster Stimme.

»Nichts ist entschieden. Ich sage nur, dass es der falsche Zeitpunkt ist.«

»Für dich wird es immer der falsche Zeitpunkt sein.« Er trat einen Schritt zurück. »Ich muss los. Leb wohl, Katrin.« Sein Satz klang wie aus Metall.

»Leb wohl?« Als sie versuchte, ihn zu küssen, wandte

Cameron sich ohne ein weiteres Wort ab und lief auf den Schalter der Fluggesellschaft zu.

»Cameron!« Eine Frage fiel ihr ein, die angesichts dieses Abschieds nichtig wirkte, doch Katrin wollte ihn nicht so einfach gehen lassen. »Was wirst du Isabel erzählen?«, rief sie.

Sein Rollkoffer stoppte, langsam drehte er sich um. »Gar nichts«, antwortete er so leise, dass sie ihn kaum verstand. »Es gibt ja nichts mehr zu erzählen.« Er ging weiter.

Katrin kam es vor, als ob sich die ganze Halle nach unten senken würde, als ob sie gleich umkippen müsste. Wieso hatte sie ihn gehen lassen? Warum hatte sie ihn nicht einmal geküsst? Katrin flüchtete zu einer Sitzbank und ließ sich darauffallen. So saß sie eine Weile da. Als sie den Blick hob, war Cameron nirgends mehr zu sehen.

19

»HALLO, Stephan.«

Es war eine Wohnung im Stadtteil *De Angeli,* nicht die beste Gegend, doch wenn man Stephans Wohnung betrat, vergaß man das sofort. Stephan war ein Liebhaber von Art-déco-Möbeln. Überall in Europa hatte er sie aufgestöbert und in diesen Räumen versammelt. Wohin man schaute, entdeckte man die kühlen, schlichten Formen aus Chrom oder Holz. Glastische waren darunter, die einst in berühmten Hotels gestanden hatten, Wandlampen in Stabform, Fauteuils mit Armlehnen aus poliertem Mahagoni.

»Setz dich doch.« Stephan sprach ungewöhnlich leise. Er stand nicht auf, um Katrin zu begrüßen, er war dazu nicht in der Lage, Stephan saß in einem motorisierten Rollstuhl. Er lebte allein, obwohl das in seinem Zustand fast unmöglich erschien. Stephan litt an COPD, und es gab nichts mehr, was man dagegen tun konnte, außer einer baldigen Lungentransplantation. Neben seiner Liebe zur Modestadt Mailand war er vor allem deshalb nach Italien gezogen, weil die gesetzlichen Regelungen für Transplantationen in diesem Land lockerer gehandhabt wurden als in Deutschland. Wegen seiner seltenen Blutgruppe wartete er dennoch schon seit Jahren vergeblich darauf, dass er eine neue Lunge, ein neues Leben bekommen würde.

Obwohl Katrin oft in Mailand zu tun hatte, lag ihr letzter Besuch bei Stephan fast ein Jahr zurück. Sie erschrak, wie stark er sich verändert hatte. Abgemagert wirkte er, seine Haut war grau und schlaff, mit seinem kahlen, vorgeneigten Kopf erinnerte er an einen müden Vogel, der zu weit geflogen war. Sein Sauerstoffgerät verbarg er diskret unter einer Jugendstildecke. Nur die Schläuche, die von der Maschine in seine Nase führten, erinnerten daran, dass er ohne ihre Hilfe ersticken müsste.

»Was gibt es Neues in deiner Welt?«, fragte Stephan. Die einzige Bedingung für einen Besuch bei ihm war, dass seine Krankheit aus dem Gespräch ausgeschlossen bleiben würde. Er hatte Limonade vorbereitet. In der zierlichen Karaffe schwammen Zitronenstückchen und Eiswürfel. Katrin setzte sich mit ihrem Glas auf die rotlederne Couch.

»Ich habe mich in den Sohn meiner besten Freundin verliebt«, begann sie offenherzig und ohne einleitendes Geplänkel.

Stephan schürzte die Lippen. »Lass hören.«

»Ich liebe einen Einundzwanzigjährigen, der allerdings ein ziemlich beeindruckender Mann ist. Er liebt mich auch, da gibt es keinen Zweifel, doch er liebt mich auf eine Art und Weise, die man von einem so jungen Menschen nicht erwarten würde. Er liebt mich *mit allen Konsequenzen*.« Sie versuchte ihren Worten einen sarkastischen Beiklang zu geben. »Er will eine Beziehung mit mir, eine richtige Partnerschaft ohne Wenn und Aber.« Sie erwartete Stephans Reaktion, doch der Mann im Rollstuhl schwieg. »Dabei sind wir erst ein paar Wochen zusammen. Wir haben uns bisher nur von unserer Schokoladenseite gezeigt, waren für den anderen attraktiv, schlagfertig, cool und leidenschaftlich. Irgendwie haben wir uns benommen …« Sie überlegte kurz. »Wie ein Liebespaar im Film.«

»Benimmt man sich nicht meistens so in der ersten Zeit, wenn man frisch verliebt ist?« Seine sehnige Hand spielte mit dem Antriebshebel des Rollstuhls.

»Aber kann dieser *Flirtmodus,* in dem wir uns befinden, die Basis für eine feste Beziehung sein?«

»Die Frage sollte anders lauten.« Er tat ein paar schnelle Atemzüge.

»Wie denn, Stephan?«

»Die Frage lautet, weshalb du dir eine feste Beziehung zu diesem jungen Mann so überängstlich auszureden versuchst.«

Bevor sie antwortete, ließ sie die Eiswürfel in ihrem Glas kreisen. »Liegt das nicht auf der Hand? Da ist zunächst der Altersunterschied.«

»Ich weiß, ich weiß.« Stephan unterbrach sie. »Und es gibt noch hundert Gründe, die du mir alle präzise aufzählen könntest. Aber du vergisst eines dabei.« Mehrmals hob und senkte sich sein Brustkorb, bevor er weitersprach. »Das Ganze … ist nichts weiter als ein einziger Blitzstrahl.«

»Das *Ganze?*«

»Das Leben.« Seine wasserblauen Augen ruhten auf ihr. »Waren wir nicht gerade erst zusammen auf der Modeschule? Haben wir nicht erst neulich unsere WG-Wohnung zusammen eingerichtet? War das nicht erst gestern, dass ich dir geholfen habe, die Vorhänge aufzuhängen?«

»O ja, ich weiß es noch.« Sie lachte fröhlich. »Weil wir keine Leiter hatten, musste ich auf den Tisch steigen. Damit ich nicht runterfalle, hast du mich mit beiden Händen an den Arschbacken abgestützt.«

»Das habe ich. Und dieses Bild ist so lebendig in mir, als ob dein Hinterteil immer noch in meinen Händen ruhen würde.« Voll Wärme sah er sie an. »Alles vergeht so wahnsinnig schnell, verstehst du? Die Jahre, die Jahrzehnte sind nichts als ein Blitz, der über den Himmel zuckt. Kaum hat es begonnen, ist es schon zu Ende, und der Tod lauert auf uns. Der Tod will, dass wir alles, was wir schön und herrlich finden, für immer sein lassen und mit ihm gehen. Das Leben verfliegt, und wenn du nicht aufpasst, Katrin, vertust du deine Zeit mit Zweifeln und anderen Nichtigkeiten.«

Sie blieb skeptisch. »Soll ich mich, nur weil das Leben kurz ist, in eine Beziehung stürzen, von der ich nicht überzeugt bin?«

»Liebst du Viktor noch?«

»Ich weiß, was ich an ihm habe.«

»Liebst du ihn?«

»Nicht so, wie ich Cameron liebe.«

Ärgerlich warf Stephan den Kopf zurück. »Du kannst keine meiner Fragen mit Ja oder Nein beantworten.«

»Es existiert aber nun mal nicht nur Ja oder Nein!«, rief sie. »Viktor ist ein Mann, den ich bewundere. Ich schätze seine Gesellschaft, und er ist nicht schlecht im Bett. Cameron ist eine Naturgewalt, ein junger Liebesgott, dabei intelligent und offen, kreativ, lebenshungrig. Er besitzt aber nicht Viktors Humor und dessen Fähigkeit, das Leben leichter zu nehmen, als es oft erscheint. Außerdem ist Cameron ein Farmerssohn, für ihn haben Natürlichkeit und Ehrlichkeit eine große Bedeutung. Ich dagegen bin eine City-Frau, und *Natürlichkeit* ist nicht gerade das oberste Gebot in der Modewelt.«

Stephan brauchte ein paar Atemzüge, bevor er weitersprach. »Du hast deine Beziehung zu zwei Männern beschrieben und nicht ein einziges Mal das Wort Liebe benutzt. Was ist Liebe für dich, Katrin?«

Sie hatte keine Lust, etwas so Banales zu beantworten wie: *Was ist Liebe?* Als Stephan nach der Karaffe mit der Limonade griff, sprang sie daher auf. »Lass mich das machen.« Sie goss sein Glas voll und blieb neben ihm stehen. »Kann man Liebe so einfach beschreiben?«

»Ziemlich einfach sogar. Für mich ist Liebe jeder neue Tag, an dem ich imstande bin, auf den Balkon zu rollen und in der Sonne zu sitzen. Es ist Liebe, wenn Giovanna aus dem ersten Stock ihren kleinen Jungen hochbringt, damit ich nach ihm schaue. Der Kleine ist groß genug, um auf sich selbst aufzupassen, er braucht keinen Babysitter im Rollstuhl. Giovanna tut das nur, damit ich mit einem Kind zusammen sein kann. Ein Kind ist Leben, und ich kann jedes Zipfelchen Leben brauchen, das ich kriege.« Das Sprechen strengte ihn zusehends an. »Du dagegen behandelst die Liebe wie ein Accessoire, das man tragen oder zu Hause lassen kann. Die Liebe ist kein Paar Ohrclips und kein Parfum, dessen Duft rasch verfliegt. Liebe ist eine Entscheidung. Du bist zwar imstande, die meisten Entscheidungen deines Lebens glasklar zu treffen, nur in Sachen Liebe gelingt dir das nicht.«

Katrin betrachtete den kahlen Schädel ihres Freundes, die gebeugte Kopfhaltung. Er war genauso alt wie sie, wirkte aber wie ein Greis. Die Krankheit hatte ihn ausgehöhlt, die ständige unerfüllte Gier nach Sauerstoff hatte ihm alle Kraft geraubt. Für ihn war der Glaube an die Liebe gleichbedeutend mit der Sehnsucht nach Leben. Seine Lage war von ihrer grundsätzlich verschieden, und doch erkannte Katrin, dass er ihr Problem auf den Punkt brachte. War sie denn nicht auch eine aus jenem Heer erfolgreicher Frauen, die viel über Partnerschaft und Partnerschaftsmodelle wussten und sich cool vorkamen, weil sie die veraltete Beziehungsform ihrer Eltern hinter sich gelassen hatten? Katrins Eltern hatten sich als Studenten beim Segeln kennengelernt und waren sechzig Jahre lang zusammengeblieben. Es hatte Krisen gegeben, Katrins Vater war auch zweimal fremdgegangen, und dennoch: Sie hatten einander ein lebenslanges Versprechen gegeben und es gehalten. Waren sie dabei glücklich gewesen? Katrin konnte nicht umhin, diese Frage mit Ja zu beantworten. Ihre Eltern hatten sich für den *einen* Lebensmenschen entschieden. War das die Liebe, von der Stephan sprach? Bedeutete Liebe etwa in erster Linie Beständigkeit? Gedankenverloren stand Katrin neben Stephan. Er berührte ihren Arm. »Du sagst ja gar nichts.«

»Ich habe gerade an Cameron gedacht. Er fliegt in diesen Minuten zu seinem sterbenden Vater.«

»Was ist passiert?«

»Er hatte einen Herzinfarkt.«

Ohne Nachdruck sagte Stephan: »Er fliegt auch zu Isabel, deiner besten Freundin. Ich erinnere mich noch gut an sie.«

»Du kennst Isabel?«, fragte Katrin überrascht.

»Blond, seelenvolle Augen, rundliche Figur?«

»Ja, das ist sie.«

»Weiß Isabel schon, dass du dich in ihren Sohn verliebt hast?«

»Nein«, antwortete Katrin. »Sie weiß noch nichts.«

»Findest du das richtig?«

»Natürlich nicht.«

»Und was gedenkst du in dem Fall zu unternehmen?«

»Wenn ich das nur wüsste.«

Da Katrin keine Anstalten machte, ihm das Glas zu geben, sagte Stephan: »Ich habe Durst.«

»Entschuldige.«

Er trank, sie setzte sich wieder.

»Wann musst du zu deinem Flug aufbrechen?«

Sie schaute auf die Uhr. »Ich habe noch genügend Zeit. Was machst du, Stephan? Wie geht es dir?« Gern hätte sie nach seinen Chancen für eine Transplantation gefragt, doch sie wusste, das Thema war tabu.

»Neuerdings habe ich so etwas wie eine Freundin«, antwortete er mit zartem Lächeln.

»Wirklich? Wer ist sie?«

»Die Buchhändlerin von um die Ecke. Ich dachte lange Zeit, sie würde mir neue Bücher nur deshalb hochbringen, weil ich wegen der vielen Stufen und Rampen nicht imstande bin, zu ihr in den Laden zu kommen. Aber wie es aussieht, schätzt sie wohl tatsächlich meine Gesellschaft.«

»Das ist großartig, Stephan.«

»Das finde ich auch.« Sein Gesicht bekam einen fröhlichen Glanz. »Manchmal bleibt sie abends einfach hier, sie macht das Licht an und fragt, ob ich etwas essen will. Neulich hat sie sogar meine Sauerstoffflasche ausgewechselt.«

»Das hört sich nach etwas Ernstem an«, lachte Katrin. »Das meine ich wirklich so«, setzte sie sofort nach.

»Tja, wer weiß.« Er faltete die Hände vor der Brust. »Jedenfalls ist es das Schönste, was ich seit vielen Jahren erlebt habe.«

Die Liebe, dachte Katrin. Wo man auch hinschaute, schlug die Liebe ihre großartigen Kapriolen. Es sind keine Kapriolen, gestand sie sich ein. Es ist das, was zählt.

20

REDE MIT MIR, tippte Katrin in ihr Handy. Es war ungefähr die zehnte SMS, die sie Cameron schickte, allmählich wurden ihre Nachrichten ungeduldiger, zugleich unsicherer. *Wie geht es deinem Vater?*, hatte sie geschrieben, nachdem sie in Düsseldorf gelandet war und sich ausgerechnet hatte, dass Cameron zu Hause angekommen sein müsste. Seitdem waren zwei Tage vergangen, zwei verdammt lange Tage, und sie hatte immer noch keine Nachricht von ihm.

Wie geht es Isabel?, hatte sie vor vierundzwanzig Stunden geschrieben. *Ist es in Ordnung, wenn ich deine Mutter anrufe?* Katrin fühlte sich hilflos. Ihre beste Freundin war in Not, ihr Mann lag möglicherweise im Sterben, und Katrin befand sich in der Zwickmühle, dass sie Isabel ihr Mitgefühl aussprechen wollte, zugleich aber nicht wusste, ob Cameron ihr schon die Wahrheit gestanden hatte. In der emotionalen Situation, in der er und seine Mutter sich befanden, wäre das nicht überraschend.

Und wenn ich Isabel spontan anrufe, hatte Katrin überlegt. Woher sollte ich dann aber erfahren haben, dass Henry einen Herzinfarkt hatte? Ich könnte mich quasi *ahnungslos* bei Isabel melden und mir die traurigen Neuigkeiten von ihr erst erzählen lassen. Katrins Problem blieb dennoch bestehen: Sie konnte nicht vorhersehen, ob sie bei einem Anruf in Australien ihre alte Freundin oder vielmehr die Mutter ihres Liebhabers erreichen würde.

Wenn ich weiß, wie es dir geht und wie es bei euch steht, lasse ich dich auch in Ruhe, tippte sie, *nur rede mit mir.* Katrin stand in ihrer Arbeitsecke und hatte dem Wohnraum den Rücken zugewandt.

»Glaubst du, nur weil du mir den Rücken zukehrst, sehe ich nicht, was du tust?« Viktor lag auf dem Sofa und blätterte in den politischen Teilen mehrerer Tageszeitungen.

»Ich schreibe eine SMS«, antwortete sie. »Was ist daran so ungewöhnlich?«

»Ich frage mich bloß, weshalb du beim Schreiben die Schultern so verkrampft hochziehst. Ich frage mich, warum du alle paar Minuten in deine Ecke läufst und das Handy checkst, obwohl kein Signalton dir den Eingang einer Nachricht ankündigt.« Viktor ließ die Zeitung sinken. »Ich frage mich, was zwischen dir und dem Australier gerade los ist.«

»Nichts. Ich schreibe berufliche Nachrichten.«

Mit der Hand deutete Viktor an, dass Katrin eine lange Nase wachsen würde. »Pinocchio«, sagte er scherzhaft. »Du hast schon mal besser gelogen.«

»Ich lüge nicht.«

»Stimmt, du schwindelst nur.« Er legte die Zeitung

ordentlich zusammen und griff zur nächsten. »Du warst noch nie eine SMS-Schreiberin, Katrin. Du beherrschst ja nicht einmal das Zwei-Daumen-System.«

»Glaubst du, du bist was Besseres, weil du während deiner Sitzungen unterm Tisch simsen kannst, ohne hinzuschauen?«, nahm sie seinen sarkastischen Ton auf.

»Mit dieser Technik war ich imstande, dir so manche sehnsuchtsvolle Message zu schicken.«

»Sehnsuchtsvoll? *Dreckig* würde wohl besser passen.« Sie behielt das Smartphone in der Hand.

»Damals hat dich das erregt.«

Katrin war froh, dass so etwas Ähnliches wie Normalität zwischen ihnen eingetreten war. Es gab wahrscheinlich wenige Männer, die mit der neuen Situation so locker umgegangen wären wie Viktor. Natürlich spürte er, dass Katrin mit ihren Gedanken und Gefühlen bei einem anderen Mann war, aber er benahm sich dabei so verständnisvoll, dass sie neben ihrem schlechten Gewissen Cameron gegenüber nicht auch noch das Gleiche Viktor gegenüber empfinden musste.

»Du erledigst deine Business-Angelegenheiten immer per E-Mail«, fuhr er fort. »Was du da tippst, sieht mir eher nach *›Lover where are you‹*-Texten aus.«

Katrin gab ihre Taktik, es abzustreiten, auf. Mit dem Handy in der Hand kam sie zur Sitzgarnitur zurück. »Der Lover antwortet nicht.«

»Gibt es Kommunikationsprobleme auf der Achse Düsseldorf–Pisa?«

»Cameron ist gar nicht mehr in Pisa.«

Sie erzählte Viktor alles. Denn so gut es getan hatte, sich bei Stephan den Kummer von der Seele zu reden, so vage kamen ihr dessen Ratschläge inzwischen vor. Bei Viktor dagegen konnte man sich konkreten Rat holen. Katrin berichtete vom Herzinfarkt des Vaters in Australien, von der überstürzten Abreise Camerons und der Funkstille, die seitdem zwischen ihnen herrschte. Während sie erzählte, fürchtete sie Viktors Herablassung, da er nun erfahren hatte, dass es um Katrins Amour fou nicht zum Besten stand. Erstaunlicherweise behandelte er das Problem aber freundlich und scheinbar mit Interesse.

»Was wäre so schlimm daran, wenn Isabel von eurem Verhältnis wüsste? Meistens tut es in solchen Fällen gut, die Karten auf den Tisch zu legen.«

»Nein, es wäre fatal«, entgegnete sie. »Ich kenne Isabel. So offen und locker sie sich gibt, ist sie im Grunde ziemlich spießig. Für sie wäre unser Verhältnis so etwas wie eine Sünde.«

»Das ist es auch.« Er schmunzelte.

»Bleib bitte ernst. Wieso antwortet Cameron mir nicht? Was soll ich denn jetzt tun?«

»Wenn es mit seinem Vater wirklich zu Ende geht, hat Cameron sein Handy wahrscheinlich ausgeschaltet. Hast du es schon bei Isabel versucht?«

»Nein.«

»Das solltest du aber.« Auf Katrins Hilfe suchenden Blick stand Viktor auf. »Herrje, du bist doch sonst nicht so schwerfällig mit Einfällen.« Er nahm sein eigenes

Telefon aus der Jackentasche. Mit wenigen Handgriffen hatte er die Rufnummernunterdrückung aktiviert. »So, jetzt rufst du sie an.«

»Ich weiß noch gar nicht, was ich sagen soll.«

»Erst mal checkst du, ob sie drangeht. Wenn sie das tut, Cameron aber nicht, ist die Wahrscheinlichkeit groß, dass er einfach nicht mit dir reden *will.*« Er hielt ihr das Handy hin.

Sie nahm es, überlegte einen Moment und warf es dann auf die Couch. »So etwas mache ich nicht. Ich bin kein verklemmter Backfisch, der jemanden anruft und gleich wieder auflegt.«

»Okay, dann also nicht. Und was jetzt?«

Mit dem Ausdruck des Bedauerns sah sie ihn an. »Jetzt solltest du besser gehen.«

»Ich … Ich soll gehen?« Das Lächeln blieb in seinem Gesicht. »Findest du das tatsächlich *besser?*«

»Es ist fast Mitternacht.«

»Du meinst, es wäre Zeit, ins Bett zu gehen?« Er zwinkerte.

Sie hatten es seit ihrer Rückkehr noch kein einziges Mal angesprochen: Was bedeutete es für sie beide, dass Katrin sich verliebt hatte? Viktor ließ sie keinen gekränkten Stolz spüren, er machte ihr keine Eifersuchtsszenen, er benahm sich natürlich, ohne es an Einfühlungsvermögen fehlen zu lassen. Trotzdem konnte Katrin unmöglich mit ihm ins Bett gehen. »Viktor, ich kann nicht mit dir schlafen.«

Er stieß die Luft hart aus. »Mit anderen Worten, du

willst mich raushaben aus deinem Bett, aber greifbar als Berater, wenn dein junger Hengst mal nicht so spurt, wie du möchtest.«

Also doch, dachte sie. Endlich zeigte Viktor sein wahres Gesicht. Der Fuchs war mit der Tatze in die Eifersuchtsfalle getappt, hatte seinen Schmerz aber bis jetzt verbissen. Doch selbst Viktor war nicht imstande, jedes Gefühl an sich abperlen zu lassen.

»Du glaubst, ich wäre dein guter Kamerad, dein Kumpel, mit dem man Pferde stehlen kann?«, setzte er fort.

Katrin rechnete damit, dass er jetzt sein Sakko nehmen und den Loft im Protest verlassen würde.

»Wenn dir das lieber ist«, sagte er stattdessen, »okay, ich kann's ja mal probieren.« Viktor bewegte sich auf die Tür zu, eine Geste zu den ausgelesenen Zeitungen. »Darf ich den Papiermüll bei dir lassen?«

»Ja, sicher«, antwortete sie verblüfft. »Du gehst also wirklich? Du unternimmst nicht mal den Versuch, mich ins Bett zu kriegen?«

»Ich neige nicht zum Masochismus.« Lässig drehte er sich um. »Den Ersatz-Lover für dich abzugeben, während du deinen Australier nicht aus dem Kopf kriegst, das ist nicht mein Stil. Schlaf gut, Katrin.« Er verschwand, die Tür fiel hinter ihm ins Schloss.

Katrin stand inmitten des riesigen Raumes. Jetzt waren sie alle beide weg. Fühlte sich das jetzt besser an? Sie hob gedankenverloren Viktors Zeitungen auf und legte sie in den Korb mit dem Papiermüll. Ihr Handy machte ein signifikantes Geräusch. Katrin stürzte so hastig hin, als ob sie eine weltbewegende Nachricht erwarten würde. Aber es war nur Heinz, der ihr mitteilte, dass er wegen eines Zahnarzttermins morgen später ins Büro kommen würde. Enttäuscht ließ Katrin das Handy sinken.

21

»MEIN BEILEID, MRS. BATES.« Der Arzt gab Isabel die Hand. »Auch Ihnen mein Beileid, Mr. Bates.«

»Danke.« Cameron saß neben dem Sterbebett und betrachtete seinen Vater. Selbst im Tod war Henry noch ein stattlicher Mann, so groß, dass seine Füße gegen das Fußende stießen, dabei mächtig wie ein Bär. Camerons Hand ruhte in der Hand des Vaters. Im Morgengrauen war er gestorben. Seit vierundzwanzig Stunden war er nicht mehr in der Lage gewesen zu sprechen, hatte seinen Sohn aber oft und lange angesehen. Nur durch die Augen hatten sie miteinander geredet. Isabel hatte die beiden nicht gestört.

Cameron wusste, Henry hatte nur für seinen Sohn gearbeitet, für ihn sollte die Farm florieren, damit er es einmal leichter haben würde, das Unternehmen zu leiten. Als er angekündigt hatte, dass er kein Farmer werden wollte, war das für Henry eine schreckliche Enttäuschung gewesen, er hatte ihn aber nichts davon spüren lassen. Es hatte Henry vielmehr beeindruckt, dass sein Sohn Architekt werden wollte. »Einen, der hohe Häuser baut, hatten wir noch nie in der Familie.« Alles, was Geld und Ermutigung vermochten, war Cameron bei seinen

Plänen zuteilgeworden. Ohne die Hoffnung, dass sein Junge je in seine Fußstapfen treten würde, hatte Henry weitergerackert.

Vier Tage lang hatte er den Herzinfarkt überlebt, Tage, in denen sie immer wieder gehofft hatten. Die meiste Zeit war Henry bei Bewusstsein gewesen. Er war glücklich, seinen Sohn zu sehen, obwohl alle drei gewusst hatten, dass es ein Abschied war.

»Daddy.« Über die Hand seines Vaters gebeugt, sank Cameron zusammen. So als hätte er bis zuletzt an ein Wunder geglaubt, als würde er jetzt erst begreifen, was geschehen war, begann er zu weinen. Henry war für Cameron der stärkste Mensch, den er kannte. Sein Vater hatte Macht über Leben und Tod, das hatte der kleine Cameron fest geglaubt. Er war Herr über die größte Herde weit und breit, dabei ein lachender Vater, der seinen Jungen kilometerweit auf den Schultern getragen hatte, mit ihm ausgeritten war und ihm schon mit elf Jahren das Autofahren beigebracht hatte. »Solange du keinen Führerschein hast, darfst du auf keine öffentliche Straße«, hatte er gesagt, »aber auf unserem Grund und Boden hast du meine Erlaubnis zu fahren.« Das war ein beachtliches Zugeständnis, denn Henrys Land war so groß, dass Cameron zu Pferd einen halben Tag brauchte, um von der nördlichen Weidebegrenzung bis zu der Wasserstelle zu reiten, die den Besitz im Süden abschloss.

Cameron streichelte die braun gebrannte Hand seines Vaters. Er machte sich Vorwürfe, weil er in den Wochen, als Henry sich überanstrengt hatte, nicht daheim gewesen war. Es tat ihm leid, dass er seinem Vater nicht ausreichend erklärt hatte, weshalb er die Heimat verlassen und in Europa studieren wollte, obwohl es in Australien ausgezeichnete Universitäten gab. Es war sogar Henry selbst gewesen, der ihn ermuntert hatte, die Weite der australischen Landschaft gegen die geistige Weite eines Studiums in Kopenhagen einzutauschen.

Ich bin nur fünf Tage lang in Kopenhagen gewesen, dachte Cameron. Statt zu studieren, habe ich nach Liebe gesucht. Statt Dads Vertrauen in mich zu rechtfertigen, bin ich einer Frau nachgelaufen. Wir haben uns vergnügte Tage und Nächte gemacht. Ich habe meine Mutter betrogen, weil ich ihr bis heute verschweige, dass ich eine Affäre mit ihrer Jugendfreundin habe. Gestern hätte ich Dad noch die Wahrheit sagen können, jetzt ist es zu spät.

»Ich lasse Sie noch ein paar Minuten mit Henry allein«, sagte der Arzt und bedeutete der Krankenschwester, ihm nach draußen zu folgen. »Danach sollten wir die Auswahl des Bestattungsunternehmens und die Überführung besprechen.«

Isabel setzte sich Cameron gegenüber. Zusammen betrachteten sie den Vater, den Ehemann. »Ich möchte ihm das Haar schneiden, bevor er beerdigt wird. In den letzten Wochen wollte ich es immer wieder tun, aber er hatte ja nie Zeit.«

»Die von der Bestattung können das machen.« Cameron wandte den Blick nicht von seinem Vater ab.

»Seit wir verheiratet sind, habe ich ihm die Haare geschnitten. Da werde ich es beim letzten Mal bestimmt auch tun.« Isabel strich über das unrasierte Kinn ihres Mannes.

»Klar, Mum.«

Cameron spürte ein feines Pulsieren in seiner Tasche. Er hatte das Handy leise gestellt, aber nicht abgeschaltet. Das kleine Ding war seine einzige Verbindung zu Katrin. Er sehnte sich so sehr nach ihr, dass es sich wie ein körperlicher Schmerz anfühlte, wie ein Durst, den nur sie hätte löschen können. Trotzdem antwortete er ihr nicht. Bei ihrem Abschied in Mailand war es ihm mit dem, was er sagte, ernst gewesen. Er wollte keine flüchtige Romanze, er wollte, dass sie beide sich zu ihrer Liebe bekannten. Was Cameron mit Katrin erlebt hatte, war die große Liebe, und diese Liebe verlangte in seinen Augen ein Bekenntnis. Nicht einmal die körperliche Sehnsucht war imstande, diese Notwendigkeit aufzuweichen. Deshalb war er beinahe froh, dass Katrin weit weg war. Wäre sie in seiner Nähe gewesen, hätte er nicht die Kraft besessen, dieses Alles oder Nichts durchzuhalten. Er war ihr verfallen, er sehnte sich danach, ihre Haut zu berühren, sie zu küssen, sie nur durch ein Zimmer gehen zu sehen und ihre Stimme zu hören. Er sehnte sich danach, mit ihr zu schlafen.

Cameron holte das Handy nicht hervor. Katrins Nachrichten ähnelten einander. Sie wollte wissen, wie es um Henry stand, wollte erfahren, was vor sich ging. Er würde ihr antworten, sobald er mit Isabel gesprochen hätte. Es war seine Pflicht, sie einzuweihen, er hätte es schäbig gefunden, länger damit zu warten. Zwar hatte er Katrin versprochen zu schweigen, doch das war *davor* gewesen, bevor die Welt, wie Cameron sie kannte, auseinandergebrochen war. Mit Henrys Tod endete mehr als ein Leben. Eine Farmerdynastie ging zu Ende: Henrys Vater und Großvater hatten die Farm aufgebaut, Henry hatte sie zur Blüte gebracht. Seit über hundert Jahren war das Land im Besitz der Bates-Familie. Cameron wusste nicht genau, wie groß ihre Herde derzeit war, so um die zwanzigtausend Rinder, vermutete er. Er würde sich in den nächsten Tagen mit dem Verwalter und den Vorarbeitern zusammensetzen. Er war jetzt nicht mehr *der kleine Bates*, er war der Erbe. Von einem Tag auf den anderen hatte er zu bestimmen, was geschehen sollte. Cameron war außerstande, sich die Größe dieser Lebensveränderung begreiflich zu machen. Seine Mutter würde ihm dabei kaum helfen können. Henry hatte seine Frau von der Farmerarbeit nicht ausgeschlossen, die Plackerei aber liebevoll von ihr ferngehalten. »Wenn du erst einmal anfängst mitzuarbeiten, kommst du aus dem Joch nie mehr heraus«, hatte er gesagt. »Wenn ich abends heimkomme, möchte ich viel lieber eine fröhliche Frau antreffen als eine, die genauso ausgepumpt ist wie ich.« So hatten sie es beschlossen und während all der Jahre gehalten. Isabel war für Henry die schöne Seite des Lebens gewesen, sein Halt, seine Erholung, seine Ratgeberin, doch was die Arbeit betraf, war sie nie recht eingebunden gewesen.

Von heute an fühlte sich Cameron für das Werk seines Vaters verantwortlich: Die Farm durfte nicht untergehen. Dabei war Henrys Fehlen schon während der letzten Tage zu spüren gewesen. Mehrmals hatte der Verwalter Cameron angerufen und um Henrys Rat gebeten. Doch der Mann, dessen Leben diese Farm bedeutet hatte, lebte nicht mehr.

Cameron betrachtete seine Mutter, die langsam, versunken über Henrys Haar strich. Müde war ihr Gesicht, weich und verletzlich, und doch war sie nach wie vor eine schöne Frau. Sie war im selben Jahr geboren wie Katrin. Cameron hatte sich überlegt, wie er seiner Mutter die Neuigkeit beibringen sollte. Er hatte sich eben verliebt, wollte er sagen, er war dabei auf Gegenliebe gestoßen. Die einzige Besonderheit daran war nur, dass seine Geliebte zugleich Isabels älteste Freundin war.

Doch als er sie da sitzen sah, das kühle Morgenlicht vor dem Sonnenaufgang beschien ihr Gesicht, während Isabel von der Liebe ihres Lebens Abschied nehmen musste, war Cameron plötzlich außerstande, der Mutter von seiner eigenen Liebe zu erzählen. Seine Worte würden diesen traurigen und ergreifenden Moment zerstören. Isabel sollte Zeit und Ruhe bekommen, um Henry in Frieden gehen zu lassen, auch wenn dieser Lebensabschnitt noch lange nicht abgeschlossen sein würde – für die Mutter genauso wenig wie für den Sohn. Henry war Camerons Leitstern gewesen, der Vater hatte seinen Glauben an das Helle und Fröhliche, an das Gute im Menschen begründet: Das war sein schönstes Geschenk an den Sohn gewesen.

Und so saßen sie schweigend da, die Familie Bates, im Geist redeten sie mit Henry, den sie so innig in sich trugen, dass er niemals verblassen würde. Henry gehörte zu ihnen wie das Leben selbst. Während Cameron sich dessen bewusst wurde, während er still weinte, kündigte ein roter Schimmer draußen das Aufgehen der Sonne an.

22

DER SOMMER NEIGTE sich mit all seiner Schwere über die Stadt. Die Hitze in Düsseldorf war drückend, und die Menschen bewegten sich im Freien nur langsam. Sie saßen im Schatten der Häuser oder unter den Bäumen am Rheinufer. Obwohl halb Düsseldorf in Urlaub gefahren war, machten die Bierkneipen in der Altstadt Rekordumsätze.

Katrin mochte nicht an Urlaub denken. Sie hatte genug von irgendwelchen Traumwelten, zu denen man aufbrach, um den Alltag zu vergessen. Sie wollte arbeiten. Es gab in der Firma tatsächlich viel zu tun, insgeheim stürzte sie sich jedoch in ihre Kalkulationen und Katalogentwürfe, weil sie den bitteren Stachel in ihrem Fleisch besiegen wollte. Unversehens lernte Katrin die dunkle Seite der Liebe kennen, die Abhängigkeit von diesem sonst so wunderbaren Gefühl. Die Unbeschwertheit im Gedanken an die herrlichen Begegnungen war verloren gegangen, auch die verrückte Illusion, dass das Leben eine Abfolge von Glücksmomenten sei. Schwer und ernsthaft standen die Fragen plötzlich im Raum, und es gelang Katrin nur während der Arbeit, sie zu verdrängen.

Manchmal rief Viktor sie an. Er benahm sich höflich

und zuvorkommend, fragte aber nie nach Cameron. Katrin war froh, dass Viktor sie nicht zu mehr drängte, konnte sich des Eindrucks aber nicht erwehren, dass er das Interesse an ihr als Frau verloren hatte. Spürte er nicht, dass sie einsam war, spornte ihn das nicht an, als Tröster aufzutreten? Während der Sommerpause des EU-Parlaments hatte Viktor mehr Zeit als sonst, zeigte aber kein Interesse, diese Zeit mit ihr zu verbringen. Will er mich abservieren, überlegte sie, oder macht der Fuchs nur eine Verschnaufpause? Hält er so lange still, bis ich freiwillig zu ihm zurückgelaufen komme? Wollte sie das überhaupt? Denn sollte die Liebe zu Cameron tatsächlich zu Ende sein und sie eines Tages nicht länger sehnsuchtsvoll, mit Kummer und verrückten Hoffnungen an ihn denken, würde eine Rückkehr zu Viktor dann nicht das Eingeständnis ihres Scheiterns und gleichzeitig die Erkenntnis bedeuten, dass es besser war, zum Gewohnten zurückzufinden, statt sich der Einsamkeit zu stellen? Bin ich denn so einsam, fragte sich Katrin überrascht. Lebte sie denn nicht wie früher? Nach der Arbeit traf sie entweder Bekannte oder fuhr in ihren Loft, arbeitete meistens noch, aß einigermaßen gesund und ging früh zu Bett. Es war das konstante Leben, wie sie es eigentlich mochte. Ja, ich bin einsam, gestand sie sich ein. Solange sie nicht aufhören konnte, an Cameron zu denken, verdammte sie sich quasi selbst zur Einsamkeit. Er war nicht schuld daran. Er blieb Katrin ja nicht fern, um sie von sich zu stoßen, es war seine Pflicht. Das Leben nach Henrys Tod forderte es von ihm.

Sie wusste es erst seit ein paar Tagen. Cameron selbst hatte es ihr gesagt. Er hatte sich mitten in der Nacht gemeldet. »Habe ich dich geweckt?«

»Nein. Schön, dass du anrufst.« Sie war so aufgeregt gewesen, seine Stimme zu hören, dass sie das Wasserglas neben ihrem Bett umgekippt hatte. Während des Telefonierens versuchte sie, das Laken trockenzulegen.

»Ich konnte nicht früher. Wie geht es dir?«

»Mir geht's ganz okay.« Sie scheute sich, die entscheidende Frage nach Henry zu stellen, und wartete ab, was Cameron erzählen würde.

»Mein Vater ist vorgestern gestorben«, sagte er.

»Oh. Das tut mir … Das tut mir unendlich leid, Cameron.«

»Sein Herz. Er hat es einfach nicht geschafft. Ich glaube, dass er keine Schmerzen hatte.« Er machte eine Pause. »Ich war so froh, dass ich noch rechtzeitig bei ihm sein konnte.«

Er erzählte darauf von dem geplanten Begräbnis und wie es Isabel in dieser Zeit ging. Während Cameron sprach, konnte Katrin sich des Gefühls nicht erwehren, dass er ihr alles nicht wie seiner Liebsten, sondern wie einer alten Freundin erzählte. Der Tod hatte Camerons Lebensschiff herumgerissen, nun segelte es nicht mehr in Katrins Richtung. Es schien ihr in diesen Minuten unmöglich, von Liebe zu reden und von ihrem Bedauern über den letzten Abschied. Auch wenn sie an ihrem Liebesgefühl fast erstickte, sagte sie nichts davon, dass sein Lebewohl sich in ihr zur Unerträglichkeit ausgeweitet hatte und dass sie sich schmerzlich wünschte, er möge es zurücknehmen. Ihr Gespräch hatte den Tod zum Inhalt, nicht die Liebe. Ihr Gespräch ging zu Ende, ohne dass für Katrin auch nur die winzigste Hoffnung spürbar geworden wäre. Cameron hatte nicht erwähnt, wann und ob er überhaupt nach Europa zurückkehren würde.

»Wann ist das Begräbnis?«, fragte sie, da sie spürte, dass er auflegen wollte.

»In zwei Wochen.«

»Erst so spät?«

»Mum möchte, dass möglichst viele von Dads Freunden kommen. Es dauert seine Zeit, das zu organisieren.«

Kurz bevor er auflegte, fiel Katrin ein, dass die Notwendigkeit, Isabel ihre Liebesgeschichte zu beichten, sich auf ernüchternde Weise in Luft aufgelöst hatte. Wozu sollte man etwas gestehen, wenn die Sünde nicht mehr existierte außer in Katrins Herzen? Sie erinnerte sich an das poetische Bild von der Liebe als einem Messer. Einer der Liebenden hielt dabei den Messergriff in der Hand, der andere die Schneide. Ich halte die scharfe Klinge in meiner Hand, dachte sie, und sie gräbt sich so tief in mein Fleisch, dass es blutet.

Katrin saß über ihren Schreibtisch gebeugt. Ein Blick auf die Uhr, in einer halben Stunde erwartete sie ihren PR-Chef, den Layouter und die Organisatorin einer Fashion Show.

Doch davor musste sie noch etwas tun. All die Tage hatte Katrin es aufgeschoben, weil sie auf ein Wort von Cameron gewartet hatte. Nun war es an der Zeit, endlich mit Isabel zu sprechen. Sie erlebte gerade den tiefen Schmerz eines Menschen, der seinen Lebenspartner verloren hat. Katrin wollte ihr Mitgefühl aussprechen und hören, wie es der Freundin ging. Alles andere, all ihre eigenen Nöte erschienen im Vergleich dazu nebensächlich. Katrin griff zum Telefon.

23

CAMERON FOLGTE DEM MANN im dunklen Anzug durch einen schwach beleuchteten Korridor, bis sich vor ihnen die Tür zu einem Schauraum öffnete. An drei Wänden waren Särge in Nischen ausgestellt, geschickt beleuchtet, mit halb geöffnetem Deckel, um auch das Innenleben zu präsentieren. Er war erleichtert, dass die Särge keine Fantasienamen trugen wie *Letzte Ruhe* oder *Schneewittchen*, sondern nur schlichte Nummern. Als er auf die Särge zutrat, bemerkte er eine junge Frau an der Seite eines anderen Bestatters.

»Wir sind wohl etwas zu früh«, sagte Camerons Begleiter. »Sie haben sich noch nicht entschieden, Miss Sterling?«

»Es ist nicht einfach.« Ihre Stimme klang erstaunlich kräftig für eine derart zierliche Person. Anders als Cameron hatte sie sich für den Besuch im Bestattungsunternehmen nicht seriös gekleidet. Die junge Frau trug Uggs, Leggins und eine groß karierte Wolljacke, deren Gürtel sie eng zusammengezogen hatte. Ihre Haarfarbe konnte man nicht erkennen, sie hatte einen Männerhut in die Stirn gezogen.

»Wir haben es uns zur Angewohnheit gemacht, unseren

Kunden eine gewisse Privatsphäre bei dieser wichtigen Entscheidung zu gewähren«, erwiderte der Mann in Schwarz. »Ich schlage vor, wir kommen etwas später wieder.«

»Sie stören mich nicht«, antwortete die Frau mit dem Hut.

Auch Cameron bestätigte: »Ich habe nichts dagegen, wenn wir zusammen hier sind.« Ein kurzes Lächeln, eine Geste zu den Särgen.

Langsam gingen sie vor den Wänden auf und ab. Sie machten einander Platz, wenn sie dasselbe Modell interessierte. Cameron hörte zu, welche Wünsche die junge Frau äußerte, und blieb schließlich vor einem Sarg in der Ecke stehen.

»Der gefällt mir. Der würde zu Dad passen.«

»Nach dem, wie Sie Ihren Vater beschrieben haben, verstehe ich, dass Sie einen schlichten Sarg bevorzugen«, sagte der Bestatter. »Sie legen aber sicher auch Wert auf Qualität. Dieser Sarg ist aus Pappelholz, Mr. Bates, das billigste Material. Wir führen es eigentlich nur der Vollständigkeit halber im Sortiment.«

»Ich mag ihn trotzdem. Diese Schnitzerei, was ist das?«

»Es stellt einen Palmenzeig dar.«

»Ein Palmenzweig, ich glaube, das hätte meinem Vater gefallen.« Nachdenklich betrachtete er den Sarg aus hellem Holz.

»Ich bin sicher, Ihre Mutter würde sich für ein gediegeneres Modell entscheiden«, beharrte der Mann. »Kommt Mrs. Bates übrigens noch?«

»Nein, sie ist krank. Ihr ist wohl alles zu viel geworden.«

»Das tut mir leid.« Der Bestatter zeigte auf einen Sarg in einer oberen Nische. »Eibenholz oder Eiche würden dem Anlass weit besser gerecht werden.«

»Was ist falsch an Pappel?« Cameron beugte sich zu dem Schild. Da stand nichts weiter als: *Astfrei, Beschlag Kupfer.*

»Wir führen Pappelsärge in erster Linie wegen des günstigen Preis-Leistungs-Verhältnisses.« Der Bestatter drängte Cameron förmlich zu den nobleren Särgen zurück.

»Warum lassen Sie ihn keinen Pappelsarg kaufen?«, mischte sich die junge Frau überraschend ein, stellte sich neben Cameron und betrachtete das Modell. »Er ist für Ihren Vater?« Sie war ein gutes Stück kleiner als er und musste zu ihm hochschauen.

Er nickte. »Und bei Ihnen?«

»Meine Tante. Ich habe sie nicht besonders gut gekannt. Sie kam kurz vor ihrem Tod nach Australien zurück, weil sie in heimatlicher Erde bestattet werden wollte.«

Cameron entschied sich für das Modell 2104, den Sarg mit dem geschnitzten Palmenzweig. Gemeinsam mit der jungen Frau trat er hinaus auf die Straße.

Sie hieß Lynne und war eine junge Choreografin. Sie hatte eine eigene kleine Tanzcompany, wurde allerdings auch manchmal an ein Theater in Sydney engagiert. Drei

Tage später besuchte Cameron eine Performance von Lynnes Truppe, bei der sie selbst tanzen würde. Die Company hatte ein Theater in Surry Hills gemietet, der Saal befand sich unter der Erde, eine unangenehme Vorstellung für Cameron, der Räume ohne Fenster beklemmend fand. Er setzte sich auf einen Platz nahe dem Ausgang.

Die Vorstellung war schlecht besucht, vorwiegend junges Publikum, trotzdem fühlte sich Cameron nicht als einer von ihnen. Er ging selten ins Theater, eigentlich nur dann, wenn Isabel ihn dazu überredete. Ballett interessierte ihn nicht, und so hatte er keine besonderen Erwartungen an den Abend.

Wenige Minuten später saß er kerzengerade da und ließ sich von der Performance verführen. Die Musik wurde von einem Percussionisten bestritten, die Bühne war leer, die Tänzer trugen schwarz. Sie waren oft nur für Augenblicke zu sehen, wenn sie durch grelle Lichtstreifen tanzten, verharrten und wieder im Dunkeln verschwanden. Cameron hörte ihren hastigen Atem, beobachtete die Anspannung ihrer Muskeln, ihr Schweiß hinterließ kleine feuchte Stellen auf dem Boden. Er hatte sich auf einen Abend eingestellt, dessen Aussage schwer zu begreifen sein würde, doch Cameron verstand alles, weil Lynne es ihm begreiflich machte. Sie war das Zentrum der Show. Was sie tanzte, war weniger Ballett, es waren kleine Geschichten, erzählt durch Lynnes Körper. Ohne Worte ließ sie ihn an ihrer Leidenschaft, ihrem Kampfgeist, ihrer Trauer teilhaben, je nachdem, welche Szene sie gerade tanzte. Er fand ihren durchtrainierten Körper schön, fand ihre hohe Konzentration attraktiv, es gefiel ihm, dass ihre strenge Frisur sich im Tanz nach und nach auflöste. Ihn faszinierten ihre riesigen hellen Augen.

Während Cameron seine Ellbogen auf die Knie stützte, während er seinen Blick nicht von Lynne ließ, dachte er an Katrins wunderbare Schenkel, ihre Beine, die durchtrainiert wirkten, obwohl er nicht den Eindruck hatte, dass sie irgendwelchen Sport trieb. Katrins Arme waren geschmeidiger und eleganter als die der Tänzerin. In der Bewegung erahnte man bei Lynne jeden Muskel, ihr Körper war ihr Instrument. Katrin hatte eine helle, fast durchsichtige Haut, Lynne schien die Sonne zu mögen. Alles an ihr war zierlich, eine kleine, energiegeladene Frau. Katrin mutete dagegen wie eine Adelige aus vergangener Zeit an, eine italienische Fürstin vielleicht. Cameron schmunzelte über seine Gedanken. Katrin war eine selbstsichere Frau, die im Beruf keine Entscheidung scheute und deutlich sagte, was sie dachte. Auch als Cameron in einer romantischen Aufwallung die große Beziehungsfrage an sie gestellt hatte, war sie ehrlich gewesen. Inzwischen hatte er eingesehen, wie übertrieben das gewesen war, und akzeptierte, dass Katrin ihm die entsprechende Antwort gegeben hatte.

Im Moment ließ sich seine Zukunft weder voraussehen noch planen; was für einen Sinn hätte ein Liebesschwur also gehabt? Diese Tänzerin in Sydney, die Cameron scheinbar mochte, das war die Realität. Er besuchte ihre Aufführung, obwohl seine Tage mit Dingen ausgefüllt waren, die viel unmittelbarer mit der Zukunft zusammenhingen. Letzte Vorbereitungen für Dads Begräbnis waren zu treffen, Cameron bemühte sich, Isabel so gut es ging beizustehen, deren gewohnte Welt ohne ihren Mann Stück für Stück auseinanderbrach. Daneben gab es zähe Besprechungen, die sich darum drehten, was aus der Farm werden würde. Sollte sie in ihrer jetzigen Form erhalten bleiben, bedeutete das, dass Cameron seinen Plan, Architekt zu werden, auf Jahre verschieben müsste. Eines Tages wäre es vielleicht möglich, die Farm von Angestellten verwalten zu lassen, doch Cameron müsste erst ihr Vertrauen gewinnen. Er müsste sich als Erbe behaupten, würde auch mit anpacken müssen und die Zügel in die Hand nehmen. Sein Vater hatte ihm das ersparen wollen, doch Cameron erkannte, dass er den riesigen Betrieb nur durch seinen persönlichen Einsatz bewahren könnte. Auch ein möglicher Verkauf war angesprochen worden, doch in diesem Fall war zu befürchten, dass Henrys Lebenswerk in kleinere Wirtschaftsbetriebe zerschlagen werden würde. Isabel hielt sich tapfer. Die vielen Aufgaben, die mit dem Tod ihres Mannes zusammenhingen, gaben ihr Halt dabei und halfen, die unvermeidliche Trauerarbeit noch aufzuschieben. Es war unmöglich vorherzusagen, ob Isabel Henrys Werk bewahren oder ob sie lieber einen Schlussstrich ziehen und vielleicht sogar in ihre Heimat zurückkehren würde.

Cameron lehnte sich zurück. Fasziniert beobachtete er, wie Lynne von zwei Tänzern hochgehoben wurde, gleich einer Flamme emporwuchs und sich plötzlich ungebremst zu Boden fallen ließ. Es wirkte wie ein gefährlicher Sturz, doch Lynne fing sich so geschickt ab, dass sie nach zwei Rollen wieder auf den Beinen stand. Das Licht ging aus, die Leute begannen zu klatschen.

»Deine Tante ist erst kurz bevor sie starb nach Australien zurückgekehrt?«, fragte Cameron.

Sie saßen in einem Burger-Laden, ein paar Blocks vom Theater entfernt. Die anderen Mitglieder von Lynnes Company waren auch da, sie selbst hatte sich mit Cameron abseits an einen kleinen Tisch gesetzt.

»Tante Mary kam heim, als ihr klar wurde, dass sie nicht in fremder Erde begraben werden wollte. Weshalb fragst du? Dein Vater war doch Australier und ist auch hier gestorben, oder?«

»Es geht um meine Mutter.« Er sah zu, wie die Kellnerin einen gewaltigen Burger vor Lynne abstellte. Ein ausgewachsener Mann würde ihn kaum schaffen, geschweige denn die zierliche Tänzerin. »Mum stammt aus Deutschland. Sie und Dad haben mehr als zwanzig Jahre hier gelebt. Ich frage mich, was sie jetzt tun wird.«

»Hat sie denn Freunde hier?« Lynne dippte Pommes in die Sauce.

»Nicht viele, fürchte ich. Wir leben auf dem Land, in der Nähe von Moss Vale. Mum ist mit den Frauen unserer Mitarbeiter befreundet, aber ich glaube, das sind keine tiefen Bindungen.«

»Und in Deutschland? Hat sie da noch Verwandte?«

»Meine Großeltern sind früh gestorben.«

»Oder Freundinnen von damals?« Lynne machte ihren kleinen Mund weit auf und biss in den Burger.

Die Frage gab Cameron einen Stich. Er senkte den Blick auf sein Bier. »Doch, da gibt es eine. Sie heißt Katrin.«

»Was ist mit dir?« Sie hielt im Kauen inne. »Du bist gerade rot geworden.«

»Unsinn.« Er trank einen Schluck.

»Steht deine Mum dieser Katrin besonders nahe?«

»O ja, und das, obwohl sie sich in den letzten zwanzig Jahren nur selten gesehen haben.«

»Dann könnten die beiden alten Ladys sich in Germany doch eine gute Zeit machen.« Lynne wischte sich Mayonnaise vom Kinn.

»Katrin ist nicht alt.« Er stellte das Glas ab. »Ich meine, Mum ist noch nicht alt. Sie wird wohl noch einige Zeit brauchen, bis sie weiß, was sie tun soll.« Lächelnd beugte er sich vor. »Ich habe dir noch gar nicht gesagt, wie toll du mir gefallen hast.«

»Was meinst du damit, unsere Show?«

»Die natürlich auch. Aber vor allem du als Tänzerin.«

»Danke, aber es ist immer das Gleiche. Die Leute sehen in mir nach wie vor nur die Tänzerin. Ich will es aber unbedingt als Choreografin schaffen.« Mit der Gabel klopfte Lynne ärgerlich auf den Tisch.

»Das wirst du auch.«

»In Australien ist das verdammt schwer. Tausende begabte Leute reißen sich hier um die wenigen Jobs.« Sie richtete die Gabel auf ihn. »In Deutschland müsste man sein.«

»Wieso? Ist es da besser?«

»Die haben Hunderte Theater, jede Provinzstadt betreibt ihr eigenes Opernhaus. Für Künstler ist es das reinste Schlaraffenland.« Sie legte den Burger auf den Teller. »Du warst doch da. Hast du davon nichts mitgekriegt?«

»Ich bin nicht so … der Theatertyp.«

Sie wischte sich die Finger an ihrer Serviette ab und berührte seine Hand. »Du bist nett.«

»Du auch.«

»Willst du nichts essen?«

»Ich habe ja nicht so geschuftet wie du.«

»Hast du eine Freundin?«

Die Frage erwischte ihn so eiskalt, dass er sich am Bier verschluckte. »Du bist nicht gerade zurückhaltend.«

»Wieso? Das ist doch eine simple Frage.« Sie ließ seine Hand los. »Ich bin Single. So, jetzt weißt du's.« Damit schien das Thema für Lynne erledigt zu sein, und sie ließ es sich weiter schmecken. »Ich muss nachher noch zu meiner Gang, wir wollen die nächsten Auftritte besprechen. Falls du also für später noch was geplant hast, das wird heute nichts.«

»Ich habe nichts geplant«, antwortete er. »Und ja: Ich habe eine Freundin.«

»Das ist gut zu wissen.« Mit vollkommener Offenheit sah sie ihn an.

»Es ist aber nichts Festes, glaube ich.«

»Du glaubst?« Lynne schob den Teller von sich, sie

hatte den Kampf mit dem Burger tatsächlich gewonnen. »Und was glaubt deine Freundin?«

»Wenn ich das wüsste.« Cameron zwang sich zu einem Lächeln. »Ich bin froh, dass ich heute in deiner Vorstellung war. Du bist toll, Lynne.«

»Mich freut's auch, dass wir uns kennengelernt haben.« Sie sah ihn herzlich an. »Auch wenn es zwischen leeren Särgen passiert ist.«

Er nickte. »Der Pappelsarg für Dad wurde gestern geliefert.«

Darauf schwiegen beide eine Zeit lang.

24

DIE KÜSTE SÜDLICH von Wollongong bildete durch einen schmalen Landstreifen eine Lagune, dahinter lag der See Illawarra. Es hatte Katrin fast achtundvierzig Stunden gekostet, hierherzugelangen. Während der letzten Tage war die Überzeugung in ihr gewachsen, dass es an der Zeit war, Irrtümer aufzuklären, es war Zeit für die Ehrlichkeit. Nachdem sie sich das klargemacht hatte, war ihr jeder darauffolgende Schritt erstaunlich einfach erschienen. Sie hatte mit Isabel telefoniert, sich die Termine geben lassen und war bald darauf abgeflogen.

Wirr war ihr nach der langen Reise im Kopf. Für sie hätte es früher Morgen sein müssen, doch an der australischen Ostküste neigte sich bereits der Tag. Sie war aus dem Spätsommer Deutschlands in den australischen Winter gereist. Was Katrin allerdings mit Winter in Verbindung brachte, galt hier nicht. Die Natur mutete frühlingshaft an, die Sonne stand tief über der Lagune, die Dämmerung tauchte das Bild in violettes Licht. Überall blühte und spross es, die Temperatur war angenehm. Die sonst von der Hitze häufig verbrannte Landschaft war von einem frischen Grün bedeckt. Auf der Herfahrt hatte Katrin riesige Vögel gesehen, es mochten Reiher oder Pelikane gewesen sein.

»Hallo, Isa.«

»Katrin!« In einem hellgrauen Kleid kam Isabel auf sie zu. Auch Katrin hatte auf das gewohnte Trauerschwarz verzichtet und trug ein dunkelblaues Kostüm. Isabel sah zerbrechlich aus, dabei wie von einem Leuchten durchdrungen. Katrin schloss sie in die Arme. »Es ist wunderbar, dass du gekommen bist.«

»Ich musste«, antwortete sie wahrheitsgemäß und streichelte Isabels lockiges Haar. »Es tut mir so leid für dich.«

Mit einem traurigen Lächeln löste sich Isabel aus der Umarmung. »Es ist so schön, dich wiederzusehen.«

»Ja«, sagte Katrin. »Ich wünschte nur, ich könnte dich aus einem anderen Anlass besuchen.« Sie breitete die Arme aus. »Was ist das für ein unglaublich schöner Ort?« Mit Blick aufs Meer sagte sie: »Hier ist es also gewesen?«

»Ja. Hier haben Henry und ich einander vor dreiundzwanzig Jahren das Jawort gegeben.«

»Dreiundzwanzig Jahre …« Katrin verstummte ein paar Sekunden. So wie Isabel es sagte, schien es ganz leicht zu sein, eine Beziehung über eine derart lange Zeit zu führen. »War das Henrys Wunsch, dass die Feier hier stattfindet?«

»Wir haben über solche Dinge kaum gesprochen.« Isabel schob ihren Arm unter den von Katrin. »Die Idee kam mir, als ich alte Fotoalben durchgeblättert habe. Henry hat schon vor Langem bestimmt, dass er verbrannt werden möchte und dass man die Urne neben seinen Eltern auf der Ranch beisetzen soll. Da kam mir die Idee: Wenn es keine Erdbestattung gibt, könnten wir die Zeremonie genauso gut am Meer abhalten.«

Sie führte Katrin zu einem erhöhten Aussichtspunkt. Gemeinsam schauten sie in die Weite. Das Wasser verdunkelte sich mehr und mehr, dabei war der Himmel noch voller Licht.

»Das Verrückte ist, dass Henry und ich seitdem nie wieder hier gewesen sind«, fuhr Isabel fort. »Er mochte das Meer, aber es hatte mit seinem täglichen Leben nichts zu tun. Wir sind nur zu ganz seltenen Gelegenheiten an die See gefahren.« Sie setzte sich auf eine Bank.

Es war, wie es immer zwischen ihnen gewesen war: Selbst wenn Wochen und Monate seit ihrem letzten Kontakt vergangen waren, redeten sie miteinander, als ob sie ihr letztes Gespräch einfach fortsetzen würden. Diese Vertrautheit bestärkte in Katrin die Gewissheit, dass Cameron sein Wort gehalten und Isabel noch nichts gestanden hatte. Sie hatten nicht verabredet, wer die Sprache auf ihr Verhältnis bringen würde, wichtig war nur, dass man es Isabel nicht länger verschweigen durfte.

Was genau durfte man eigentlich nicht länger verschweigen, dachte Katrin. Am Telefon hatte sich Cameron zwar über die Ankündigung ihres Besuchs gefreut und es richtig gefunden, dass sie reinen Tisch machen wollte, mehr hatte sie jedoch aus seinem Verhalten nicht schließen können. Seine Stimme hatte vertraut geklungen, aber nicht warmherzig, seine Worte waren ehrlich gewesen, doch von Sehnsucht, von bedingungsloser Liebe war darin nichts zu spüren gewesen. Sie hatte sich damit beruhigt, dass er am Telefon seine Gefühle nicht zeigen wollte, trotzdem war ihr Unbehagen über seine Distanziertheit während des ganzen Fluges geblieben. Katrin freute sich unendlich auf das Wiedersehen, nein, Freude beschrieb ihr Gefühl nur ungenügend: Sie war verrückt vor Aufregung, nervös und verwirrt zugleich.

»Cameron hat seit Neuestem eine Freundin«, sagte Isabel in ihrem Rücken. Sie klopfte auf die Bank, damit Katrin sich neben sie setzte.

Als ob man ihr eine Nadel in den Rücken gestochen hätte, so fühlte sich das an. Eiskalt war Katrin plötzlich am ganzen Körper, zugleich spürte sie Schweißperlen auf ihrer Stirn. »Seit wann?« Sie war nicht in der Lage, sich sofort zu Isabel umzudrehen, und tat, als ob sie weiter das Meer betrachten würde.

»*Freundin* ist wahrscheinlich noch zu viel gesagt, aber er hat eine junge Tänzerin kennengelernt.«

»Wie schön«, antwortete Katrin kaum hörbar.

»Weißt du auch, wo?«

Mit steinerner Miene wandte Katrin sich um. »Nein, erzähl.«

»Im Bestattungsinstitut. Sie haben sich Särge zeigen lassen. Kannst du dir das vorstellen?« Ein kurzes Lachen. »Cam dachte, er könne mir das gar nicht erzählen, weil es sich doch immerhin um Henrys Sarg gehandelt hatte, aber ich fand die Geschichte sehr komisch.«

Mit zwei unsicheren Schritten kam Katrin näher und setzte sich neben Isabel. »Eine Tänzerin, sagst du?«

»Ich weiß bis jetzt nur, dass sie fünf Jahre älter ist als Cam. Aber wen stört so ein Altersunterschied schon?«

»Fünf Jahre.« Katrin merkte, dass sie ihre Hände verkrampft im Schoß gefaltet hielt, und legte einen Arm auf die Lehne. »Komisch nur, dass er so wenige Tage nach Henrys Tod …«

»Das hat mich auch gewundert. Aber vielleicht braucht der Junge jetzt genau das: etwas Normales, das seinem Alter entspricht.«

Katrin wusste nicht, wie lange sie dieses Gespräch noch ertragen würde. Der endlose Flug, die Fahrt ans Meer, ihre ganze Reise hatte sich von einer Sekunde zur anderen in einen Albtraum verwandelt. In diesem Moment schämte sie sich ihrer Sehnsucht, Cameron in die Arme schließen zu dürfen. Sie schämte sich dafür, überhaupt etwas mit ihm angefangen zu haben. Sie schämte sich, neben Isabel zu sitzen.

»Wo lebt diese Tänzerin?«

»Sie heißt Lynne und lebt in Sydney. Sie ist heute übrigens hier. Du wirst sie kennenlernen.«

Katrin tat ein paar tiefe Atemzüge. »So weit ist es also schon mit ihnen, dass er sie zum Begräbnis seines Vaters einlädt?«

»Im Gegenteil, Lynne hat es selbst vorgeschlagen. Sie wollte dabei sein.«

Durch ihren Schmerz hindurch dachte Katrin, dass es eigentlich so das Beste sei. Vielleicht war es genau diese

Lektion, die sie auf der Reise lernen sollte. War es nicht auch genau das gewesen, was sie nach ihrer ersten Liebesnacht gedacht hatte: Es ist unmöglich. Es führt nirgendwohin. Es kann nicht sein. Doch ausgerechnet Cameron, der Katrin einen allumfassenden Liebesschwur abverlangt hatte, war es nun, der sich im Handumdrehen neu verliebt hatte. Cameron, der Katrin wegen ihrer Zögerlichkeit zurückgestoßen hatte, überraschte sie mit dem vorhersehbaren Wankelmut eines Einundzwanzigjährigen. Da sie nicht so gewollt hatte wie er, hatte er sich einfach nach der Nächsten umgesehen. Es wäre zum Lachen, wenn es nicht so verdammt wehtäte. Katrin blickte zu Boden. »Wo ist Cameron eigentlich?«

»Im Hotel. Er zieht sich um. Und Lynne wohl auch.«

»Haben sie schon miteinander geschlafen?«

»Na, du stellst ja Fragen.« Isabel lächelte. »Das wird ein Sohn seiner Mutter wohl kaum auf die Nase binden, mit wem er ins Bett geht.«

Katrin schaute hinaus. Die Landzunge war nur noch in ihren Umrissen zu erkennen, das Meer spiegelte die Lichter von den Ufern wider.

»Das Dinner beginnt erst in zwei Stunden«, sagte Isabel. »Du hast also noch Zeit, dich ein bisschen hinzulegen.«

»Wann soll die Feier morgen stattfinden?«

»Erst gegen Mittag. Frühstücken kann jeder, wann er will, wir treffen uns dann in der Kirche von Wollongong.«

Katrin stand auf. »Ich werde mich wirklich noch ein bisschen ausruhen.« Sie wandte sich zum Hotel. »Du hältst dich unglaublich gut, Isa«, sagte sie. »Du wirkst nicht wie eine Frau, die gerade ihren Mann verloren hat.«

»Das kommt noch«, antwortete Isabel. »An meiner großen Trauer um Henry führt kein Weg vorbei.« Auch sie stand auf. »Es tut so gut, dass du da bist.«

Arm in Arm schlenderten sie auf das Hotel zu.

* * *

Während der Stunden bis zum Essen hatte Katrin versucht, ihre Fassung wiederzugewinnen. Sie hatte geduscht, sich sorgfältig zurechtgemacht und sich für einen flaschengrünen Hosenanzug entschieden. Äußerlich stellte sie die hochgewachsene, bildschöne Katrin dar, von der sich niemand vorstellen mochte, dass sie irgendwelche Probleme haben könnte. Stattdessen hatte sich ihre Vorfreude in Angst verwandelt, sie sah dem Wiedersehen mit Cameron voll Beklemmung entgegen. Ihr war ein wenig schlecht, der Jetlag hatte sie im Griff. Da ihre Augen leicht geschwollen waren, hatte sie die Kontaktlinsen nur mit Mühe einsetzen können. Sie fühlte ein Kratzen im Hals, als ob eine Erkältung heraufziehen würde. Doch es half alles nichts, sie musste diesen Abend hinter sich bringen. Der Begegnung mit Cameron konnte sie nicht ausweichen.

Katrin ging nach unten und betrat den Speisesaal. Auf

den ersten Blick begriff sie, weshalb die Zeremonie zu Henrys Ehren erst so lange nach seinem Tod stattfinden konnte: Es waren an die hundert Gäste gekommen. Isabel nahm Katrin am Eingang in Empfang und führte sie an den Tisch der engsten Familienmitglieder. Dort saßen Henrys Schwester mit ihrem Mann und drei weitere Leute, die Katrin nicht kannte.

»Hallo, Tante Katrin«, sagte eine vertraute Stimme in ihrem Rücken.

Sie drehte sich um. »Oh, hallo.« Es kostete sie alle Kraft, diesem Anblick gelassen standzuhalten. Cameron trug einen anthrazitfarbenen Anzug, dazu Hemd und Krawatte. Er hatte sein helles Haar geschnitten, sah männlicher, gereifter aus. In dieser Sekunde gestand sich Katrin ein, wie mächtig ihre Liebe zu ihm geworden war und wie hilflos sie diesem Gefühl gegenüberstand. Ungeachtet all der Leute im Saal hätte sie ihm um den Hals fallen, ihn küssen, ihm verrückte Zärtlichkeiten sagen mögen. Während des Fluges hatte sie sich klargemacht, dass ihre erste Begegnung schwierig werden würde, da sie vor Isabel so tun mussten, als ob sie nur gute Bekannte wären. Die Wirklichkeit war mit nichts von dem zu vergleichen, was Katrin sich ausgemalt hatte. Dort stand der Mann, den sie liebte. Bevor sie auf ihn zuging, sah sie sich um, ob in seiner Nähe eine junge Frau war, die man für eine Tänzerin halten konnte.

»Danke, dass du gekommen bist«, sagte er und umarmte sie mit einer Flüchtigkeit, die ihr wehtat.

»Das ist doch selbstverständlich«, lautete ihre förmliche Antwort. »Weshalb sitze ich am Familientisch?«, fragte sie mit Blick zu Isabel, die vorausgegangen war.

»Das war Mums Wunsch. Ich glaube, es ist ihr sehr wichtig, dass du hier bist.«

Bald darauf hatten alle Gäste ihre Plätze eingenommen. Ein Angestellter des Hotels brachte ein Mikrofon an den Familientisch. Mit einem Blatt Papier in der Hand stand Isabel auf. Katrin bemerkte, dass die Hände der Freundin so stark zitterten, dass das Blatt flatterte. Tapfer trat sie ans Mikrofon.

»Guten Abend alle zusammen.« Sie räusperte sich. »Das Bild, das ich vor mir sehe, macht mich äußerst glücklich, auch wenn der Anlass unseres Beisammenseins ein trauriger ist. Ich wünschte, Henry könnte euch alle jetzt erleben, wie ihr dasitzt. So viele Menschen, die den weiten Weg nicht gescheut haben, um heute und morgen an unseren Henry zu denken, sich an ihn zu erinnern, ihn noch einmal hochleben zu lassen. Den geliebten, den wunderbaren Henry, meinen Mann.«

Bis hierher war Isabel in ihrer Ansprache gut vorangekommen, nun schossen ihr die Tränen in die Augen. Ihre Lippen bebten, sie hob die Hand vor den Mund. »Entschuldigt. Ich habe das geübt und dachte, ich würde es hinkriegen, aber es ist doch … Es ist schwierig.« Sie wischte sich übers Gesicht. »Vor über zwanzig Jahren kam ich als Gast nach Australien. Ihr alle, Henrys Freunde, seine Familie, habt mich warmherzig aufgenommen, sodass dieses wunderbare Land zu meiner neuen Heimat wurde. Dafür danke ich euch, genauso wie für eure

Unterstützung heute. Nun wird unser Sohn Cameron einige Worte über Henry sagen.«

Während Isabel sich erleichtert auf ihren Stuhl fallen ließ, erhob sich herzlicher Applaus.

»Jetzt weiß ich, dass ich die falsche Entscheidung getroffen habe«, sagte sie mit einem weinenden Lachen zu Katrin.

»Welche Entscheidung?«

»Wenn man so eine Rede halten soll, darf man keinen Mascara verwenden. Schau mich an. Bestimmt ist alles verschmiert.«

»Warte.« Katrin nahm ihre Serviette und tupfte Isabels Augen ab. »So. Alles wieder in Ordnung.«

Neben ihr stand Cameron auf, er hatte kein Papier, an dem er sich festhalten konnte, keine vorbereitete Rede. Er atmete einmal durch, dann begann er aus dem Stegreif zu sprechen. »Henry Bates ist ein Bär. Das habt ihr immer wieder über meinen Vater gesagt. Ich habe mir überlegt, was ihr damit gemeint haben könntet. Bären sind Einzelgänger. In diesem Punkt passt die Beschreibung nicht auf ihn, denn ohne meine Mutter wäre Dad ziemlich verloren gewesen. Mum, du hast Henry das Leben erst gut und schön gemacht. Das wusste er, auch dafür hat er dich geliebt. Und das werde ich dir nie vergessen.«

Isabel führte die Hand zum Mund und schickte einen kleinen Luftkuss zu ihrem Jungen.

Cameron zog das Mikro etwas höher. »Ein Bär kann trotz seiner Körperfülle überraschend schnell sein. Wenn er jagt, bringt es ein ausgewachsener Bär auf fünfzig Meilen in der Stunde.« Schmunzelnd schaute Cameron in die Runde. »Ihr alle wisst, dass Dad es in seinem Pick-up manchmal auf hundert Meilen gebracht hat, was Mum gar nicht gefiel.« Er wartete das kurze Gelächter ab.

Während Cameron ohne Scheu weitersprach, suchte Katrin mit den Augen die umliegenden Tische ab. Tatsächlich, dort saß sie. Zierlich, mit streng zurückfrisiertem Haar, blanken Augen, drahtigen Bewegungen. Das musste sie sein. Nicht weil diese junge Frau ohne Begleitung hier war, war Katrin überzeugt, dass es Lynne sein müsse, es war die Art, wie sie Cameron ansah: ernsthaft, dabei voller Bewunderung. So sah man jemanden an, in den man sich verliebt hatte, dachte Katrin. Es ist also wahr, es ist wirklich wahr. Plötzlich schien es ihr, als ob die Tänzerin ihren Blick bemerkt hätte. Lynnes Augen richteten sich auf Katrin. Ich sitze neben Cameron, dachte sie, sitze an seiner Seite, so als ob er und ich ein Paar wären. Doch das ist eine Täuschung. Fünfzehntausend Kilometer bin ich einer Täuschung hinterhergeflogen. Katrin wandte den Blick ab und suchte unauffällig nach einem Taschentuch.

25

»GUTEN ABEND. Ich bin Lynne.«

Das Dinner war vorbei. Die meisten hatten den Speisesaal verlassen und saßen in der Lobby des Hotels oder an der Bar. Es herrschte eine fast heitere Ungezwungenheit, die dem Gedenken an Henry etwas Leichtes verlieh.

»Hallo. Ich bin Isabels Freundin aus Deutschland«, antwortete Katrin. Sie überragte die Tänzerin ein gutes Stück.

Lynne zog den Wollschal über ihre gebräunte Schulter. »Ich bewundere Ihr Land. Die Tanzszene ist dort wirklich großartig.«

»Ich bin, was das Ballett betrifft, keine große Kennerin.«

»Lynne macht eigentlich kein Ballett.« Cameron hatte seine Jacke ausgezogen und den Schlips gelockert. »Man könnte es eher als …« Er sah die kleine Frau an seiner Seite an. »Wie nennt man das eigentlich, was du machst?«

Während Lynne den Tanzstil beschrieb, mit dem sie die Strenge der einzelnen Ballettrichtungen aufzulösen versuchte, überkam Katrin ein sonderbares Gefühl der Ruhe. Es tat weniger weh, als sie befürchtet hatte. Das lag daran, dass sich das Bild dieser beiden Menschen so stimmig anfühlte. Cameron bemühte sich sichtlich, seine Zuneigung für Lynne zu verbergen, doch die Art, wie er neben ihr stand, das Lächeln, das sie ihm schenkte, waren deutliche Zeichen, dass hier etwas Feines und Gutes zu erblühen begann. In Katrin machte sich für einen Moment ein beinahe mütterliches Gefühl breit, so als ob Cameron ihr Sohn wäre, der ihr seine Zukünftige vorstellte. Es war traurig und erhebend zugleich. Noch ein, zwei Jahre, dachte sie, und er würde Isabel vielleicht zur Großmutter machen. Sonderbare Dinge gingen Katrin durch den Kopf: das logische Aufeinanderfolgen der Generationen, der Tod eines Vaters, die Vereinigung des Sohnes mit einer gleichaltrigen Frau, der Kreislauf des Lebens.

»Ich bringe Lynne gerade auf ihr Zimmer, sie ist müde«, sagte Cameron. »Wollen wir danach ein paar Minuten miteinander reden, nun, da du schon einmal den ganzen weiten Weg hergeflogen bist?«

Katrin dachte, dass seine angestrengte Beiläufigkeit für Lynne verdächtig wirken müsse, doch die schien zu bemerken, was in Wirklichkeit vor sich ging. Katrin deutete auf eine Sitzgarnitur. »Ich setze mich so lange zu Isabel.«

»Es hat mich gefreut«, verabschiedete sich Lynne. »Komm, mein Prinz, und führe mich.«

Ein hilfloses Lächeln Camerons zu Katrin, dann lief er Lynne zur Treppe voraus.

Ob sie sich wohl gleich küssen werden, kaum dass sie außer Sichtweite sind, dachte Katrin. Wird sie im

Zimmer versuchen, ihn zu verführen? Wird er es am Abend der Totenfeier für seinen Vater aus Taktgefühl ablehnen, oder lässt er sich darauf ein?

Nun war es doch vorbei mit Katrins lässiger Überlegenheit. Statt sich zu Isabel zu setzen, ging sie an die Bar und bestellte einen doppelten Bourbon. Alkohol bei Jetlag, das war keine besonders gute Idee, trotzdem trank sie ihr Glas rasch leer. Ein rotgesichtiger Mann setzte sich zu ihr, ein Nachbar der Bates, und wollte sie zu einem zweiten Drink einladen; sie wimmelte ihn freundlich ab. Die Vorstellung, was Cameron und Lynne in diesen Minuten oben auf dem Zimmer tun mochten, ließ sie nicht los. Katrin schaute zu Isabel. Die Freundin war umgeben von einer Runde, in der man sich offenbar gemeinsam an Begebenheiten mit Henry erinnerte. Isabel sah zufrieden aus, der Abend war wunderbar geworden, ein großes, herzliches Gedenken an ihren geliebten Mann. Sie hatte rote Wangen und lachte. Katrin fühlte sich fremd in dieser Umgebung, die Ungezwungenheit der Plauderei hätte gelitten, wenn sie sich dazugesetzt hätte. Bevor Isabel sie bemerkte, verließ Katrin die Bar, holte eine Jacke und lief ins Freie. Es war kühl geworden, eigentlich hätte sie in ihrem Hosenanzug frieren müssen, doch der Whisky schenkte ihr Wärme. Sie zog die Jacke über.

Der Himmel hatte sich bedeckt, kein Stern war zu sehen, ein milchiger Mond gab gerade so viel Licht, dass Katrin sich zurechtfand. Sie wollte ans Meer. Am Strand entlangzulaufen würde ihrer Stimmung am ehesten entsprechen. Was passte besser zu einer Abschiedsstimmung als die wild bewegten Wellen, das Rauschen, die Gischt? Als Katrin die Holztreppe hinunterlief, war ihr bewusst, dass sie sich ziemlich melodramatisch benahm. Eine alleingelassene Frau, mit dem Ende ihres Liebestraumes konfrontiert, suchte die Einsamkeit, um sich ihrem Schmerz hinzugeben. Katrin konnte nicht anders, sie musste über sich selbst lachen.

Doch nur bis zu dem Moment, als sie am Ufer stand. Es herrschte Flut, draußen vor der Küste brachen sich die Wellen an schwarzen, gezackten Felsen in hell springenden Fontänen. Katrin vermochte dieser Naturgewalt nicht mit Ironie oder Überlegenheit zu begegnen. Ihre Müdigkeit, ihre Verlassenheit auf dem fremden Kontinent, der hochprozentige Alkohol, es war einfach zu viel. Sie brach so unvermittelt in Tränen aus, dass die Wucht der Emotion sie umriss. Weinend sank sie auf die Knie und überließ sich hemmungslos ihrem Elend. Sie schluchzte und schrie ihren Kummer gegen die Brandung an. Wie schrecklich war das alles, wie weh tat es, dabei fühlte es sich auch gut an, ihren Gefühlen freien Lauf zu lassen. Endlich durfte Katrin die coole Haltung der eleganten Deutschen, die angeblich nur zu Ehren Henrys um den halben Erdball geflogen war, aufgeben und die verletzte Katrin sein. Sie durfte auch ihre Wut gegen Cameron mobilisieren: Ein Mann war eben doch wie der andere, aus den Augen, aus dem Sinn, dachte sie, das traf auch auf Cameron zu. Er war nicht der edle junge Ritter, der sein Herz für jede andere außer Katrin verschlossen hatte. Zum Teufel mit ihm! Nicht einmal drei

Wochen waren seit ihrer letzten Liebesnacht vergangen, drei Wochen nach ihrem tragischen Abschied, als Katrin nicht imstande gewesen war, ihm Treue fürs Leben zu schwören, begann er ein Verhältnis mit einer jungen Frau und tat Katrin gegenüber so, als ob das ganz natürlich wäre. Der verdammte, geile kleine Angeber, dachte sie, er hat mir den Ritter aus Liebe nur vorgespielt. Während ich hier am Pazifischen Ozean heule, fickt er seine Neue nach allen Regeln der Kunst. Das also war der Ausgang von Katrins Liebesabenteuer, das simple Ende einer Affäre, wie es trister und alltäglicher kaum hätte sein können.

Sie stand auf und klopfte den Sand von ihrer Hose. Erfrischt von der Kälte, erleichtert vom Weinen wischte sie sich das Gesicht mit dem Ärmel ab und sah sich um, in welche Richtung sie laufen wollte. Im spärlichen Mondlicht entdeckte sie eine Bank. Katrin stapfte durch den grobkörnigen Sand. An der Lehne der Bank bemerkte sie ein Messingschild. Es war zu dunkel, um es zu entziffern, doch sie kannte solche Inschriften: Wahrscheinlich war diese Bank einem Ehepaar gewidmet, das oft hierhergekommen war und aufs Meer geschaut hatte. Wenn das nur möglich wäre, dachte sie, den einen, den einzigen Partner zu finden und ein Leben lang bei ihm zu bleiben. Hat unsere Zeit dieses Ideal unlebbar gemacht? Sind es die allzu vielen Möglichkeiten der Begegnung, die den Menschen den Blick für das Entscheidende haben verlieren lassen? Während sie sich in ihren Gedanken verlor, merkte Katrin nicht gleich, dass ihr die Augen zufielen. Minuten später war sie eingeschlafen.

Sie erwachte durch die Kälte, sprang auf, rieb sich die Oberarme und machte ein paar Sprünge im Stand. Der Mond hatte sich verfinstert. Wie lange mochte sie geschlafen haben? Als sie sich umdrehte, um sich der Lichter des Hotels zu vergewissern, sah sie eine Gestalt auf sich zukommen. Jemand hob den Arm, jemand rief etwas. Wegen der Brandung verstand sie es nicht.

»Hier bist du!«, rief Cameron. »Ich habe dich schon überall gesucht.« Er hatte eine karierte Jacke über seinen Anzug gezogen.

Benommen vom Schlaf und vom Jetlag fühlte sie sich der Situation kaum gewachsen. »Wenn ich am Meer bin, mache ich immer einen Abendspaziergang, das weißt du doch«, antwortete sie in ihrer Hilflosigkeit.

»Darf ich dich ein Stück begleiten?«

Katrin merkte, dass er auch die Schuhe gewechselt hatte: Springerstiefel zum Abendanzug, diese Kombination musste sie sich als Mode-Idee merken. »Schläft Lynne etwa schon?«, erwiderte sie.

»Schon?« Er lächelte. »Es ist ein Uhr morgens.«

Dann hätte ich ja zwei Stunden im Freien geschlafen, ging ihr durch den Kopf. »Mir ist kalt, ich muss mich bewegen.«

»Willst du meine Jacke haben?«

»Es geht schon.« Sie lief los. Nach ein paar Schritten fiel Katrin ein anderer Strandspaziergang ein, den sie zusammen gemacht hatten – an der Marina di Pisa. Wunderbar hatte sich der Sommer damals auf ihrer Haut angefühlt. Zu Beginn hatten sie gestritten, um sich hinterher umso leidenschaftlicher zu lieben. Damit war heute Nacht nicht zu rechnen. Auch einen Streit dürfte es kaum geben, denn der Kampf um ihre Liebe war vorbei, und Katrin hatte verloren. Sie schritt so schnell aus, wie es ihre Schuhe erlaubten.

»Katrin, ich liebe dich«, sagte Cameron.

Sie drehte sich um und sah ihn an, als ob er in einer unbekannten Sprache zu ihr geredet hätte. »Was?«

»Ich liebe dich.«

»Hör auf«, erwiderte sie ungewollt barsch. »Wir sollten uns jetzt offen und ehrlich aussprechen, und dann will ich ins Bett.«

Er kam an ihre Seite. »Dass ich Lynne begegnet bin, hat mit unserer Liebe überhaupt nichts zu tun.«

»Von deinen großen Worten habe ich genug«, antwortete sie. »Ich möchte den Tatsachen ins Gesicht schauen: Du bist nach Australien zurückgekehrt und wirst wohl noch eine ganze Weile hierbleiben. Du hast eine Australierin kennengelernt, die dich offensichtlich mag. Ihr passt gut zueinander. Darum hab jetzt auch den Schneid und gib zu, dass es so ist. In diesem Fall müssten wir Isabel nämlich überhaupt nichts beichten. Wir bräuchten ihren Abschied von Henry nicht mit irgendwelchen beschämenden Eröffnungen zu stören. Und ich würde einfach für alle Ewigkeit deine *Tante Katrin* bleiben.«

Cameron schnitt ihr den Weg ab. »Es ist aber nicht so, wie du denkst. Ich mag Lynne, das stimmt, und wenn es dich nicht gäbe, könnten wir vielleicht zusammenkommen, aber durch dich ist das unmöglich. Du bist meine Liebe, du ganz allein, und ich möchte, dass wir endlich einen Weg finden, wie es zwischen uns funktionieren kann.« Der Wind wehte ihm das Haar ins Gesicht. »Genau deshalb habe ich Mum vorhin alles gestanden.«

»Was hast du!« Selten in ihrem Leben hatte sich Katrin so vor den Kopf geschlagen gefühlt. Überfordert wie sie war, ratlos und überrumpelt, holte sie aus und haute Cameron eine kräftige Ohrfeige herunter.

Von dem ungebremsten Schlag flog sein Kopf zur Seite, doch er verzog keine Miene.« Recht so«, nickte er. »Das habe ich wahrscheinlich verdient.«

»Du hast ausgerechnet heute mit Isabel geredet?«, stammelte sie. Ihr tat die Hand weh, sie bereute es augenblicklich, ihn geschlagen zu haben. »*Heute*, an diesem besonderen Abend?«

»Nachdem ich mich von Lynne verabschiedet hatte, bin ich gleich nach unten und habe dich gesucht. Ich hatte solche Sehnsucht nach dir. Aber du warst verschwunden. Dann bin ich Mum begegnet. Sie war beschwingt, aber todmüde und gerade dabei, sich von ihren Freunden zu verabschieden. Ich habe sie aufs Zimmer gebracht. Als wir beide da so saßen, sie auf dem Bett, ich daneben, haben wir darüber gesprochen, wie wunderbar der Abend gelaufen war und wie sehr Dad sich darüber gefreut hätte. Es war so ein inniger Moment, und ich dachte, einen besseren würde es für mein Geständnis kaum geben. Da habe ich ihr alles gesagt.«

Laut schlugen die Wellen gegen die Felsen.

»Und?«, fragte Katrin, fiebernd vor Neugier und gleichzeitig voller Angst. »Wie hat sie reagiert?«

»So wie Mum eben ist. Man glaubt manchmal bei ihr, dass sie nicht alles mitkriegt, dabei hat sie ein untrügliches Gespür für die Dinge. Sie sagte, sie hätte schon so eine Ahnung gehabt.«

»Eine Ahnung? Wie kann das sein?« Katrin trat dicht an ihn heran.

»Das kam wohl mehr durch Zufall.« Er berührte Katrins Arm. »Ich habe alle Flüge der letzten Zeit über meine Kreditkarte gebucht. Vor Kurzem kam Post von meiner Bank zu uns nach Hause. Mum hat den Umschlag aufgemacht, und es waren meine Kontoauszüge drin. Da hat sie meine Flüge nach Düsseldorf, den Flug nach Pisa, das Mietauto, alles in zeitlicher Reihenfolge aufgelistet gesehen. Bei *Düsseldorf* muss ihr wohl ein Licht aufgegangen sein.«

»Und wie findet sie es, dass wir …«

»Sie hat es erstaunlich gelassen hingenommen, wollte nicht einmal gleich etwas dazu sagen. Doch«, korrigierte sich Cameron. »Mum meinte, als Erstes möchte sie mit dir reden.«

»Ach, du liebe Zeit«, rutschte es Katrin heraus. »Und ich habe gehofft, ich könnte endlich ins Bett.«

»Das hat doch Zeit bis morgen.«

»Ich würde jetzt kein Auge zukriegen, bevor wir das nicht geklärt haben. Ich muss sofort zu Isabel.«

»Wahrscheinlich schläft sie schon.«

»Nach deiner Offenbarung ist das ziemlich unwahrscheinlich.« Katrin machte einen Schritt in Richtung Ufertreppe.

»Sollten wir beide nicht zuerst miteinander reden?« Er wollte sie festhalten.

Doch Katrin war mit ihren Gedanken bei der Freundin, die nach der Abschiedsfeier von ihrem Mann nun sofort die nächste Aufregung zu verdauen hatte. »Es gibt nicht viel zu bereden.« Sie lief weiter.

»Ich finde doch«, rief Cameron. »Jetzt, da Mum es weiß, wird alles einfacher. Wir können frei entscheiden, was wir tun wollen und wie es weitergehen soll. Lass uns noch ein Stück zusammen laufen.«

Kopfschüttelnd drehte Katrin sich um. »Du bist wirklich einmalig, Cameron, weißt du das?«

»Wie meinst du das?«

»Weil dir alles so einfach erscheint. Du liebst mich, sagst du. Mittlerweile hast du eine Tänzerin in dich verliebt gemacht. Du nimmst Abschied von deinem Vater, konfrontierst deine Mutter mit unserer Affäre, und als ob das nicht schon genug wäre, willst du mich mitten in der Nacht zu einem Strandspaziergang verführen.«

»Und weißt du auch, warum?« Er kam ihr nach. »Weil ich dich endlich küssen möchte.« Er versuchte sie in die Arme zu schließen.

Katrin wollte seinen Kuss, seine Arme spüren, seinen Körper, sie hätte sich ihm vielleicht sogar hier draußen hingegeben. Aber irgendwann musste die Vernunft wieder zu ihrem Recht gelangen. Sanft schob sie ihn von sich. »Zuerst rede ich mit Isabel. Und dann sehen wir weiter.«

»Sollte ich nicht besser dabei sein?« Er versuchte ein zweites Mal, sie zu küssen.

Sie trat einen Schritt zurück. »Diesmal machen wir das, was ich will, okay? Ich möchte mit meiner ältesten Freundin sprechen, und zwar allein. Und du gehst schlafen.«

Er steckte die Hände in die Jackentaschen. »Kommst du danach in mein Zimmer und erzählst, wie es gelaufen ist?«

»Das könnte dir so passen«, rief sie über die Schulter.

»Wieso?«

»Weil ich weiß, was du tun würdest, wenn du mich erst mal in deinem Zimmer hättest.«

Es erschien ihr unfassbar, aber Katrin war glücklich. In den wenigen Minuten, seit sie mit Cameron gesprochen hatte, hatte sich ein totaler Stimmungsumschwung in ihr vollzogen. Es war also doch nicht alles vorbei, nicht aussichtslos, und sie gestand sich ein, wie sehr der Verlust dieses Jungen sie geschmerzt hätte. Sie wollte seinem neuerlichen Liebesschwur nicht bedingungslos glauben, und doch hatte er sie gesagt, diese drei Worte, er hatte gesagt, dass er sie liebte. Mehr brauchte Katrin nicht, um in einem neuen Hochgefühl die Treppe hochzurennen.

26

SEIT IHRER SCHULZEIT hatten sie nicht mehr so beieinandergelegen. Katrin hatte Schuhe und Hose ausgezogen und war zu Isabel ins Bett geschlüpft.

Die Freundin trug ein helles Nachthemd mit einem keuschen Bändchen am Kragen, und die wilden Locken umrahmten ihr Gesicht wie eine Wolke. Aus müden Augen sah sie Katrin an. »So ist es besser, oder? Wenn du noch länger wie eine arme Sünderin dort auf dem Stuhl gesessen hättest, wäre mir nicht wohl gewesen.«

Katrin sah sie dankbar an. »Ich bin so froh, dass wir miteinander reden können.« Sie genoss die Wärme unter der Decke.

Isabel schüttelte das Kissen in ihrem Rücken auf. »Was hast du erwartet, wie ich auf die Neuigkeit reagiere? Dass ich mich wie eine Furie aufführe und schreie: *Mein Kind, du hast mein Kind verführt?*«

»Ich habe gar nichts erwartet«, antwortete Katrin. »Wir haben es nicht mit Absicht getan. Es ist einfach passiert.«

»Das glaube ich allerdings nicht.« Die Nachttischlampe blendete Isabel, sie drehte den Schirm zur Seite.

»Wie meinst du das?«

»Cam war immer schon in dich verknallt, schon als kleiner Junge.«

»Das hat er dir erzählt?«

»Das brauchte er nicht. Die Art, wie er in all den Jahren nach dir gefragt, wie er die Fotos von unserer Europareise liebevoll aufbewahrt hat, vor allem die Bilder von dir – es gab so viele kleine Hinweise für sein ungewöhnliches Gefühl zu dir.« Sie seufzte. »Ich konnte allerdings nicht ahnen, dass er eines Tages so weit gehen würde.«

»Ich auch nicht.«

»Ach ja?« Die Freundin sah sie von der Seite an. »Du hast dich aber auch nicht besonders vehement gewehrt.«

»Trotzdem war ich die Überraschte von uns beiden. Cameron hat mich nach allen Regeln der Kunst verführt.«

Isabel senkte den Blick.

»Ist dir das unangenehm, wenn ich dir so etwas von deinem Sohn erzähle?«

»Unangenehm nicht, aber es fühlt sich schon sonderbar an. Du und er ...« Sie zog die Decke bis unters Kinn.

»Eigentlich hatte ich vor, mich bei dir zu entschuldigen«, sagte Katrin nach einer Pause. »Aber es fällt mir schwer. Denn alles, was zwischen uns geschehen ist, war einfach schön.«

Isabel erwiderte eine Zeit lang nichts. »Das hätte ich auch gern einmal wieder«, sagte sie schließlich leise.

»Was denn, Isa?«

»Dass ich mich richtig verliebe.« Auf Katrins überraschten Blick fuhr sie fort: »Henry war der beste Mann, den man sich wünschen kann. Aber wenn man so lange zusammen ist wie wir beide …« Sie schüttelte den Kopf. »Ich rede dummes Zeug. Ich bin eigentlich viel zu müde, um so ein kompliziertes Gespräch zu führen.«

»Ich auch.«

»Stimmt. Du hast seit Ewigkeiten nicht mehr geschlafen.«

»Vorhin sind mir unten am Strand die Augen zugefallen.«

Mit einem Ruck setzte Isabel sich auf. »Was hältst du davon, wenn wir morgen alle zusammen schwimmen gehen?«

»Es ist doch Winter bei euch.«

»Es ist Frühling. Das Wasser ist noch kalt, aber das hat dir, soweit ich mich erinnere, nie etwas ausgemacht.«

»Ich würde wahnsinnig gern im Meer schwimmen«, antwortete Katrin freudig. »Mit Cameron und dir.«

»Ja, Lynne brauchen wir eigentlich nicht. Die junge Lady wird mir meinen Cameron noch früh genug abspenstig machen.«

Katrins Miene veränderte sich. »Du meinst, das könnte etwas Ernstes werden zwischen den beiden?«

»Ich glaube, es wird sich dazu entwickeln.« Auf Katrins ernüchtertes Schweigen hin sagte Isabel: »Die Sache zwischen euch beiden ist doch vorbei, nicht wahr?«

In diesem Moment begriff Katrin, was gerade vor sich ging. Isabel nahm an, dass sie über eine Affäre sprachen, die bereits zu Ende gegangen war, von etwas Vergangenem, das man unter Freundinnen im Rückblick durchaus freundlich betrachten und als erotische Abschweifung sogar belächeln konnte. Nun verstand sie, weshalb Isabel bisher so gelassen darauf reagiert hatte.

»Hat Cameron dir das gesagt?«, fragte Katrin vorsichtig.

»Er hat nichts Genaues herausgelassen, alles klang ein bisschen nebulös. Aber ich nahm natürlich an, dass es vorbei ist, vor allem in der neuen Situation.« Sie drehte sich auf die Seite, um ihre Freundin direkt ansehen zu können. »Cameron ist jetzt wieder zu Hause, Katrin. Er wird auch hierbleiben, weil er verhindern will, dass die Farm verkauft wird.«

»Und seine Pläne, Architekt zu werden?«

»Gott, jeder von uns hat große Pläne, und dann kommt es doch anders, als man glaubt.« Wachsam fragte Isabel: »Hast du dir etwa ausgemalt, wie das wäre, wenn ihr beide auch in Zukunft …?«

»Ich habe mir gar nichts ausgemalt«, gab Katrin schärfer zurück, als sie wollte, doch im nächsten Moment legte sie ihre Hand beruhigend auf den Arm der Freundin. »Lass uns morgen schwimmen gehen, Isa, das ist eine wunderbare Idee. Dann sehen wir weiter.« Sie war im Begriff, die Decke zurückzuschlagen.

»Wo willst du denn hin?«

»In mein Bett.«

»Warum bleibst du nicht hier?«

»Hier, bei dir?«

»Wieso nicht?« Isabel lächelte. »Es ist schon einige Zeit her, dass jemand anderes als Henry das Bett mit mir geteilt hat.«

»Okay. Dann hol ich mir rasch was zum Anziehen aus meinem Zimmer.«

»Das ist doch ungemütlich. In meiner Tasche ist ein T-Shirt, das kannst du zum Schlafen nehmen.«

Katrin stand auf, schlüpfte aus der Strumpfhose, holte das T-Shirt und zog sich um.

»Unglaublich, wie schön du immer noch bist«, sagte Isabel in ihrem Rücken.

Insgeheim musste Katrin lächeln, weil sie sich vorstellte, wie Cameron vielleicht jetzt gerade an ihrer Zimmertür kratzte, nicht eingelassen wurde und unverrichteter Dinge wieder zurückschleichen würde. Katrin schlüpfte zu Camerons Mutter unter die Decke.

»Ist das nicht urgemütlich?« Isabel rückte etwas näher.

»Schlaf gut, meine Liebe.«

»Und du auch.«

Sie gaben einander einen Gutenachtkuss, Isabel löschte das Licht.

27

ERST BEI TAGESLICHT konnte man die Lagune und die vorgelagerte Halbinsel in all ihrer Vielfalt begreifen. Katrin entdeckte rote und leuchtend gelbe Blumen, die so üppig blühten, wie man es in Mitteleuropa nur im Hochsommer sah. Als sie nach dem Erwachen als Erstes auf die Terrasse getreten war, hatte sie eine warme Brise gespürt und den Geruch vom Meer in sich eingesogen. Man konnte fühlen, wie die Sonne die Luft von Minute zu Minute erwärmte. Es würde ein prachtvoller Tag werden, genau der richtige Tag zum Baden.

Katrins Zeitgefühl war durcheinander, deshalb hatte sie nur kurz schlafen können. Sie hatte ausgiebig geduscht und war zum Frühstück nach unten gegangen. Es war noch so früh, dass die Hotelangestellten gerade erst das Buffet aufbauten. Zuvorkommend erkundigte sich ein Kellner nach Katrins Wünschen. Sie war merkwürdig ausgehungert, bestellte ein reichhaltiges Frühstück und ließ es sich schmecken. Mit vollem Magen wollte sie nicht gleich ins Wasser gehen, blieb also noch sitzen und beobachtete, wie die Gäste nach und nach in den Frühstücksraum kamen, doch weder Cameron noch Isabel waren dabei.

Als Katrin gerade aufbrechen wollte, tauchte ein heller Haarschopf in der Tür auf. Lynne trug Shorts und einen Sweater aus grober Baumwolle, der einen offenherzigen Blick in ihr Dekolleté erlaubte.

Katrin nickte der Tänzerin zu. »Guten Morgen.« Sie wollte so schnell wie möglich weiter.

»Sie sind also auch ein früher Vogel«, sagte Lynne. »Was man von Cameron nicht gerade behaupten kann.«

Für einen Moment tauchte in Katrin der Verdacht auf, woher Lynne das wissen könnte, sie verscheuchte ihn aber sofort. »Bei mir ist es der Jetlag«, antwortete sie gelassen. »Den Lachs kann ich empfehlen.« Sie zeigte zum Frühstücksbuffet.

»Ich trinke bloß Kaffee. Danach muss ich trainieren.«

»Ach.«

»Die haben hier einen Fitnessraum im Keller.«

Bestens, dachte Katrin, geh du nur in den Keller, während ich mit der Familie Bates aufs Meer hinausschwimmen werde. »Wir sehen uns beim Gottesdienst.« Sie verließ den Speisesaal, lief auf ihr Zimmer und holte den Badeanzug.

Eine halbe Stunde später lag Katrin auf dem hölzernen Schwimmdeck, das man in sicherer Entfernung zu den gefährlichen Felsen im Meeresboden verankert hatte. Vom Ufer aus war sie nicht sicher gewesen, was da draußen schwamm und hatte es herausfinden wollen. Sie hatte das Handtuch von den Schultern geworfen und war ins Wasser gegangen. Es war wirklich sehr kalt, doch das machte Katrin nichts aus. Einmal war sie im Oktober vor der schottischen Küste in den Atlantik gesprungen. Sie hatte auch schon mehrere eisige Alpenseen durchschwommen: So ein frühlingshafter Ozean fühlte sich genau richtig an. Ein paar schnelle Schwimmzüge und ihr war warm geworden. Sie hatte länger als erwartet bis zu der schwimmenden Plattform gebraucht. Es musste hier wohl eine Strömung herrschen, die einen ans Ufer zurücktrieb. Ohne die Badeleiter zu benutzen, hatte sie sich auf das Deck geschwungen.

Inzwischen lag sie wunderbar aufgewärmt in der Sonne und ließ sich trocknen. Ihr Badeanzug war dunkelblau mit kleinen aufgedruckten Margeriten, ziemlich unmodisch für eine Frau aus der Modewelt, aber sie liebte ihn und wollte sich nicht von ihm trennen. Katrin betrachtete ihre auf und ab wippenden Zehen und lächelte. Wie sich alles doch innerhalb einer Nacht verändert hatte. Aus Ernüchterung war Gelassenheit geworden, aus Hoffnungslosigkeit Zuversicht. Auch ihr schlechtes Gewissen gegenüber Isabel hatte sich in die Gewissheit verwandelt, dass zwei verschworene Freundinnen wie sie beide nichts entzweien könne. Einen Schritt nach dem andern, dachte Katrin. Jetzt will ich erst mal in der Sonne liegen, etwas später wird Isa zu mir herausschwimmen, dann werde ich ihr die ganze Wahrheit sagen. Dass die Affäre mit Cameron keineswegs vorbei ist und dass es sich nicht nur um eine Affäre handelt.

Katrin hörte das Plätschern erst, als derjenige, der da angeschwommen kam, schon ganz nahe war. In Erwartung von Isabel drehte sie sich auf den Bauch. Umspült von einer Wasserfontäne hievte sich Cameron aus dem Meer an Deck.

»Hallo«, begrüßte sie ihn und spürte das Glück, das sie durchflutete, weil er da war und weil sie beide allein auf dem Ozean waren. »Woher weißt du, dass ich schwimmen gegangen bin?«

»Von Mum.«

»Kommt Isa denn nicht? Der Vorschlag stammt nämlich von ihr.«

»Im Vorschläge machen ist sie groß.« Er sank neben Katrin auf die Planken. »Sie hat sich nach dem Frühstück noch einmal hingelegt.«

»Das tut ihr bestimmt gut.« Katrin spürte seinen nassen Schenkel an ihrem Bein.

Cameron streckte sich wohlig aus. »Ist dir aufgefallen, dass wir noch nie zusammen baden waren?«

»Stimmt, in Pisa sind wir ja … nicht dazu gekommen«, sagte sie nach kurzem Zögern.

Cameron griff nach Katrins Hand. »Hast du Lust auf ein Wettschwimmen?«

Sie schüttelte lächelnd den Kopf. »Ich warte auf Isabel, ich möchte mit ihr sprechen. Du wirst deine Morgenenergie irgendwie anders abarbeiten müssen.«

»Morgenenergie?« Er streichelte ihre Finger. »Mal sehen, ob mir da etwas einfällt.«

»Sei nicht verrückt«, erwiderte sie und genoss seine Berührung dennoch in vollen Zügen.

»Ich tue ja gar nichts.« Seine Hand glitt über ihren Unterarm.

»Lass das, Cameron.«

»Kein Mensch ist da, der uns stören könnte.« Er rollte sich auf die Seite und legte sein Bein über ihre Schenkel.

»Es braucht nur irgendwer mit dem Fernglas herüberzuschauen.« Fast unmerklich begann sie seine Zärtlichkeit mit den Fingern zu erwidern.

»Wer sollte uns denn schon mit einem Fernglas beobachten?«

»Vögelliebhaber zum Beispiel.«

»Vögelliebhaber?« Er küsste ihren Hals.

»Cameron.« Sie seufzte.

»Du hast mir so gefehlt.« Er küsste ihre Schulter.

»Du mir auch.« Katrin vergrub ihre Finger in seinem Haar.

Er richtete sich auf und ließ sich langsam mit seinem ganzen Körper auf Katrin sinken.

»Mir ist das unangenehm, so in der Öffentlichkeit.« Entgegen ihren Worten umarmte sie ihn, streichelte seinen starken Rücken, den Nacken, spürte sein Becken, das sich sachte zu bewegen begann. »O Gott«, seufzte sie, »das geht nicht.«

»Es geht doch sehr gut«, flüsterte er in ihr Ohr. Seine Hand glitt zwischen ihre Schenkel.

Katrin zog ihn an sich und presste sich ihm entgegen. »Lass uns zum Hotel schwimmen.«

»Lass uns hierbleiben.« Er schob den Träger des Badeanzugs von ihrer Schulter und berührte ihre Brust.

Katrin war in größter Versuchung, mit ihm zu schlafen,

zugleich stellte sie sich das Bild vor, das sie gerade abgaben. Selbst auf die Entfernung konnte man sie von vielen Hotelfenstern aus beobachten. »Bitte hör auf.«

Erstaunlicherweise ließ er tatsächlich von ihr ab und rollte sich sogar auf die Seite. Sie bemerkte, dass er seinen Penis in der Badehose gerade zu rücken versuchte. Als ihm das nicht gelang, drehte er sich hastig auf den Bauch. »Morgen«, rief er jemandem zu.

Katrin richtete sich auf. Eine Frau winkte aus dem Wasser, sie trug eine pinkfarbene Badekappe. Erschrocken hob auch Katrin den Arm. »Da bist du ja endlich«, rief sie Isabel entgegen.

»Hier kommt eure Anstandsdame.« Mit kleinen Stößen schwamm Isabel weiter.

»Ob sie was gemerkt hat?«, flüsterte Katrin und kam sich ziemlich lächerlich vor, gerade beinahe beim Fummeln erwischt worden zu sein.

»Glaube ich nicht.« Er sah sie an. »Schade.«

»Sehr schade.« Sie lächelte sinnlich.

»Später?«

»Vielleicht.«

»Später«, beharrte er.

»Bald findet der Gedenkgottesdienst für deinen Vater statt.«

»Vorher. Auf deinem Zimmer.«

In diesem Moment erreichte Isabel die Plattform. »Ist das nicht herrlich?« Sie schob die Schwimmbrille auf ihre Stirn.

»Warte, ich helfe dir.« Katrin reichte ihr die Hand.

»Vorhin habe ich Lynne getroffen«, sagte Isabel zu Cameron. »Sie wollte wissen, wo du bist.«

»Hast du es ihr gesagt?« Er machte Platz für seine Mutter.

»Mir blieb nichts anderes übrig, da sie die Badesachen in meiner Hand gesehen hat.« Sie legte sich zwischen die beiden und stützte sich auf die Ellbogen. »Werdet ihr heute zusammen was unternehmen, du und Lynne?«, fragte sie scheinbar arglos.

»Das weiß ich noch nicht, Mum.« Cameron vermied es, Katrin anzusehen.

»Sie ist dein Gast. Du kannst sie nicht einfach links liegen lassen, nur weil deine *Tante* aus Germany zu Besuch ist.«

War Isabels Lächeln scherzhaft oder herausfordernd gemeint? Katrin war klar, dass die Freundin stichelte, um der Sache auf den Grund zu kommen.

»Worüber habt ihr euch gerade unterhalten?«, fragte Isabel.

»Über uns«, antwortete Cameron und richtete sich auf die Knie auf.

»Über *euch?*«, wiederholte Isa sarkastisch. »Da habe ich ja eine spannende Diskussion unterbrochen.«

»Ich habe dir gesagt, dass Katrin und ich uns verliebt haben«, fuhr er mit großem Ernst fort. »Deshalb möchte ich nicht, dass du dich darüber lustig machst. Wir wollen zusammenbleiben.«

»Hör auf«, versuchte Katrin ihn zu stoppen.

»Zusammenbleiben?«, wiederholte Isabel.

»Ja«, sagte Cameron.

Isabel wandte den Blick zu Katrin. »Ich finde es interessant, wie sich mein einundzwanzigjähriger Sohn, der gerade eine Farm übernehmen soll, seine Zukunft mit einer Frau vorstellt, die mehr als doppelt so alt ist wie er und die einen festen Freund hat.« Isabel wischte sich Wasser aus dem Gesicht; es war eine Geste, als ob sie die Schuppen von ihren Augen abwischen wollte.

»Katrin ist nicht mehr mit Viktor zusammen«, antwortete Cameron.

»Ach ja? Stimmt das?«

Diese spitzzüngige und herablassende Art passte nicht zu Isabel, fand Katrin, doch sie konnte ihre Freundin gut verstehen. »Viktor und ich sind im Augenblick nur gute Freunde. Viel wichtiger ist aber …«

»Ja? Was ist *wichtiger?*«, reagierte Isabel ungewohnt scharf. »Dass du mal eben zum Begräbnis meines Mannes angeflogen kommst und dir so nebenbei meinen Jungen schnappen willst?«

»Katrin braucht sich gar nichts zu schnappen.« Auch Cameron wurde lauter. »Ich liebe sie. Ich war es, der ihr vorgeschlagen hat, eine feste Beziehung einzugehen. Alles ist von mir ausgegangen.«

»Und wie stellst du dir das vor?« Isabel riss sich die Badekappe vom Kopf. »Du willst nach Düsseldorf abhauen und lässt mich hier sitzen mit der Farm und mit meiner Einsamkeit?« Sie fuhr zu ihrer Freundin herum. »Und was ist mit dir? Wirst du mich dann Schwiegermutter nennen?« Wütend starrte sie Katrin an. »Willst du etwa diejenige sein, die mir Enkelkinder schenkt?«

»Bitte beruhige dich, Isa. Es ist ja noch gar nichts entschieden. Das sind Träume, Überlegungen, Spinnereien. Nur in einem Punkt hat Cameron recht: Es ist etwas Ernstes zwischen uns, und es wird nicht von heute auf morgen verschwinden.«

»Ihr beide, ein Paar … Das ist …« Isabel haspelte. »Das ist so verdammt absurd«, schrie sie unbeherrscht. »Ausgerechnet jetzt!«

»Es tut mir leid, dass Cameron ausgerechnet gestern damit herausgerückt ist«, räumte Katrin ein. »Trotzdem hat es wenig Sinn, wenn wir uns gegenseitig Vorwürfe machen. Wir sollten lieber versuchen …«

»Ihr überrumpelt mich einfach mit eurer Love Story«, ging Isabel dazwischen. »Ihr denkt nur an euch und an euer *Liebesglück,* so als ob es keine anderen Probleme auf der Welt gäbe.«

»Das tun wir nicht«, entgegnete Katrin. »Wir fanden es nur an der Zeit, dir endlich die Wahrheit zu sagen.«

»Ach ja? So wie gestern? Als du mir erzählt hast, dass alles zwischen euch vorbei ist? Und wozu überhaupt? Damit ich mir noch mehr allein vorkomme?«, brach es aus Isa hervor.

»Aber du bist nicht allein, Mum.« Cameron berührte ihre Schulter.

»Lass das.« Sie rückte von beiden ab. »Henry hat mich für immer verlassen. Auch du würdest am liebsten abhauen, aber wo bleibe dann ich?« Isabel führte die Hand vor den Mund. »Wo bleibe ich?« Ihre Augen füllten sich mit Tränen.

»Wo steht geschrieben, dass du für immer in Australien leben musst?«, hielt Katrin dagegen. Sie hatte schon mehrmals darüber nachgedacht, ob Isabel tatsächlich so tief in diesem Land verwurzelt war, dass sie auch ohne Henry ihr weiteres Leben hier verbringen sollte. »Ist dir noch nie in den Sinn gekommen, in der neuen Situation etwas Entscheidendes zu verändern?«, fuhr sie vorsichtig fort.

»Wo soll ich denn hin?« Aus großen Augen sah Isabel die Freundin an. Eine Träne rollte ihre Wange hinunter. »Ich habe hier mein Haus. Die Farm sichert meinen Lebensunterhalt.«

»Hast du dir noch nie überlegt, wieder nach Deutschland …« Katrin unterbrach sich. »Entschuldige. Ich sollte mich nicht in eure Angelegenheiten mischen.«

»Natürlich habe ich daran gedacht«, ging Isabel darauf ein. »Aber wäre das wirklich eine Alternative? Hier lebe ich in völliger Freiheit, umgeben von der Natur und dieser unglaublichen Weite. Soll ich mir etwa eine Dreizimmerwohnung in Düsseldorf nehmen, mit Fahrstuhl und Straßenbahn vor der Tür?« Sie atmete tief durch. »Ich habe das Leben hier für mich gewählt, Katrin. Und jetzt ist es mit einem Schlag zu Ende.«

»Das ist es nicht, Mum«, sagte Cameron sanft. »Es verändert sich nur.«

»Witwe zu sein mit dreiundvierzig, das ist … Das ist wirklich nicht fair.« Ratlos schüttelte Isa den Kopf. »Findet ihr nicht auch?«

»Das ist ein gewaltiger Einschnitt in deinem Leben, aber es wird sich etwas Neues und vielleicht auch Schönes daraus entwickeln«, sagte Katrin.

»Wie denn, wenn sich mein einziger Sohn auf und davon macht?«, erwiderte Isabel, und ihre Wut kehrte zurück.

»Das ist alles noch nicht entschieden«, antwortete Cameron. »Trotzdem muss ich dir etwas Wichtiges sagen, Mum. Ich wollte eigentlich damit warten, bis Dads Begräbnis vorbei ist, aber vielleicht ist jetzt der richtige Zeitpunkt.« Er machte eine Pause. »Ich weiß nicht, ob ich die Farm werde halten können. Ich weiß nicht, ob ich das schaffe. Ich bin nicht Dad. Ich besitze nicht seine Schlagkraft und seine Sturheit, wenn es um die Leitung dieses Unternehmens geht. Dad war der Motor, der hier alles am Laufen hielt. Ich tue mein Möglichstes, und das werde ich auch weiterhin, aber es kann sein, dass wir beide eines Tages über eine andere Lösung nachdenken müssen.«

Ein leichter Windstoß, die Wellen kräuselten sich, die hölzerne Insel, auf der sie saßen, schwankte. Unbemerkt von den dreien rutschte Isabels Badekappe ins Wasser und versank in der Tiefe.

Isabels Blick ruhte auf ihrem Sohn. »Eine *andere Lösung?*«

Als Katrin zum Ufer schaute, bemerkte sie eine zierliche Gestalt in einem roten Bikini. Die Frau lief ins Wasser, legte sich in die Wellen und schwamm zielstrebig in ihre Richtung. Es würde nicht lange dauern, bis Lynne die Plattform erreicht haben würde.

28

ES IST FÜR ALLE BETEILIGTEN das Beste, dachte Katrin. Aber es tat so weh. Es bedeutete Klarheit und Redlichkeit gegenüber ihrer Freundin, und doch brachte Katrin es fast nicht über sich.

Gleich nach dem Gottesdienst, noch während Henrys Sarg ins Krematorium gebracht worden war, hatte sie sich aufgemacht und war ins Hotel zurückgekehrt. Katrin packte. Um keinen Preis wollte sie eine weitere Nacht hier verbringen, denn es war unausweichlich, dass Cameron und sie ihre Sehnsucht nicht länger würden zügeln können. Heute Nacht würden sie miteinander schlafen. All die offenen Wunden würden dann wieder aufbrechen, das Verlangen nacheinander würde ihnen vorgaukeln, dass sie füreinander bestimmt seien. Wahrscheinlich würden sie sich in diesem Zustand über alles hinwegsetzen wollen, auch darüber, dass sie anderen Menschen mit dieser Ausschließlichkeit wehtun würden.

Katrin wollte dem zuvorkommen. Cameron sollte jetzt vor allem für seine Mutter da sein und diese Aufgabe nicht Katrin zuliebe vernachlässigen. Wie ihre Liebesbeziehung weitergehen würde, war zurzeit nicht die vordringliche Frage. Während sie ihre Sachen achtlos in den Koffer warf, versuchte Katrin sich einzureden, dass es der richtige Entschluss sei: Nur die Zeit würde ihnen die Antwort darauf geben, ob sie dafür geschaffen waren, zusammen zu sein. Wenn erst einmal Wochen, vielleicht Monate vergangen waren, wer konnte wissen, ob sich Camerons Gefühle nicht verändern würden? Denn es gab ja noch Lynne. Sie war real, sie war in seinem Alter und in seiner Nähe, sie würde ihn nicht so leicht aufgeben. Das hatte ihr Verhalten am Meer deutlich gezeigt. Kaum auf dem Deck angekommen, hatte sie sich so unverhohlen nur um Cameron gekümmert und die älteren Ladys sich selbst überlassen, dass Katrin und Isabel drauf und dran waren, zu zweit zurückzuschwimmen. Doch Cameron war mit ihnen zusammen aufgebrochen, und so hatten sie das Ufer schließlich zu viert erreicht und sich für den Gottesdienst umgezogen.

Katrin holte ihre Kosmetiksachen aus dem Bad. Wenn Cameron sich häufiger mit Lynne treffen würde, wenn Katrin Zehntausende Kilometer weit weg wäre, könnte alles Mögliche passieren, auch das Absehbare. Vor dem Spiegel schüttelte sie den Kopf: Es war wirklich besser, jetzt abzureisen und den Dingen ihren Lauf zu lassen. Sie war froh, mit Isabel gesprochen zu haben, und erleichtert, dass jene Offenbarung ihre Freundschaft nicht zerstört hatte. In diesem Sinn hatte Katrin alles erledigt, weswegen sie gekommen war; nur ihre Leidenschaft und ihre Liebe waren dabei auf der Strecke geblieben. Vielleicht ist sogar das besser, dachte sie. War denn nicht abzusehen, dass sich ihre Sehnsucht nach Cameron ins Unendliche steigern würde, sollten sie heute Nacht miteinander schlafen? Rasch warf sie die letzten Dinge in den Koffer und schloss den Deckel.

Es klopfte. Das war wohl der Hotelservice. Sie öffnete.

»Ich weiß, was du vorhast.« Cameron war außer Atem, sein Hemd stand offen, die Brust glänzte von Schweiß.

»Ich habe es nicht nur vor.« Katrin blieb in der Tür stehen.

»Du willst abfahren?« In seiner Verzweiflung lag etwas Aggressives, seine Hilflosigkeit machte ihn wütend.

»In einer halben Stunde kommt das Taxi.«

»Tu das nicht, Katrin. Tu es nicht, ich bitte dich«, schrie er so laut, dass Katrin fürchtete, die ganze Etage müsse es hören.

»Ich habe mir alles genau überlegt«, antwortete sie mit gespielter Ruhe. Dabei musste sie sich am Türrahmen festhalten, um nicht schwach zu werden, so sehr wünschte sie sich, ihn ins Zimmer zu ziehen. »Wieso bist du nicht bei der Zeremonie?«

»Die war schneller vorbei als erwartet. Die Urne wird Mum erst morgen ausgehändigt.«

»Wo ist Isabel jetzt?«

»Der Leichenschmaus findet in einem Restaurant statt. Alle sind dorthin unterwegs.« Er drängte sich an sie. »Bitte fahr nicht, Katrin. Bitte bleib noch.«

»Das hat keinen Sinn. Es würde alles nur schlimmer machen.«

Sie wehrte sich nicht dagegen, dass er sie umarmte.

Sie wehrte sich nicht dagegen, dass er sie küsste, bis ihr der Atem ausging. Sie packte und umarmte ihn, Katrin klammerte sich an ihn. Plötzlich konnte sie nicht länger an sich halten, die Tränen brachen hervor, weinend suchte sie seinen Mund, küsste ihn wieder und wieder, flüsterte Camerons Namen und wehrte sich nicht, als er sie ins Zimmer drängte.

Sie taumelten durch den schmalen Vorraum, hinter ihnen fiel die Tür ins Schloss. Mit fliegenden Fingern fingen sie an, sich gegenseitig zu entkleiden. Katrin zerrte an seinem Schlips, er bekam ihre Blusenknöpfe nicht gleich auf. Sie ließ den Rock fallen und bemerkte, dass sie die Schuhe noch anhatte. Ächzend, seufzend, lachend über ihre Ungeschicklichkeit landeten sie auf dem Bett. Nichts, nicht das Geringste durfte noch zwischen ihnen sein, jeder wollte in den anderen hineinkriechen, sich mit dem geliebten Partner einhüllen, in ihm verschwinden. Schutzlos und unerbittlich lieferten sie sich einander aus, liebten einander auf eine instinkthafte, fast tierische Weise. Sie taten einander weh, waren zärtlich und wütend zugleich, noch nie hatten sie einander in solcher Hemmungslosigkeit geliebt und mit so viel Verzweiflung. Es war die traurigste Liebe und zugleich die schönste, es war das größte Glück, weil sein Ende so greifbar war. Cameron spürte, dass Katrin ihren Entschluss abzureisen nicht umstoßen würde, Katrin wusste, dass sie in ein paar Minuten aufbrechen musste. Wieder einmal tickte die Uhr gegen sie und ihre Liebe.

Als sie aus dem Rausch erwachten und sich liebevoll,

ermattet, beseligt und voll Leid in den Armen lagen, klingelte das Telefon. Die Rezeption teilte Katrin mit, dass das Taxi gekommen sei. Sie küsste Cameron und wollte aufstehen. Mit schmerzverzerrter Miene hielt er sie fest, auch sie drängte sich an ihn. Doch dann entzog sie sich wieder, ein paar Sekunden rangen sie miteinander. Schließlich ließ er sie los. Stück für Stück schlüpfte Katrin in ihre Kleider, schweigend, weil Worte alles nur noch schlimmer gemacht hätten. Auch Cameron zog sich an. Er war nicht imstande, sie dabei anzusehen.

Katrin hatte bis jetzt noch nie erfahren, dass ein Abschied so schmerzen konnte, dass sich das Auseinanderreißen zweier Menschen anfühlte, als ob man sterben müsse. Sie standen voreinander. »Geh jetzt. Ich muss mich noch zurechtmachen«, sagte sie. »Sonst sieht gleich jeder, was ich gerade getan habe.«

»Sollen sie es doch alle wissen. Wir müssen es vor niemandem verbergen.«

»Ach, Cameron, du bist wunderbar. Du bemühst dich so.«

Sie hielten einander noch mehrere Sekunden fest, dann schob Katrin ihn zur Tür. Wortlos drehte er sich um und ging.

Der Augenblick war wie ein Sturz ins Leere, war, als ob man das Schönste und Kostbarste aus Katrin herausreißen würde. Sie wollte ihm nachstürzen, ihn festhalten, ihm sagen, dass sie ihn liebte und für immer bei ihm bleiben würde, alles Mögliche wollte sie ihm vorgaukeln, nur um den Moment der Trennung noch hinauszuzögern. Unter äußerster Beherrschung stützte sich Katrin mit beiden Händen auf das Bett und starrte die Wand an. Sie wartete so lange, bis sie sicher sein konnte, dass Cameron bereits den Aufzug genommen hatte und wirklich fort war.

Erst danach öffnete sie ihren Koffer, holte ihr Necessaire hervor und ging ins Bad. Der Blick in den Spiegel erschreckte sie: Wie glücklich sie aussah, zugleich wie verzweifelt und vollkommen ratlos. Katrin bürstete durch ihr Haar, zog die Lippen nach und setzte ihre Sonnenbrille auf. Sie war bereit für eine Reise, die sie unerbittlich vom Zentrum ihres Herzens wegführen würde, von dem Mann, den sie über alles liebte.

29

DIE BLÄTTER DER KASTANIEN kräuselten sich bereits. Es gab nur noch wenige Blüten zu sehen, die Pflanzen trugen ein dunkles, erschöpftes Grün. Der Sommer war alt geworden. Noch dauerte die Hitze an, doch man wünschte sich bereits eine Veränderung, selbst wenn sie den unaufhaltsamen Abstieg zum Winter bedeuten würde. Man wünschte sich Abkühlung, Regen und Wind.

Allmählich wechselte auch die Kleidung auf den Straßen. Leute mit kurzen Hosen wurden seltener, Sandalen und Flipflops verschwanden, man holte das feste Schuhwerk hervor. Auch für Katrin wechselten die Kollektionen, nur dass in ihrer Branche die Herbstmode längst in den Warenhäusern auslag, während sie und ihr Team sich bereits mit der Frühlingskollektion des kommenden Jahres beschäftigten.

»Ich bin sicher, die Frühlingsfarbe dürfte Hellgrau werden, mit einem Stich ins Rötliche.« Katrin goss das Dressing über den Salat und durchmischte ihn.

»Ich habe überhaupt nichts Hellgraues im Schrank.« Viktor räkelte sich auf seiner Ottomane. Es war das einzige antike Stück in seinem sonst kühl eingerichteten Townhouse.

»Dann bist du der ideale Kunde für uns.« Als Katrin die Salatschüssel auf den Tisch brachte, hatte er den Kopf zurückgelegt und die Augen geschlossen. »Hast du eine anstrengende Debatte gehabt?«, fragte sie.

»Es war eigentlich nur grauenhaft langweilig. Stundenlang musste ich mir die Reden von Leuten anhören, die keine Redner sind. Dieses Gestammel, diese unverhüllte Eitelkeit, dieser Schwachsinn, dem meine armen Ohren heute wieder ausgeliefert waren.« Seine Zehen in den schwarzen Strümpfen bewegten sich. »Und dann gab es zu allem Überfluss noch ein Security-Leck auf dem Airport. Zuerst sollten wir in die Maschine einsteigen, dann mussten wir sie aber wieder verlassen, weil irgendetwas gecheckt werden sollte. Ich hatte nichts gegessen, weil ich ja wusste, dass du kochen würdest. Das Knurren meines Magens war lauter als die Flughafendurchsagen.«

Katrin schmunzelte. So mochte sie Viktor am liebsten: humorvoll und lässig, dabei so müde, dass er nicht die volle Wucht seiner Männlichkeit verströmte. Wie ein träges Reptil lag er auf der Couch, wie ein Pascha wartete er darauf, dass sie ihm das Essen vorsetzen würde. Viktor sah heute besonders gut aus. Das angegraute Haar saß perfekt, sein dunkler Teint hatte etwas anziehend Verlebtes, sogar der Anflug von Bart schmeichelte ihm.

Es war ihr zweites Treffen seit Katrins Rückkehr. Ihr gefiel, dass er die Zeichen von Katrins Zutrauen nicht zu seinen Gunsten nutzte und es langsam angehen ließ. Mit Berührungen hatte er sich bis jetzt zurückgehalten.

Nur ein flüchtiger Kuss zur Begrüßung, manchmal nahm er kurz ihre Hand. Besonders hoch rechnete sie ihm an, dass er sie nicht als *geschlagene Kriegerin* behandelte, deren Australien-Trip kein Happy End gefunden hatte. Katrin hatte ihm offen gestanden, dass das reale Ende der Affäre mit Cameron bereits stattgefunden hatte, während das emotionale Ende wohl noch eine Weile auf sich warten lassen würde.

Sie waren zu einer Form ihrer Partnerschaft zurückgekehrt, die Katrin schätzte: Viktor und sie teilten ähnliche Vorlieben. Zusammen hatten sie eine Kino-Retrospektive von David Lynch besucht, statt sich seine Filme in der *Cloud* anzusehen. Beide konnten sich noch gut an das Zeitalter erinnern, als es kein Internet gegeben hatte, oder an den Fall der Mauer. Cameron dagegen hatte zu dieser Zeit noch nicht einmal das Licht der Welt erblickt.

Der sanfte Neubeginn mit Viktor fühlte sich für Katrin manchmal aber auch nach Resignation an. Der gelebte Traum einer leidenschaftlichen Liebe hatte sich verflüchtigt, das Gefühl, dass so etwas Großes und Schönes und Verrücktes im Leben möglich sei, war einem schlichteren Gefühl gewichen: dass man auch ohne allumfassende Leidenschaft ein zufriedenes Leben führen konnte. Und gerade durch diese Überzeugung erkannte Katrin, dass sie nicht mehr blutjung war: Den schwärmerischen Schwur – *Cameron oder keiner* – hatte sie nicht ablegen können. Nun war es dafür zu spät. Bald würde der Herbst anbrechen, dann der Winter, und mit den

Jahreszeiten würde sich auch ihr Gefühl verändern. So war das Leben nun einmal. Man konnte das bedauern, doch das einzig Beständige war nun einmal die Veränderung und mit ihr die Vergänglichkeit.

»So ist das leider«, murmelte Katrin und wendete die Pilze in der Pfanne.

»Was sagst du?«

»Ach nichts.«

»Das riecht ungewöhnlich, was du da brutzelst. Bist du sicher, dass die Dinger nicht giftig sind?«

»Todsicher.« Sie lächelte über ihr Wortspiel.

»Und wenn doch, dann werden wir den Nachtisch nicht mehr erleben.« Viktor lachte auf seine heisere, französische Art. »Ich weiß nicht so recht, ob ich beeindruckt oder irritiert sein soll, dass ausgerechnet du unter die Pilzesammler gegangen bist.«

»Es hat mir Spaß gemacht.«

Nach Düsseldorf zurückgekehrt, hatte Katrin bald erkannt, dass die Arbeit ihr nicht die nötige Ablenkung bringen würde, und eine Angewohnheit von früher wiederaufgenommen: Sie war in den Wald gefahren. Es hatte heftige Gewitter gegeben und danach Sonnenschein, das waren ideale Bedingungen für Pilze. Gestern hatte Katrin eine Wiese voller Parasole entdeckt. Mit einem ganzen Arm dieser Delikatesse war sie nach Hause gekommen.

»Setz dich. Es ist so weit.«

Gemächlich kam Viktor hoch, ging aber nicht zum Esstisch, sondern stellte sich hinter Katrin. Er umarmte sie, ließ seine Hände nach oben gleiten und umfasste ihre Brüste.

Mit dem Pfannenheber in der Hand konnte sie sich schlecht wehren. »Lass das.« Durch ein Zucken der Schultern versuchte sie ihn abzuschütteln. »Jetzt wird gegessen.«

»Und wie wäre es damit als Dessert?«

»Schluss damit.« Sie hob einen Pilz auf Viktors Teller. Er ließ sie los, goss Weißwein in ihre Gläser und nahm Platz. »Mach dir Zitrone darauf und ein bisschen Butter. Guten Appetit.«

Nach dem Essen fürchtete Katrin, dass er seine Annäherungsversuche fortsetzen würde, doch Viktor schaltete die Nachrichten ein. Als sie die Geschirrspülmaschine einräumen wollte, sagte er: »Lass das stehen. Ich mache es später.«

»Ich bin ja gleich fertig.«

»Wenn du mir weiterhin das Gefühl gibst, dass wir ein spießiges Pärchen der Kategorie *Fünfzig plus* sind, bringe ich mich heute noch um.«

Schmunzelnd ließ sie die Teller stehen und setzte sich zu ihm. »Zum Fernsehen habe ich aber auch keine Lust.«

Er schaltete ab.

»Weißt du, was wir lange nicht mehr getan haben?«

»Ja, das weiß ich«, antwortete er mit erotischem Unterton.

»Gepokert.«

»Du willst Karten spielen?«, fragte er enttäuscht. »Das ist ja noch schlimmer als Geschirrspülen.«

Die Idee gefiel Katrin, sie sprang auf. »Komm schon. Du hast doch meistens gewonnen.«

»Weil ich besser bluffen kann als du. Zu zweit macht das Spiel keinen Spaß. Ja, wenn es Strip-Poker wäre …«

»Wo sind die Karten?«

»Im Schlafzimmer. Das letzte Mal haben wir nämlich im Bett gepokert.«

Katrin lief nach drüben.

»Das waren noch Zeiten!«, rief er ihr nach.

Sie machte Licht auf Viktors Seite an und zog die Nachttischschublade auf. Da lagen die Karten. Als Katrin die Schachtel nahm, entdeckte sie darunter einen Briefumschlag. Es war ungewöhnlich, dass Viktor seine Post im Schlafzimmer aufbewahrte; wenn er es tat, musste der Brief eine besondere Bedeutung haben. Diskret wollte Katrin den Nachttisch schon wieder schließen, als sie den Aufdruck auf dem Kuvert las: *Immunologisches Institut*. Eine ärztliche Untersuchung wäre nicht weiter verwunderlich gewesen, lediglich dass Viktor den Brief in diese Schublade gelegt hatte, irritierte sie. Ein Blick zur Tür, eine kurze Überwindung, schon hatte Katrin das Papier in der Hand. Es trug die Überschrift *Immunologischer Befund* und war von einem Dr. Fayari unterschrieben worden.

Katrin las. Sie las ein zweites Mal. Sie begriff zwar, was da stand, konnte es aber noch in keiner Weise einordnen.

»Bist du eingeschlafen, oder erwartest du mich etwa doch im Bett?« Unvermittelt stand Viktor in der Tür.

Katrin zuckte zusammen. Reflexartig ließ sie den Brief sinken.

Er bemerkte es und verstand im selben Augenblick. »Du stöberst in meinen Sachen?«

»Entschuldige. Das lag direkt neben den Karten.«

Eine Pause entstand. »Willst du noch immer eine Runde pokern?« Seine Silhouette blieb regungslos in dem hellen Viereck.

Sie betrachtete das Papier in ihrer Hand, dann hob sie den Blick zu dem Mann an der Tür. Viktor, schlank, durchtrainiert, ein wenig zu braun gebrannt für die Jahreszeit. »Du hast dich gegen AIDS behandeln lassen?«

»Es war ein Test, nur ein Sicherheitscheck sozusagen.«

»Hier steht etwas anderes.« Sie las es noch einmal. »Hier steht ein Medikament, das du offenbar einen Monat lang eingenommen hast.«

»Und wie du siehst, war der Test negativ.«

»Wieso musstest du ihn überhaupt machen?«

Er trat näher und damit ins Zwielicht. »Na, warum wohl?«

Sorgfältig faltete sie das Schreiben zusammen und steckte es in den Briefumschlag zurück. »Hast du dich etwa angesteckt?«

»Nein. Aber ich wollte sichergehen.«

Woher kam Katrins Verwirrung? Hatte sie nicht immer geahnt, dass Viktor sich in fremden Betten herumtrieb? Ihre Beziehung war nicht auf Treue aufgebaut gewesen. Weshalb traf sie die Neuigkeit wie ein Schlag in die Magengrube? Eine Verbindung bedeutet Verbindlichkeit, dachte sie. Eine Beziehung bedeutet Haltung und Bekenntnis. Das war es, was sie von ihrem Partner erwartete. Nicht in einem altmodisch-romantischen Sinn, sondern im Hier und Jetzt. Genau das unterschied Viktor grundsätzlich von Cameron: Er lavierte ständig in seinen Beziehungen. Er drehte sich die Sachen so hin, wie sie ihm am angenehmsten erschienen. Er genoss es, die attraktive, vorzeigbare Katrin an seiner Seite zu haben, zugleich wollte er auf die Reize anderer Frauen nicht verzichten. Warum nennst du das Kind nicht beim Namen, dachte Katrin plötzlich wütend: Er steckt seinen Schwanz rein, wo es ihm Spaß macht. Sogar bei Frauen, die ihn mit HIV infizieren könnten.

Auf ihr langes Schweigen fragte er: »Willst du es wirklich wissen?«

»Eigentlich nicht.« Als sie aufstand, rutschten die Spielkarten zu Boden. Katrin hob sie nicht auf.

»Ich würde es dir aber gern erklären«, sagte er, als sie wortlos an ihm vorbei nach draußen ging.

»Wozu?« Katrin drehte sich nicht um.

»Ich war bei einer Prostituierten.« Er folgte ihr.

Katrin fand ihre Schuhe nicht gleich. Sie musste sie erst unter dem Sofa hervorholen.

»Ich bin zu einer Prostituierten gegangen. Dabei gab es einen kleinen Zwischenfall, eine Verletzung. Ich wollte sichergehen und habe einen Arzt aufgesucht.« Viktor baute sich hinter ihr auf. »Es geschah auch dir zuliebe.«

»Mir zuliebe?« Einen Schuh in der Hand sah sie überrascht zu ihm hoch.

»Wegen deiner eigenen Affäre hast du damals gar nicht bemerkt, dass ich eine Zeit lang nicht mit dir geschlafen habe«, antwortete er. »Es war, während ich diese Medikamente nahm.«

»Wie großmütig.« Katrin richtete sich langsam auf.

»Was hast du denn? So waren wir doch nie. Wir machen aus einem lächerlichen Besuch bei einer Professionellen keine Staatsaffäre.«

»So bist *du* nicht«, antwortete sie angespannt. »Dir bedeutet Verantwortung und Verbindlichkeit nichts.«

»Das sind viel zu große Worte für ein ganz unwichtiges Ereignis.« Er versuchte sie zu berühren.

Katrin trat einen Schritt zurück. »Ich hatte in unserer Beziehung oft dieses seltsame Gefühl, Viktor. Ich konnte es nicht benennen, aber es war meistens da. Du bist ein Mann, der auf Frauen wirkt, dafür kannst du nichts, und ich habe dir deine diversen Flirts immer gegönnt. Für mich bedeutete das aber, dass ich dir nie vertrauen konnte. Das ist ein Scheißgefühl, diese Ahnung, dass dein Partner stets die Augen offen hält, ob sich nicht nebenbei noch etwas anderes ergeben könnte.«

»Es hat sich aber nichts ergeben.« Viktor wollte seine Hände um ihre Taille legen. »Hör mal zu …«

Nur eine Drehung und Katrin hatte sich befreit. »Ich habe eine Zeit hinter mir, in der ich etwas vollkommen anderes kennengelernt habe. Absolutes Vertrauen und die Konzentration auf die Liebe eines einzigen Menschen.«

»Und wohin hat dich das gebracht, dieses jugendliche Geflacker? Es kann ja sein, dass ihr euch im Bett gut verstanden habt, trotzdem ist es mittlerweile vorbei. Wo ist sie also hin, die *Konzentration auf die Liebe eines einzigen Menschen?*«

Katrin fühlte eine ungewohnte Kälte in sich aufsteigen. »Das wird so jemand wie du nie verstehen.« Sie nahm ihre Tasche.

»Dann erklär es mir doch bitte«, rief er, erschrocken, weil sie ernst machen wollte. »Du willst doch wohl nicht gehen und diesen unbedeutenden Vorfall zum Anlass für einen Schlussstrich nehmen?«

»Das ist ja das Problem.« Sie zog die leichte Jacke über und ging zum Ausgang. »Ich will gar nichts mehr von dir. Ich begreife lediglich, dass der Schlussstrich zwischen uns schon vor einiger Zeit gezogen wurde.«

Katrin warf einen letzten Blick auf die Wohnung eines Mannes mit viel Geschmack. Nur die Lampe über dem Esstisch fand sie hässlich, das hatte sie Viktor aber nie gesagt. Langsam zog Katrin die Tür hinter sich zu.

30

SIE BRACHTEN IHN kurz nach Mittag. Cameron hatte Mühe beim Atmen. Mit der Kettensäge hatte er in einen Myall-Baum hineingeschnitten und war auf ein Insektennest gestoßen. Winzige Fliegen waren daraus hervorgekrochen, die eine milchige Ausdünstung von sich gaben. Cameron hatte die Substanz eingeatmet, darauf war ihm schlecht geworden. Isabel hatte ihn ins Krankenhaus gebracht. Er war mit einem Antiallergikum behandelt und bald wieder entlassen worden. Man hatte ihm eine Sauerstoffflasche mitgegeben. Gegen Abend wurde es besser. Gegen Abend kam Lynne auf die Farm.

»Eine Insektenallergie?« Sie zog einen Hocker neben seinen Liegestuhl und setzte sich. »Welches Insekt war das?«

»Das konnten sie noch nicht feststellen. Hier draußen gibt es unzählige Arten.«

»Hätten sie dich nicht besser dort behalten?«

»Ich habe Kortisontabletten bekommen und eine Salbe, falls irgendwo Entzündungen auftreten sollten.«

Die Stahlflasche mit dem dünnen Plastikschlauch stand griffbereit. »Willst du wieder an den Sauerstoff?« Lynne legte ihre Hand auf seine.

»Nein, mir geht es gut, ich ruhe mich nur aus.« Er spürte, dass sie seine Finger streichelte, erwiderte ihre Zärtlichkeit nicht, zog die Hand aber auch nicht zurück. »Das ist lieb von dir, dass du den weiten Weg zu uns heraus gemacht hast.«

Lynne strich ihm sanft übers Haar. »Und wann kommst du mal wieder nach Sydney?«

Er lehnte sich zurück und entzog sich ihrer Berührung. Sofort rückte Lynne auf ihrem Hocker etwas von ihm ab. »Morgen vielleicht. Nein, morgen muss ich ja hier sein. Der Tierarzt kommt.«

»Übernimm dich nicht, Cam. Du bist diese Art von Arbeit doch gar nicht gewöhnt.« Cameron schwieg darauf so lange, dass sie fortfuhr: »Ist irgendetwas mit dir?«

»Mir passieren in letzter Zeit dauernd so lächerliche Unfälle. Es sind immer nur kleine Sachen, aber sie geschehen in einem fort. Das war früher nicht so.«

»Was meinst du mit *früher*?«

»Als Junge. Da habe ich Dad doch auch manchmal geholfen. Aber ich habe mich nicht halb so dämlich angestellt wie zurzeit.« Er sah Lynne an. »Vorige Woche habe ich das Getriebe von unserem größten Traktor ruiniert. Das ist eine beachtliche Leistung, denn er ist extrem robust, aber mir ist es gelungen, ihn kaputt zu kriegen.« Cameron unterdrückte einen Hustenanfall. »Oder ich wollte unsere Zeder beschneiden, die dort drüben, siehst du, eine simple Arbeit, und ich bin dabei von der Leiter gefallen.«

»Hast du dich verletzt?«

»Nur eine Prellung. Aber wie kommt das bloß? All diese Dinge passieren mir erst, seit ich hier Verantwortung trage.« Unwillig schüttelte er den Kopf. »Dabei habe ich die Verantwortung gar nicht wirklich. Der Verwalter und die Vorarbeiter würden die Arbeit ohne mich genauso gut erledigen. Sie sind nett zu mir und fragen mich um Rat, wenn es eine Entscheidung zu fällen gilt. Dabei ginge alles schneller, wenn sie mich gar nicht erst fragen würden.« Mit beiden Händen schlug Cameron auf die Armlehnen. »Ich bin eben kein Farmer, das ist das Problem! Die Männer wissen das, ich weiß das, auch meine Mutter weiß es. Alle auf der Farm sind der Meinung, dass das hier nicht mein Job ist.«

»Warum tust du es dann?« Lynne legte die Hände zwischen ihre Knie. Ihr geblümtes Kleid bewegte sich leicht in der Abendbrise.

»Weil es noch zu früh ist, eine andere Entscheidung zu treffen.«

»Welche Entscheidung?«

»Ich traue mich nicht einmal, es auszusprechen: Die Entscheidung, dass die Bates-Farm nicht länger in den Händen der Familie Bates sein könnte.«

»Du willst verkaufen?«, fragte sie mit hochgezogenen Augenbrauen.

»Es geht nicht darum, ob ich will. Aber es könnte sein, dass ich noch so oft auf die Schnauze fallen werde, bis ich die Warnsignale nicht länger übersehen kann.« Über Lynne hinweg schaute er in die Landschaft. »Das Schlimmste an der momentanen Lage ist, dass ich meinen Kopf nicht mehr so gebrauchen kann, wie ich will.«

»Deinen Kopf?« Der Anflug eines Lächelns.

»Die Arbeit hier beginnt um sechs Uhr morgens. Darum bin ich abends meistens so geschafft, dass ich mich nur noch vor ein Computerspiel setzen kann. An Architektur oder etwas Ähnliches ist da nicht mehr zu denken.« Nach einer Pause fuhr er fort: »Ich liebe diese Farm. Aber ich führe gerade ein falsches Leben. Und ich weiß nicht, wie lange ich das noch durchhalte.« Cameron seufzte tief. »Was mit mir passiert, hat auch mit uns zu tun.« Unsicher sah er sie an. »Ich behandle dich nicht so, wie du es verdienst, Lynne.«

»Es ist okay, wie es gerade zwischen uns läuft«, entgegnete sie sanft. »Du hast erst vor Kurzem deinen Vater verloren und …«

Er unterbrach sie. »Das ist aber nicht die ganze Wahrheit.«

»Ich dränge dich doch zu nichts«, warf sie ein.

»Hör auf, die Schuld immer bei dir zu suchen«, sagte er beinahe zornig. »Ich bin nicht vollkommen ehrlich zu dir, Lynne. Denn die Wahrheit ist, dass ich verliebt bin.«

Bevor sie antwortete, schob sie die Ärmel ihres Kleides hoch. »Du bist verliebt – aber leider nicht in mich?«

Er nickte kaum merklich.

»Sondern in diese Freundin, von der du mir erzählt hast?«

Er beugte sich vor. Einen Moment sah es aus, als ob er

ihre Hände nehmen würde. »Sie ist nicht meine Freundin. Wir leben zehntausend Meilen voneinander getrennt. Meine Liebe für diese Farm und meine große Liebe lassen sich leider nicht miteinander verbinden. Ich weiß auch nicht, ob sie überhaupt noch frei ist.«

Lynne schaute eine Weile auf die kleine gepflegte Wiese vor dem Haupthaus. »Ich bin froh, dass du mir das gesagt hast.«

»Wirklich?«

»Ja.« Sie lächelte traurig. »Wir verstehen uns gut, und ich mag dich wirklich, Cam. Du magst mich auch, das weiß ich, aber trotzdem sieht es so aus, als ob nichts daraus werden würde. Endlich begreife ich, warum.«

»Die Liebe zu dieser Frau ist ziemlich aussichtslos«, antwortete er. »Es spricht so ziemlich alles dagegen.«

»Wo hast du sie denn kennengelernt? In Pisa?«

»In Deutschland.«

»Dort warst du doch nur kurz.«

Er überlegte, ob er ihr reinen Wein einschenken und von Katrin erzählen sollte, jener Frau, die Lynne bereits kennengelernt hatte. Cameron entschied sich dagegen. »Ich habe heute den ganzen Tag noch nichts gegessen«, sagte er stattdessen. »Wollen wir reingehen?«

»Kannst du denn schon aufstehen?«

Statt einer Antwort kam er schwungvoll hoch, stützte sich aber sofort auf den Liegestuhl.

Lynne war neben ihm. »Nimm das nicht auf die leichte Schulter, Cam.«

»Was hältst du davon, wenn wir zusammen was

kochen?« Er sah ihren besorgten Blick und lächelte. »Du hast Augen wie ein Polarwolf, habe ich dir das schon gesagt?«

»Schon zweimal. Was würde Isabel dazu sagen, wenn wir uns in ihrer Küche zu schaffen machen?«

»Sie würde sich freuen. Sie mag dich nämlich sehr.«

Plötzlich ließ Lynne ihn los. »Irgendwie stimmt das alles nicht. Ich soll zusammen mit deiner Mum in der Küche hantieren, als ob sie meine Schwiegermutter wäre. Und während wir beim Essen friedlich Small Talk machen, denkst du insgeheim an deine Traumfrau.« Lynne trat einen Schritt zurück. »Ich glaube, das sollte ich nicht tun.«

Auf unsicheren Beinen kam er ihr nach. »Stimmt. Das war ein Schwachsinnsvorschlag. Ich mache dir einen besseren. Wir setzen uns ins Auto und fahren zur *Piccolo Ranch*. Das ist wahrscheinlich die schlechteste Pizzeria in Australien. Aber zugleich ist es die einzige Pizzeria hier in der Nähe. Was Besseres kann ich dir nicht bieten.«

»Piccolo Ranch.« Ihre Miene heiterte sich auf. »Das hört sich nett an. So schlecht kann die nicht sein.«

»Doch, glaub mir.« Freundschaftlich schloss Cameron sie in seine Arme. »Sie verwenden statt Mozzarella Camembert zum Überbacken. Kannst du dir das vorstellen?«

Nachdem sie ihn gedrückt hatte, bot Lynne ihm ihre Schulter, damit er sich darauf stützen konnte. »Na komm, du kranker Holzfäller.« Sie half ihm über die Verandastufen und weiter zu ihrem Auto. »Hast du Geld dabei? Ich will nämlich eingeladen werden.«

»Dann bist du also heute Abend mein Date?«

Ihr Ausdruck wurde ernst. »Okay, ich bin dein Date. Aber von deiner Liebe aus Germany will ich kein Wort mehr hören.«

»Das ist ein Deal.«

Lynne brachte ihn zur Beifahrerseite. Das Knattern eines Lastwagens wurde hörbar. Er kam über die nördliche Weide gefahren.

»Lass uns bloß abhauen.« Cameron stieg ein. »Wenn Jim mich sieht, will er gleich wieder irgendwelche Probleme auf der Farm besprechen. So geht das ständig, und es hört nie auf.«

Lynne startete. Bevor der Truck die Zufahrtstraße erreichte, waren sie davongefahren.

31

»STEPHAN KANN SEIN GLÜCK noch kaum fassen.« Katrin trank Mineralwasser aus einer kleinen Flasche. »Am Telefon klang er so froh und zuversichtlich, als ob es sich bei diesem Eingriff um eine simple OP handeln würde. Dabei wird ihm die Lunge eines anderen Menschen eingesetzt.«

Unruhig rutschte Heinz auf dem Stuhl nach vorn. »Das freut mich natürlich für deinen kranken Freund«, sagte er mit kaum verhohlener Nervosität. »Aber niemand könnte dich in so kurzer Zeit ersetzen. Niemand außer dir kann diese Präsentation machen.«

Das Fläschchen abenteuerlustig schwenkend lief Katrin auf und ab. »Ach wo. Es muss uns einfach jemand einfallen. Denk nach.«

»Die Frühjahrskollektion der größten Handelskette ist unser wichtigster Termin in diesem Herbst.« Heinz knetete seine Finger.

»Das sind doch nur Klamotten, Heinz. Wir führen den Leuten ein paar schicke Kleider vor. Zur gleichen Zeit kämpft mein Freund in Mailand um sein Leben.«

Fassungslos starrte Heinz sie an. »Nur *Klamotten?* So

ein Satz wäre dir bis vor Kurzem nie über die Lippen gegangen.«

Er hatte recht. Normalerweise lebte Katrin in der Überzeugung, dass Mode einen wegweisenden Bestandteil der gesellschaftlichen Entwicklung darstellte. Sie war ein Kommentar zum Zeitgeschehen, ein Bindeglied zwischen Wirtschaft und Kunst. Umso erstaunter war Katrin über sich selbst. Sie hatte gerade spontan all ihre Termine abgesagt und einen Flug nach Mailand gebucht.

»Und was wäre, wenn ich krank würde?«, verteidigte sie sich. »Dann müsste es auch jemand anderes machen.«

»Vor einer Präsentation bist du noch nie krank geworden. Im Winter, wenn wir das Ärgste hinter uns haben, dann wirst du regelmäßig krank.«

Katrin musterte ihren treuen Mitarbeiter. Wie immer saß Heinz' Frisur perfekt, sein Schnäuzer war akkurat gestutzt. »Stephan hat keine Familie«, antwortete sie nach einer Pause. »Wegen seiner eingeschränkten Bewegungsfreiheit hat er auch kaum Freunde in Mailand. Darum möchte ich, dass er an dem Tag, der über sein Leben entscheidet, nicht allein ist.«

»Aber warum fällt dir das erst im allerletzten Augenblick ein?«, rief Heinz ungehalten.

»Weil die Ärzte mit dem Spenderorgan nicht darauf warten, bis ich unsere Frühjahrskollektion vorgestellt habe«, gab sie schärfer zurück. »Bei diesem Eingriff geht es um Stunden.«

»Und wen soll ich innerhalb von vierundzwanzig Stunden als Ersatz für dich finden?«

»Dich«, antwortete Katrin schlicht. »Du springst für mich ein.«

»Mach dich nicht lächerlich.« Panik trat in seine Augen.

»Du hast die Begleittexte für die meisten vorgestellten Modelle selbst geschrieben.«

»Einen Text zu erfinden, ist eine Sache. Aber wenn ich da draußen auf dem Catwalk stehe, ich schwöre dir, Katrin …«

Sie unterbrach ihn. »Es ist halb so schwer, wie du es dir vorstellst«, sagte sie eindringlich. »Du setzt dein reizendes Lächeln auf, gehst hinaus und wirst deine Sache brillant machen. Schau mal, Heinz: Ich fliege so oder so. Also fangen wir am besten gleich an, deinen Auftritt zu proben.«

Mit einer fahrigen Bewegung strich Heinz die Enden seines Schnäuzers glatt. »Du bist schrecklich, weißt du das?«

»Ich weiß.«

Als es dämmerte, fuhr sie nach Hause, um zu packen. Es hatte heiße Tage im Hochsommer gegeben, an denen Katrin mit dem Aufzug in ihren Loft hochgefahren war. Nun, da es kühler wurde, bewältigte sie die vier Stockwerke wieder zu Fuß. Meistens nahm sie die ersten drei laufend und kam erst beim vierten außer Atem. Heute brach ihr schon im zweiten Obergeschoss der Schweiß aus. Sie nahm noch zwei Stufen, dann verließ sie endgültig die Kraft. Ihr wurde so schwindelig, dass sie sich auf die Treppe setzen musste. Es liegt am Stress, dachte sie. Die letzten Wochen hatten es wirklich in sich: die Vorbereitung der Präsentation, der PR-Kram inklusive der sozialen Netzwerke, die nervösen Modeschöpfer. Katrin kam sich wie ein Jongleur vor, der sein Kunststück mit Händen und Füßen gleichzeitig vollführen musste. Sie wischte den Schweiß von der Oberlippe, stand auf und nahm den Fahrstuhl.

In der Wohnung schaute sie in den Spiegel. Katrin hatte von Natur aus einen blassen Teint, doch im Augenblick spielte ihre Hautfarbe ins Grünliche. Die übliche Liste an Krankheiten ging ihr durch den Kopf. Sie öffnete das Medikamentenschränkchen, schreckte aber davor zurück, etwas X-Beliebiges zu nehmen. Schließlich legte sie sich auf die Couch. Nach einer halben Stunde wurde es besser. Sie kam hoch, lief durch den großen, fast leeren Raum und wollte sich einen Tee kochen. Auf dem Mittelornament des Teppichs blieb sie stehen. Sie hatte diesen Teppich vor Jahren in Florenz gefunden und nach Düsseldorf mitgenommen. Doch es war nicht die Erinnerung an Florenz, die sie in diesem Moment durchschauerte, sie musste an jene Liebesnacht mit Cameron denken, die sie hier verbracht hatten, genau an dieser Stelle. Er hatte seinen Zug nach Kopenhagen verpasst, gemeinsam waren sie in Katrins Wohnung gelaufen und hatten einander geliebt. Das war noch gar nicht lange her, nur ein unfassbar schöner Sommer lag dazwischen. Katrin ging in die Hocke und strich über die Wollfasern. Sie hatte schreckliche Lust, Cameron zu berühren, ihn zu küssen, sie wollte all die Dinge tun, die ihr nur mit ihm möglich erschienen. Es hatte in letzter Zeit Tage gegeben, an denen sie selten an ihn gedacht hatte, an denen es ihr gelungen war, sich hinter der Arbeit zu verschanzen. Doch in diesem Augenblick ging Katrin das Messer der Liebe wieder durch und durch.

Mit einem Ruck kam sie hoch. »Vorbei«, sagte sie in den stillen Raum hinein. »Es ist vorbei.« Wenn sie in ihrem Leben etwas über Beziehungen gelernt hatte, dann die Tatsache, dass man verfahrene Liebesgeschichten nicht wieder ins Lot bringen konnte. Wie groß ihre Sehnsucht nach Cameron auch sein mochte, diese Liebe war an der Wirklichkeit gescheitert. Katrin hatte nicht den Mut besessen, die Mauern ihres bisherigen Lebens für ihn einzureißen. Seine Pflichten auf der Farm, Isabels berechtigte Bedenken, der große Altersunterschied, es waren immer noch die gleichen Gründe, die Katrin durch den Kopf gingen.

Sie stand auf. Morgen würde sie zu jemandem fliegen, der wirkliche Probleme hatte, bei dem es um Leben und Tod ging. Angesichts von Stephans Situation erschien Katrin ihr Liebeskummer unbedeutend. Sie setzte Wasser auf, holte den kleinen Koffer aus der Kammer und begann zu packen.

* * *

In Mailand regnete es in Strömen. Binnen Kurzem fühlten sich Katrins Kleider, ihre Tasche, selbst der Taxisitz klamm an. Der Weg zum Krankenhaus führte nicht durch die City, in den Außenbezirken wirkte Mailand so gesichtslos wie irgendeine Stadt im Regen. Eine sonderbare Melancholie hatte Katrin gepackt. Etwas in ihrem Inneren fühlte sich an, als ob ein langsam wirkendes Gift sich darin ausbreiten würde. Sie atmete tief ein und aus und versuchte, ihr Gefühl durch positive Gedanken zu vertreiben. Bald würde sie mit einer Kollektion nach St. Petersburg reisen, das war ein lang gehegter Traum von ihr. Außerdem würde sie mit einer jungen Designerin zusammenarbeiten, deren Kreationen Katrin ungewöhnlich erotisch fand; vielleicht ließ sich daraus ein Trend entwickeln. Sie würde eine Woche Urlaub in den Bergen machen; in ihrem hektischen Beruf brauchte Katrin die Zurückgezogenheit als dringende Abwechslung. Wieso kam ihr die Vorstellung vom Alleinsein diesmal so erschreckend vor? Allein auf einer Hütte in den Dolomiten, *allein*, das Wort bekam einen unangenehmen Beiklang. »Was ist denn heute nur mit mir los?«, murmelte sie, während die Regentropfen vor ihren Augen über die Fensterscheibe liefen. Lag es daran, dass sie in Mailand war? Als sie die Stadt das letzte Mal besucht hatte, waren Cameron und sie noch ein Paar gewesen. Sie hatten sich zerstritten, doch bald darauf hatte ihre Liebe sie auf das Wunderbarste wieder zusammengeführt. Wie glücklich war Katrin damals gewesen, wie unbeschwert, wie sehr bei sich selbst. Heute fühlte sie vor allem Hoffnungslosigkeit und den quälenden Verdacht, dass sie an einem entscheidenden Punkt ihrer Beziehung die Weichen falsch gestellt hatte. Sie konnte die

Frage nicht länger von sich fernhalten, ob Cameron und Lynne mittlerweile zusammen waren. In selbstquälerischen Gedanken stellte sich Katrin vor, wie das Leben in Australien seinen natürlichen Gang nahm, wie Isabel ihre Großmutter-Träume fortspann, während Katrin in ihrer Modewelt verhaftet blieb, die zwar die Sinne inspirierte, das Herz jedoch seltsam leer ließ.

Vor dem Krankenhaus bezahlte sie den Taxifahrer. Mit ihrem Rollkoffer lief Katrin auf das Portal zu, die Automatiktüren glitten auseinander.

32

APPOLONIA WAR EINE schlanke Frau, vom Typ her Katrin nicht unähnlich, nur um einiges kleiner. Katrin lernte sie im Wartebereich der chirurgischen Abteilung kennen. Es war die Buchhändlerin, die Stephan bei Katrins letztem Besuch so liebevoll geschildert hatte. Sie trug ein weit geschnittenes Sommerkleid und hatte ihr schönes Haar zum Knoten geschlungen.

Katrin zog ihre Jacke aus, die von der Reise zerknittert war. »Wenn Sie Stephan zur Operation begleiten wollen, werde ich Sie beide nicht stören.«

Die Buchhändlerin lächelte. »Umgekehrt stimmt es wohl eher. Sie sind den ganzen weiten Weg zu ihm gekommen, also sollten Sie dabei sein, wenn er in den OP geschoben wird.«

Katrin musterte das kluge und trotz der ernsten Situation fröhliche Gesicht der Italienerin. »Stephan hat mir beim letzten Mal erzählt, dass Sie sich um ihn kümmern.«

»Ich bin nicht seine Krankenschwester«, antwortete Appolonia ruhig. »Ich liebe Stephan. Er gibt mir genauso viel wie ich ihm. Mit ihm zusammen zu sein ist eine Bereicherung.«

Katrin ärgerte sich, weil sie das falsche Wort verwendet hatte. »Entschuldigen Sie. Ich sehe Stephan leider viel zu selten. Wie ist es ihm in letzter Zeit ergangen?«

Appolonia erzählte von den schweren Attacken, denen er ausgesetzt gewesen sei, wie sie nachts an seinem Bett gesessen und zusehen habe müssen, wie ihr Freund mit dem Erstickungstod rang, sie ihm aber nicht habe helfen können. Sie erzählte, dass sie in diesen Stunden der Not angefangen hätte, ihm aus dem Buch *Der Meister und Margarita* vorzulesen; Traumwelten, Welten der Fantasie hätte sie um Stephan erschaffen, um ihm die Möglichkeit zu geben, dem Grauen seiner Wirklichkeit zu entfliehen, dem Albtraum zu ersticken. Appolonia erzählte, dass dieser kleine Trick meistens geholfen habe. Nach und nach sei Stephan ruhiger geworden und schließlich eingeschlafen. Appolonia hätte sich zu ihm gelegt und ihn gestreichelt, bis der Tag angebrochen war.

Katrin hatte bewegt und schweigend zugehört. Impulsiv trat sie auf Appolonia zu. »Was halten Sie davon, wenn wir ihn gemeinsam begleiten?«

Die Buchhändlerin nickte. »Ich glaube, das wird ihm gefallen.«

Als die Stationsschwester ihnen mitteilte, dass sie den Patienten vor dem Eingriff noch einmal sehen könnten, liefen Katrin und Apollonia zusammen los und betraten gemeinsam das Zimmer.

Man hatte Stephan bereits für die Operation bereit gemacht. Neben dem Beatmungsgerät hing er an mehreren Infusionen, er hatte ein Beruhigungsmittel bekommen.

Trotzdem wirkte der Mann mit dem kahlen Vogelkopf erstaunlich fidel.

»Katrin!«, rief er überrascht. »Du bist verrückt hierherzukommen.«

»Du hast mir geschrieben, was mit dir los ist. Da bin ich sofort aufgebrochen.«

Er machte eine schwungvolle Geste. »Appolonia, darf ich dir die schönste Frau Düsseldorfs vorstellen?«

»Wir haben uns bereits bekannt gemacht.«

Stephan lachte. »Da begleitet mich also gleich eine ganze Damenriege als Eskorte in die Ewigkeit.«

»Die Ewigkeit kann noch warten«, erwiderte Appolonia ruhig. »Jetzt kriegst du erst mal einen neuen Blasebalg.« Beide lachten.

Stephan schaute von der einen zur anderen. »Ich finde, dass ihr euch ein wenig ähnlich seid.«

Erstaunt ließ die kleine Appolonia ihren Blick zu der großen Katrin hochwandern. »Mir scheint, die Medikamente tun deinen Augen nicht gut.«

Katrin lachte mit, doch ihr war seltsam ernst und nachdenklich zumute. Diese Frau und ich könnten kaum unterschiedlicher sein, dachte sie. Appolonia ist jemand, der aus vollem Herzen weiß, wen sie will, sie ist bereit, für ihn zu kämpfen. Sie liebt Stephan, den feinsinnigen, kultivierten, den sterbenskranken Stephan. Sie bekennt sich zu ihm und gibt ihm, was sie geben kann, in guten wie in schlechten Tagen, ganz ohne Trauschein. Sie liebt seine Seele, seinen Geist und auch seinen hinfälligen Körper. Diese Appolonia liebt Stephan bedingungslos.

Als Katrin die beiden so nebeneinander sah, wusste sie plötzlich: Das war die wahre Liebe. Das war die Liebe in ihrem Kern. Liebe bedeutete Bedingungslosigkeit, das Glück der Ausschließlichkeit. Liebe bedeutete, sich keiner Ausflüchte zu bedienen, nur weil das Leben ja angeblich so viele Wege offen hielt. Liebe bedeutete, in dem einen Menschen alle Menschen zu erkennen und sich dem einen vollkommen hinzugeben.

Während sie zu dritt ihr harmloses Gespräch weiterführten, das davon ablenken sollte, dass für Stephan gleich die Entscheidung über Leben oder Tod gefällt werden würde, sah sich Katrin überwältigt von dieser anderen Frau, zugleich erhoben und geweitet. Sie war glücklich, mit diesem ungewöhnlichen Liebespaar zusammen sein zu dürfen. Sie hatte sogar das Gefühl, als ob in den Minuten vor Stephans Operation auch aus ihr selbst etwas Nutzloses und Schädliches herausoperiert würde, nämlich ihre Angst. Die Angst, lieber keine Entscheidung zu fällen als eine falsche, die Angst, sich vor sich selbst lächerlich zu machen und sich darum stets ein Hintertürchen offen zu lassen. Katrin fühlte mit einem Mal die Kraft in sich, diese Angst abzuwerfen. Das bedeutete, dass sie keinesfalls weitermachen konnte wie bisher, dass sie sich nicht von Zweifeln und ihrer verdammten Vernunft regieren lassen durfte. Es bedeutete, dass sie einen entscheidenden Schritt tun musste, ohne Rücksicht auf die Folgen, ohne Rücksicht darauf, ob sie sich dabei vielleicht schrecklich blamieren würde.

Katrin beschloss, die Tiefe dieses Augenblicks nicht zu stören und die beiden allein zu lassen. Sie umarmte Stephan, fühlte, wie er sie an sich drückte, sie versprach, ihn zu besuchen, sobald es ihm besser ginge. Von Appolonia verabschiedete sie sich besonders herzlich. Das Bild, wie der Kranke in den Armen seiner Liebsten lag, ging Katrin noch lange nach.

* * *

»Ich verstehe Sie ganz schlecht. Hier spricht Isabel Bates. Wer ist dort?«

Katrin presste das Telefon ans Ohr. »Hier ist Katrin.«

»Katrin!«, rief Isabel erfreut. »Der Empfang ist ziemlich mies hier. Ich fahre gerade durch unser Hinterland.«

»Soll ich dich später anrufen?«

»Nein, ich rufe zurück. In einer halben Stunde komme ich an eine Tankstelle. Kannst du so lange warten?«

»Lass dir nur Zeit.«

Ein Satz, leicht dahingesagt, doch er legte Katrin eine schwere Prüfung auf. Zielstrebig hatte sie ihren Entschluss sofort in die Tat umsetzen wollen. Nun wurde die halbe Stunde eine Ewigkeit für sie. Katrin lief im Hotelzimmer auf und ab. Sie nahm ein Fläschchen Wasser aus der Minibar und biss von dem Tramezzino ab, das sie unterwegs gekauft hatte. Sollte sie sich etwas zu essen aufs Zimmer bestellen? Nein, zuerst wollte sie das Gespräch mit Isabel hinter sich bringen. Während sie wie ein Panther durch den Raum strich, stellte sich jenes sonderbare Schwächegefühl wieder ein, das sie vor ihrem Abflug schon einmal erlebt hatte. Alle Kraft schien aus ihr zu weichen, sie musste sich aufs Bett legen. Das Gefühl verging bald wieder, doch Katrin nahm das Warnsignal ernst. Da sie noch zwei Tage in Mailand bleiben würde, nahm sie sich vor, einen Arzt aufzusuchen. Am besten würde sie im Krankenhaus, in dem Stephan lag, jemanden konsultieren.

Als ihr Telefon klingelte, setzte sie sich ruckartig auf und versuchte, ihre Benommenheit abzustreifen. »Ja, hallo?«

»Ist es jetzt besser?«, fragte Isabel.

»Ich höre dich gut. Ist es nicht noch sehr früh bei euch?«

»Ich habe den ganzen Tag in Canberra zu tun, da bin ich schon im Morgengrauen aufgebrochen.«

»Was tust du in Canberra?«

»Henrys Notar hat dort sein Büro. Es ist ein wenig umständlich, aber der Mann hat Henrys Angelegenheiten jahrzehntelang vertreten.« Ein kurzes Lachen. »Wie schön, dass du anrufst. Was gibt es denn?«

Eine simple Frage, doch sie warf Katrin für einen Augenblick aus der Bahn. Wie sollte sie den Grund ihres Anrufs benennen? Konnte sie ohne einleitendes Geplänkel von Liebe reden und von tiefen Gefühlen? Musste sie nicht erst behutsam auf Cameron zu sprechen kommen? »Ich wollte dich sprechen, weil …« Ihr enthusiastisch gefasster Entschluss geriet ins Wanken.

Unvermutet kam ihr Isabel zu Hilfe. »Na los, frag

schon endlich nach Cameron.« Auf Katrins verblüfftes Schweigen setzte sie nach: »Um ihn geht es doch, nicht wahr?«

»Ich wollte natürlich auch mit dir sprechen«, antwortete Katrin überrumpelt, weil ihr Motiv so schnell durchschaut worden war. »Wie geht es Cameron?«

»Gut. Das nehme ich zumindest an, da er nun wieder in seinem Traumberuf arbeitet.«

»Welcher *Traumberuf*?« Katrin stockte einen Moment der Atem.

»Architektur natürlich.«

»Hat er denn begonnen zu studieren?«

»Noch nicht gleich. Er macht zunächst ein Praktikum.«

»In … in Australien?«

»Nein. Cameron hat dort wieder angefangen, wo er das letzte Mal aufgehört hat«, antwortete Isabel.

Katrin machte eine Pause, die sich länger und länger ausdehnte. »Wo?«, war alles, was sie zu guter Letzt herausbrachte.

»In Pisa.«

Es war, als ob über ihr eine riesige Glocke zu schlagen beginnen würde. Doch diese Glocke klang nicht vom Himmel herab, sie hatte etwas wunderbar Irdisches. »Cameron ist in Pisa?«, fragte Katrin lauter als beabsichtigt, da sie die Glocke übertönen wollte.

»Seit zwei Wochen«, antwortete Isabel. »Und in einer Woche werde ich nachkommen.«

»Du besuchst ihn in Pisa?«

»Das wird wahrscheinlich mehr als ein Besuch. Ich

will mir die Stadt mal anschauen. Cam sagte, es könnte mir dort gefallen.«

Katrin stellte weitere Fragen, doch es war ihr kaum bewusst. Zu gewaltig durchströmte sie ein Gefühl, eine Hoffnung, das Bewusstsein eines kleinen Wunders. »Überlegst du dir etwa, in Pisa zu wohnen?«

»Solange mein Junge dort ist, warum nicht? Erinnerst du dich noch an unseren Urlaub in Florenz?«

»Wie könnte ich den vergessen?«

»Damals habe ich mich ein bisschen in Italien verliebt. Mit Henry war es unmöglich, öfter dorthin zu reisen, aber das Gefühl ist geblieben. Dieses Land erscheint mir freier, leichter, unbeschwerter als unser düsteres Deutschland.«

»Das ist es«, hörte Katrin sich sagen.

»Ich will es mir nur anschauen. Es ist noch zu früh, um irgendetwas zu entscheiden, was darüber hinausgeht.«

»Und was ist mit eurer Farm? Was ist mit Henrys Lebenswerk?«

»Wie du richtig sagst, war es das Lebenswerk meines Mannes.« Isabel seufzte. »Es hätte einfach keinen Sinn, wenn zwei Dilettanten wie Cameron und ich versuchen würden, Henrys Werk fortzusetzen. Das ist uns vor ein paar Wochen klar geworden.«

»Willst du etwa sagen, du verkaufst die Farm?«

»Das wird nicht nötig sein. Cam und ich haben mit dem Verwalter und den Vorarbeitern gesprochen. Wir haben einen Vertrag geschlossen, der sie an den Einnahmen beteiligt. Auf diese Weise werden sie zu ihrem eigenen Vorteil auf der Farm arbeiten. Sie kennen den Job aus dem Effeff und wissen besser als wir, welche Entscheidungen zu treffen sind. Damit bleibt die Bates-Farm im Besitz der Familie Bates, ohne den irrigen Anspruch, dass Cam und ich die Sache leiten müssten. Und genau deshalb bin ich unterwegs zum Notar.«

»Das hört sich … nach einer wunderbaren Idee an«, sagte Katrin leise.

»Das kommt mir auch so vor. Aber jetzt sag mal, wo bist du denn eigentlich? In Düsseldorf? Warum rufst du ausgerechnet jetzt an?«

»Ich bin in Mailand.«

Endlich sprach Katrin in aller Offenheit aus, weshalb sie sich zu diesem Anruf durchgerungen hatte. Sie erzählte der Freundin alles. Isabel reagierte weder brüskiert noch sonderlich erstaunt. Sie hörte einfach zu.

»Tja, so wie die Dinge liegen, scheint es für dich nicht besonders schwierig zu sein, Cameron wiederzusehen«, sagte sie endlich. Katrin spürte eine gewisse Sorge darin, zugleich die Bereitschaft, Katrins Sehnsucht nicht in Bausch und Bogen zu verdammen. »Wie lange fährt man von Mailand nach Pisa?«

»Mit dem Auto drei Stunden.«

»Und wirst du …« Eine kleine irritierte Pause. »Wirst du sofort aufbrechen?«

»Nein, ich warte erst noch ab, wie Stephans Operation verläuft. Ein paar Tage bleibe ich noch in Mailand.«

Isabel räusperte sich. »Dann nehme ich an, dass auch wir beide uns bald wiedersehen werden.«

»Ja, meine Liebe. Ich danke dir für so viel Verständnis, Isabel.«

»Verständnis? Weißt du, ich habe gelernt, dass man dem Gang des Lebens nicht ausweichen kann. Das Leben nimmt seinen Weg, und wenn man sich ihm entgegenstellt, überrollt es einen.« Sie lachte leise. »Tschüs, Katrin. Wie gut, dass du angerufen hast. Ich muss jetzt weiter.«

»Bis bald.«

Sie legte auf. Gedankenverloren ließ sie sich auf das Hotelbett sinken und betrachtete den nachgemachten Deckenstuck. Sie hatte das Gefühl, als ob jene Glocke noch immer schlagen würde. Doch es war nur Katrins Herz, das abenteuerlich pochte.

33

ES WAR DER unromantischste Ort, den man sich vorstellen konnte, doch nicht für Katrin. Es war ein Tag, an dem Pisa im Wasser zu versinken schien. Normalerweise wäre der Dauerregen kein Problem gewesen, hier aber hatte er sintflutartige Folgen. Wie stählerne Bäume ragten Pylone aus der Erde, Erdwälle erhoben sich, von denen das Wasser in Bächen hinabströmte, über dem Ganzen schwebte ein mächtiger Kran. Die gigantische Baustelle des Architekten Sven Nyborg glich einer untergehenden Kraterlandschaft. Inmitten der monströsen, hypermodernen Gebilde befand sich ein altes Haus, an dessen Fassade eine Neonreklame aus den Sechzigerjahren prangte. Es war jene kleine Bar, von der Cameron erzählt hatte, dass man sie wegen des Denkmalschutzes stehen gelassen hatte.

Katrin stellte ihren Mietwagen ab und wollte laufen. Nach drei Schritten versank sie auf der unbefestigten Zufahrt knöcheltief im Schlamm. Sie zog ihre Schuhe aus und hüpfte barfuß weiter. Obwohl sie einen Regenschirm aufgespannt hatte, waren ihr Kleid und ihr Haar binnen Kurzem durchnässt. Wie durch eine Wand aus

Wasser arbeitete sie sich voran, schüttelte den Schirm aus und trat in die Bar.

Sie wusste nicht, wann und ob Cameron kommen würde, sie wusste nicht, ob er in Begleitung sein würde. Sie hatte ihm eine SMS geschrieben, aber keine Antwort erhalten. Sie hatte ihn angerufen und eine italienische Bandansage gehört, wonach die gewählte Nummer nicht vergeben sei. Sie nahm an, dass er mit dem Wechsel zu seinem neuen Job auch sein Handy gewechselt hatte. Nun wäre es vernünftig gewesen, Isabel noch einmal anzurufen und sich nach der richtigen Nummer zu erkundigen, aber Katrins Zustand war das Gegenteil von vernünftig. Auf gut Glück hatte sie die Baustelle von Nyborg gegoogelt und war, nachdem sie noch eine wichtige Angelegenheit erledigt hatte, dorthin aufgebrochen. An der Einfahrt hatte man ihr gesagt, dass alle aus dem Architektenteam irgendwann im Laufe des Abends in der Bar eintrudeln würden, auch der junge Australier.

Ihre Schuhe in der Hand stand Katrin in dem Lokal. Es waren ausschließlich Männer anwesend, Männer in Arbeitskleidung. Hinter der Theke entdeckte sie die einzige Frau, unzweifelhaft jene *Mamma*, von der Cameron ebenfalls erzählt hatte. Mit mitleidigem Ausdruck betrachtete sie die triefende Katrin.

»Wie hat es Sie denn hierherverschlagen?«, fragte die korpulente Frau mit dem schwarz gefärbten Haar.

»Ich will hier jemanden treffen.«

»Was wollen Sie trinken, Signora? Etwas Warmes, einen Cappuccino?«

»Lieber einen Tee.«

Die Mamma nickte und machte Wasser heiß. Katrin setzte sich an einen kleinen Tisch, versuchte ihre Schuhe anzuziehen, doch sie waren zu schmutzig. Ich sollte mich zurechtmachen, dachte sie, zuerst aber muss ich mich aufwärmen. Der Tee wurde serviert, Katrin nippte an dem dampfenden Getränk und lehnte sich zurück.

Sie mochte nicht in Kategorien wie *Wunder* denken, doch gerade schien es, als ob sie sich genau damit auseinandersetzen sollte. Stephans Operation hatte sechs Stunden gedauert, sein Leben hatte an einem seidenen Faden gehangen. Aber zu guter Letzt war der Eingriff gelungen, und es sah danach aus, als ob das Spenderorgan vom Körper angenommen werden würde. Stephan war aus der Narkose erwacht und hatte seinen ersten bewussten Atemzug mit der neuen Lunge getan. Tags darauf hatte Katrin ihn auf der Intensivstation besucht. Trotz seiner Schmerzen, der Benommenheit und der Ängstlichkeit um seinen Zustand hatte der alte Freund zuversichtlich gewirkt und zwischen vorsichtigen Atemzügen über Zukunftspläne mit Appolonia gesprochen. Das war das eine Wunder. Das andere konnte Katrin bisher weder verarbeiten noch begreifen, es fiel ihr schwer, auch nur daran zu denken, ohne ungläubig den Kopf zu schütteln.

Gerade wollte sie aufstehen und zur Toilette gehen, als die Tür sich öffnete. Dort stand Cameron, umgeben von Wassertropfen. Aus der Dämmerung trat er ins Licht.

Er trug gelbes Ölzeug und warf seine Kapuze zurück. Katrin trat ihm in ihrem desolaten Zustand gegenüber, und es fühlte sich alles richtig für sie an. Als Cameron sie erkannte, schüttelte er sein Haar, starrte sie an, sein Mund öffnete sich, aber es kam kein Ton heraus. Sie lief auf ihn zu, nahm seine Hand, er nahm die ihre, sie sahen einander an. Katrin spürte einen leichten Zug seiner Hände, gab nach, schon lag sie in Camerons Armen. Durchnässt wie sie war, barfuß wie sie war, drückte sie ihn an sich, schob sich ganz dicht an ihn heran. Drei Männer waren mit ihm hereingekommen, etwa zehn weitere saßen in der Bar. Sie sahen den beiden zu, und jegliches Gespräch verstummte. Es war, als ob die Zeit stillstehen würde. Katrin und Cameron hielten einander fest, weil es das Einzige war, was sie tun konnten. Sie küssten einander, weil ihnen nichts auf der Welt im Augenblick wichtiger war. Schließlich gingen sie Arm in Arm an Katrins Tisch und setzten sich. Rundum kamen die Gespräche wieder in Gang, die Kaffeemaschine zischte, Gläser klirrten. Die Mamma kam, um Camerons Bestellung aufzunehmen. Sie schenkte den beiden dabei einen Blick, der sagte: Recht habt ihr, nur für die Liebe lohnt es sich zu leben. Als Cameron eine Flasche Wein bestellte, schob Katrin ihren Tee beiseite.

Ist das die wahre Entscheidung, dachte sie, konnte die Entscheidung so einfach sein? Fanden ihre Sorgen und Zweifel durch dieses einfache Bild ein Ende – ein Mann und eine Frau in einer Bar, sie tranken Wein, draußen regnete es? Wie Cameron sie ansah, wie er vor Freude strahlte, wie verwirrt er an seinem Glas nippte – diese Augenblicke waren erfüllt von Wahrheit und einem Glück, das den Hauch der Zukunft in sich trug. Ob es tatsächlich eine Zukunft für Katrin und Cameron geben würde, wer konnte das sagen? Gewissheit hatten sie nicht, doch Katrin spürte etwas, das besser war: absolute Ehrlichkeit. Ihr Blick wanderte zum Fenster, an dem die Regenschlieren unregelmäßige Bahnen bildeten. Jetzt erst entzifferte sie die Neonschrift: *Speranza* war der Name der Bar, *Hoffnung* war der Ort, an dem Katrin und Cameron sich wiedergefunden hatten.

Er bat sie zu erklären, weshalb sie von allen Plätzen auf der Welt ausgerechnet hierhergekommen war. Nachdem Katrin die kleine Geschichte erzählt hatte, überzog ein breites Lächeln Camerons Gesicht. »Ein australischer Junge schwärmt für eine Frau aus Deutschland«, begann er. »Viele Jahre später besucht er sie in Düsseldorf, und sie werden ein Liebespaar. Das Leben trennt sie wieder, und es sieht so aus, als ob sie nie mehr zusammenkommen würden. Diese Frau reist zu ihrem kranken Freund nach Mailand. Zur gleichen Zeit kommt der Australier nach Pisa. Auf einer Baustelle begegnen sie einander, in einer Bar, bei strömendem Regen.« Cameron nahm Katrins Gesicht in beide Hände. »Ist das nicht eine unglaubliche Geschichte? Ich meine, wie könnte man diese Geschichte wohl noch übertreffen?«

»Cameron …« Sie küsste seine Fingerspitzen.

»Ja?«

»Ich bin schwanger.«

Er ließ sie los. Langsam, sehr langsam faltete Cameron die Hände vor seinem Mund. »Wirklich?« Seine Augen füllten sich mit Tränen der Freude.

»Ich weiß es selbst erst seit gestern«, sagte Katrin. »Der Arzt sagt, alles ist in bester Ordnung.«

Es war eine Zeit der Ehrlichkeit, es war der Moment für den Aufbruch. Es war ein außergewöhnlicher Ort, eine außergewöhnliche Liebe. Gemeinsam betraten sie den schmalen Grat der Zukunft und schlüpften in das Leben des andern. Es war ihre Zeit. Es war nichts weniger als das Glück.

* * *